文字森林
READING FOREST

文字森林
READING FOREST

我要準時下班2

朝著理想狂奔不止的人們

わたし、定時で帰ります。ハイパー

朱野歸子 著　楊明綺 譯

目錄

第一章

自詡是超強新人

這個人自詡是超強新人。

東山結衣希望今天也能順利準時下班，無奈這願望破滅。

「甘露寺！」頭頂上方傳來斥罵聲。

「唉，又來了。」結衣瞧了一眼時鐘，明明再過五分鐘就要下班了。

「種田先生，我不是在打瞌睡，是在冥想。」

這個大言不慚的傢伙是歷經大學重考，當了一年米蟲的新人甘露寺勝，剛上完研習課的他從這週開始分派到結衣所屬的製作部。

「冥想？」種田晃太郎挺著結實背肌，俯看身形矮胖的甘露寺，一副隨時都會撲上去的樣子。

「正念冥想。不、不會吧？你不知道嗎？就是一種藉由正面看待事物，舒緩壓力的冥想法。」這麼說的甘露寺像鳥一樣挺胸。

看來還是先溜為妙吧。結衣趕緊收拾東西。

「谷歌和英特爾的研習課程都有引進這個冥想法呢！種田先生總該聽過賈伯斯吧？賈伯斯、職棒球星鈴木一朗都很推薦這個冥想法。」

「夠了，別再跟我辯了。剛進公司的你哪來什麼壓力。」

「好問題！」甘露寺比了個手槍手勢，作勢狙擊晃太郎，「光是擠電車來上班就讓我覺得壓力好大。呵呵呵！」

下班時間到了，結衣偷偷地關掉電腦。

「總之，上課時不准睡覺。至少我當講師時，不准給我睡覺！」

「我也很想保持清醒啊！但昨天和今天的研習課都好無聊，實在引不起我的興趣，還不如滑手機看些比較刺激的商業情報……哦，東山長官準備下班了。」

結衣回頭，瞧見甘露寺面帶微笑，隨即又大聲嚷嚷：「也請讓我準時下班！」

結衣頓時覺得身後有好幾雙眼睛盯著自己。

創立十三年的這間公司「NET HEROES」，主要業務是幫企業設計、經營網頁，也很擅長活用社群平臺、網路廣告等數位行銷。員工人數比前一年人幅增加到四百多人，平均年齡三十歲，是一家前景看好的公司。

——你不是為了公司而存在，應該是公司為了你而存在。

以此為口頭禪的社長灰原忍，誓言要將公司打造成ＩＴ業界首屈一指，擁有友善職場環境的企業。除了晚上八點以後公司不開冷暖氣，還施行打卡制，嚴格控管上下班時間，甚至下令管理階層每週加班不得超過二十小時；但還是有不少人被迫變相加班，所以反彈聲浪也很大。其中有一位員工，也就是結衣，還會因為過勞而病倒。眼見事態非同小可的灰原社長趕緊將規定改為「每個月加班不得超過二十小時」，更加積極推動工作方式改革。

畢業後便進入這家公司的結衣，每天都力行準時下班，直到去年底才因為過勞而病倒，不過現在已經完全回復以往生活。所以一說到準時下班，大家就會想到東山結衣。

所以，每次甘露寺提到「準時下班」，眾人就會對結衣行注目禮。

晃太郎垮著一張臉。他以前待的是那種勞動基準法形同虛設的小公司，但他現在也不敢動不動就說什麼「我從進公司第一天以來，每天都加班」之類的話。

人事部嚴格規定六月底之前，不准讓新人加班。

「對了，」甘露寺說，「我忘了告訴種田長官，大概三小時之前有客戶打電話找你。」

「我可是一直都坐在這裡。研習課應該有教你們『報聯商[1]』吧？」

「誰叫您總是散發一股威嚴感，就連我這超強新人都畏懼三分……人家說親切的上司才是好上司哦！先走囉。」

甘露寺興奮地衝向大門刷卡下班。結衣也抱著包包，說了句「辛苦了」準備開溜時，卻被晃太郎喚住。

「啊，種田先生，現在這時間啤酒半價──」

「現在的東山小姐不方便準時下班吧。」晃太郎用威嚇口氣打斷結衣的話，「東山副部長，同樣身為主管的我有事要和妳商量。」

結衣只好無奈地走回來。畢竟甘露寺的事，她多少要負些責任。

結衣升任副部長是三週前，也就是四月初的事。她終於晉升為管理階層。

除了接受這次的人事異動之外，別無他法，但結衣擔任副部長後，發現這職位的權限其實沒那麼大，只是工作量增加而已。像是去年明明只有一位新人分派到她這組，今年卻一口氣增加為五個人，也就得花很多時間帶新人，看來「每個月的加班時間不得超過二十小時」的規定顯然不適用於管理階層，多少還是得超時工作，也就迫使結衣每天更想早點下班了。

晃太郎也升任部長，工作量比結衣更大。無奈因為甘露寺的我行我素，整個部門的工作進度大受影響。

部長與副部長的座位恰巧背對著，當抱著包包走回來的結衣一邊瞅著時鐘，一邊落坐時，晃太郎又開始碎念。

「一直以來不管什麼工作，我都能承受，即使面對無能的傢伙，也能隱忍，但那傢伙實在讓我忍不下去了。我整整花了三天才讓他不再邊吃零食，邊敲鍵盤；要他有問題直接問，別再發郵件問個不停，也不曉得說了幾百遍。還有，他那長篇大論是什麼意思？以為自己是顧問嗎？明明連一通電話都沒接過！」

「種田先生，小聲點，其他新人會聽到。」

「光是看到那傢伙，就讓我平靜不下來！」晃太郎挽袖，「妳看！都起蕁麻疹了。皮

1 日本企業特有的一套溝通機制，即「報告」、「聯絡」、「商談」，簡稱「報聯商」，為的是讓員工之間能有效率地分享資訊或情報。

膚科醫生說這是心因性蕁麻疹。雖然醫生說不能亂抓，但我癢到真想勒住那傢伙的脖子……看什麼時鐘！」

晃太郎敲了一下椅子扶手，將結衣的視線拉回自己的手臂。

「真的流血了耶。要不然……你試著再對他更寬容一點？」

「寬容、寬容是吧？東山小姐從明天起寬容給我看啊！這樣好了，妳帶的那個新人叫櫻宮，是吧？換我來帶她，妳明天告訴他們。」

晃太郎一副不容反駁的口吻。新官上任這三週以來，他不斷強調自己是上司，好像不這麼強調就無法管好底下的人似的。

「我記得是種田先生自己說對女人很棘手啊！」

「甘露寺會進來是拜妳之賜吧？」

結衣被說得啞口無言，只能乖乖點頭。

「知道了，櫻宮就麻煩你了。你要對她溫柔一點哦！」

「還有關於今年的業績。」

不只要說新人的事嗎？原本起身的結衣又坐下去。

「我們部門的上半年業績目標是一億五千萬日圓。延續去年的案子，加上四月開發的新案子總額加起來是一億，還差五千萬。」

結衣死心地將包包放在桌上，看來今天也喝不到半價啤酒了。

「月初的烏丸信託比稿輸給『BASIC』，真的超不甘心。不過，業績目標一億五千萬也太高了吧。雖然這是管理部決定的，但實在很誇張。」

八成是管理部揣摩一心想成為業界龍頭的社長心意而訂的吧。問題是，要想達到簡直難如登天。

「況且四月快結束了。就算九月之前有新案子進來也很難吧。我看其他組恐怕也很難達標。」

「其實業務部丟來個棘手的案子，客戶希望我們馬上參加比稿。」晃太郎轉了一下椅子，拿起放在自己桌上的資料。

「是一間名叫 FORCE 股份有限公司的運動服飾製造商。」

公司名稱聽起來就很有氣勢。結衣看著資料，是一間擁有千名員工的新興企業，這十年來急速成長，國內市占率甚至能與耐吉、愛迪達並駕齊驅。

「我偶爾會看到有人穿這牌子的運動服，在公司附近的河邊跑步。」

「他們家的網站本來是由 BASIC 負責，但是出了問題，所以考慮趁換合約時由其他公司接手。因為這案子很急，所以這幾天會先聽取對方需求，兩週後比稿；要是順利拿到這案子的話，光是幫他們更新官網就能進帳五千萬，還有後續的網站營運費用，一年的進帳也是五千萬。」

所謂網站營運，就是幫客戶管理、更新網頁。因為是由公司派員常駐客戶那裡一至二年，所以長期下來可望有不錯的業績進帳。不過，以這般規模的公司來說，設計、營運網頁的預算都有五千萬，出手算是大方。

如此佛心的客戶可遇而不可求。結衣想，BASIC到底搞出什麼問題？再怎麼說，他們也是業界第一把交椅。

「要是能拿到這個案子，營運部那邊也有進帳的話，我們應該可以奪下年度最佳團隊獎。」

「最佳團隊獎啊……我們一直和這獎項無緣呢！」

就在結衣喃喃自語時，晃太郎說了句「我想贏」。

「我想贏，拿回失去的東西。」

「失去的東西？」

雖然晃太郎沒回應，但結衣不難想像。

去年他們這一組真的很慘。

製作部有五個設計網頁的團隊，其中之一就是結衣他們這一組，去年以近乎做慈善的便宜預算，勉強接下由前任部長福永清次爭取來的星印工場案子。在人手不足的情況下，硬是撐了四個月有如英帕爾戰役般有勇無謀的行動。

在福永高呼精神口號的摧殘下，所有組員都累垮了。本來就是工作狂的晃太郎幾乎以公司為家，苦操自己。就連一心想讓大家準時下班的結衣，最後也因為過勞病倒。

後來福永被調離現職，也總算順利結案，但去年的業績只能說是低空掠過。為了遞補福永的職缺，晃太郎與結衣雙雙升官，卻暫不加薪。

晃太郎表明「自己對這件事也有責任，也接受這樣的懲處」，但可想而知，他很想奪回「全公司最有能力的員工」這個稱號吧。

——而我失去的東西，已經無法挽回了。結衣想。

某天，結衣發現自己遭未婚夫諏訪巧背叛。就在她忙得焦頭爛額之際，阿巧劈腿了同公司的年輕女同事。兩人攤牌，決定解除婚約，而本來預計做為新房的高級大樓租約則尚未處理完。

況且……眼前的問題還有晃太郎這男人。

結衣病倒時，他似乎為自己昏天暗地的工作方式十分懊悔，之後一個月也努力不加班，但自從他升任部長後，又故態復萌了，昨晚十一點四十五分結衣還收到這人發的簡訊。

是因為自己對甘露寺不夠嚴格的關係嗎？當結衣擔心地瞅著又燃起鬥志的晃太郎時，他開口：「我和業務部決定參加這次比稿。雖然手邊的事情很多，但還是安排下週二和客戶見面。」

「有必要非得達成目標嗎？光是帶新人就已經忙不過來了。」

晃太郎的眼神像要刺穿結衣，說了句「上司是我」。

「……知道了。我先下班了。」

結衣起身，額頭的傷疤隱隱作痛。她之前過勞昏倒時，撞到擺在地上的機器。「要是運氣不好，搞不好就這樣死了。」當時說這句話的人就是晃太郎，可是……

即便結衣經歷過生死關頭，這個人最終還是不改工作方式，和這種工作狂在一起真的很痛苦。

結衣在走廊上和穿著工作服的工人們擦肩而過。因為挖角、大量錄取剛畢業新人的關係，辦公空間不太夠用，所以要增設新樓層的樣子。

結衣等電梯時，有位女同事走到她身旁。

「託東山小姐的福，才能落實每個月加班不超過二十小時的規定。」

她是另一組的頭頭，年紀和結衣相仿。

「也不是託我的福啦……」

做此決定的是灰原社長，結衣不過是給了一劑催化劑。

「我非常尊敬帶頭改革的妳，一定會偷偷支持妳的。為了同為女人的我們，還請證明就算當上主管也能準時下班，請多加油！」

結衣最近常被別人這麼說，卻從未被說一起加油。

「我還得加班，先走囉。」女同事說完便離去。

結果還不是要留下來加班。這麼喃喃自語的結衣走進電梯，這次被同乘電梯的男同事揶揄。

「去年你們那一組的業績差點紅字，是吧？但社長還是很挺你們，真羨慕啊！妳還真是友善職場的示範楷模啊！不過我很懷疑身為主管真的能準時下班嗎？」

如此挑釁的說話口氣讓結衣想起這個人是誰，他就是去年被選為最佳團隊的副部長。

「對了，妳馬上要結婚了吧？不像我這個光棍只能去買超商便當囉！」

結衣步出電梯後，快步離開公司所在的這棟大樓。

就算成了友善職場的示範楷模，也沒覺得受到社長多大關注。事實上，自從在高爾夫球場那次碰面之後，結衣就沒再見過社長這個大忙人。

——我這樣拚命奮戰到底是為了什麼？

為了團隊成員的幸福，和捨棄準時下班的生活、根本是個工作狂的上司纏鬥，結果因為過勞而病倒，劃傷額頭，血流不止，還被送上救護車緊急送醫，要是直到退休前還被別人一直提起這些事的話，真的很難為情。

即便如此，公司內部還是沒有任何改變，結衣只是更加受到批評罷了。

結婚一事也告吹了。

「你劈腿，對吧？」當結衣這麼逼問時，阿巧回道：「結衣自己還不是把工作看得比和我結婚更重要。」

隨即又沉著臉說：「不對，不是工作，而是種田先生吧。」

結衣無法反駁。星印工場案子的交件日前一個月，結衣從早到晚，甚至連休假日都與晃太郎度過，但兩人都是在辦公室忙著工作。

已經是第二次解除婚約了。結衣的心好痛，也很難向公司同事啟齒。

目前只有晃太郎知道這件事。要是不用帶新人，結衣真想去旅行，想去北海道，站在山頂上眺望雲海、冥想。

冥想啊……腦中浮現甘露寺的臉。就在結衣一想到明天還要上班就很憂鬱時，有個女孩子氣喘吁吁地跑過來，露出求救的眼神看著結衣。

「東山小姐不能帶我了嗎？」

她叫櫻宮彩奈，之前待的公司是他們的競爭對手BASIC，工作三年後離職。剛畢業不久，又有相關經驗的她順利進入NET HEROES，是個好相處又開朗的女孩；問題是，她的工作能力卻像個生手，怎麼會這樣呢？

不行、不能這麼想。她被分派到這組才一個禮拜，不是嗎？結衣拚命抹去先入為主的想法。

「妳聽到我們剛才的對話了嗎？」結衣說，「不好意思，讓妳很不安。種田先生能力好，又比我有經驗，跟著他能學到很多。」

「我很怕男上司，如果可以的話，還是希望跟著東山小姐。」

櫻宮露出惹人憐愛的眼神，看著結衣。只見她的眼瞳溼潤，結衣不禁嚇一跳。

這女孩很可愛，雖然不是什麼大美女，但散發的年輕氣息有如雲母般耀眼，有著尖下巴、豐滿的胸部，還有小巧的膝蓋。

每次她一有動靜，男同事們就一副心神不寧樣。像是她用影印機時不小心卡紙，吾妻徹就會大喊「我來幫妳！」馬上奔過去。她也樂得給男人有英雄救美的機會。

無怪乎她的工作能力和進公司第一年的菜鳥沒什麼兩樣，因為她被保護過頭了。這怎麼行啊！

「放心，我們在同一組啊！雖然種田先生……該說是有時候嗎？會說什麼要拚死工作之類的話，反正到時妳就逃到我這裡吧。」

大家都被這個嚴厲的男人調教過，所以對她而言，也許是個鍛鍊的機會。就在結衣這麼想時，櫻宮露出不太服氣的笑容，回了句「好吧……」，看來淚水已乾。

「不好意思，是我太任性了。」

走回大樓的她身上那件裹著纖腰的裙子被傍晚的風吹得輕飄。結衣總覺得櫻宮彩奈的淚水很刻意。

上海飯店位於從公司走路五分鐘可到達的綜商大樓地下室。一步下昏暗的樓梯，盡頭是一扇倒貼著「福」字的玻璃門。

結衣一推開門，「今天廚師休息哦！」從廚房走出來的老闆王丹說道。

明明是個美女的她卻脂粉未施，頭髮往後紮成一個髻。「什錦炒飯可以吧？」不待客人回應的她又走進廚房，旋即端來一杯啤酒。

結衣大口喝著，白色氣泡迅即在喉嚨中擴散，任憑金黃液體沁入體內，夏天即將來臨。

結衣一邊等待炒飯上桌，一邊發郵件給「愁」：

「請幫我調查『FORCE 股份有限公司』，像是最近的傳聞、評價，任何情資都行。」

因為她很在意 BASIC 到底是出了什麼問題，FORCE 才來找他們比稿。

「愁」是比晃太郎小九歲的弟弟，種田柊的推特帳號名稱。結衣常以私人名義請他幫忙調查事情。最近終於脫離繭居生活的小柊還沒開始找工作，依舊靠幫忙打探情報賺點零用錢。

結衣點了第二杯啤酒時，插著湯匙的什錦炒飯端上桌，常客大叔問她：「那位甘露寺，如何啦？」

「哦……他啊，沒想到他還真的什麼都不會。」

「哎呀！那妳在公司不就很沒面子嗎？」

「呵呵呵！」結衣笑了，這時也只能乾笑，「當然很沒面子囉。」

因為舉薦甘露寺進公司的人，就是結衣。

約莫一個月前，也就是星印工場一案順利交件後，兩人初次見面就是在這間店。

甘露寺說他偶然經過，晃進這間店。看起來很年輕的他卻一派落落大方，結衣還想說兩人應該同年。因為他說想找和網頁設計有關的工作，所以結衣以為他有相關經歷，「那就來我們公司吧。」索性遞了張名片給他。那時結衣喝醉了。

沒想到甘露寺真的來應徵——而且他還是個二十四歲，沒什麼工作經驗的小伙子。甘露寺好像在履歷表的「介紹人」一欄寫上東山結衣。「反正一定會被刷掉吧。」就在結衣這麼想時，他竟然通過社長的面試，順利錄取。

因為他才二十四歲，雖然已經畢業了，人事部還是決定將他編入今年春天剛畢業的新進員工，但聽說他參加為期兩週的研習課程時，幾乎都在打瞌睡。

「就是這樣囉。好了，不聊工作的事了。」

「那可以問私事嗎？」另一位常客，也就是喜歡吃辣的大叔一邊竊笑，一邊啃著青陽辣椒。

「妳和晃太郎如何啦？」

就是要問這事嗎？結衣很想在桌上趴下來。

「什麼如何啊……還不就是那樣……」

「你們在聊什麼？我也要聽！」餃子大叔好奇探問。

「三月初啊，他們一起來這裡哦！」喜歡吃辣的大叔趕緊說明。

順利結束星印工場的案子，碰巧活逮到阿巧劈腿後，晃太郎和結衣來到上海飯店。大叔就是在講這件事。

「那時他們倆感覺很曖昧呢！啊，可別否認哦！大叔我懂啦！就是那種乾柴烈火、一觸即發的感覺。我一個人正嗨時，王丹卻……」

「這種事別問啦！除非結衣願意說。」王丹不知何時從廚房走出來，瞪了一眼大叔。

「所以我一直沒問啊！」大叔辯駁。

「你剛剛不就問了嗎？」結衣吐槽，「呃，那……那天晚上……我們怎麼啦？」

大叔們怔住，王丹那雙鳳眼也圓瞠。

「呃，就是感覺挺好啊！所以就會想那個吧……」

結衣也覺得應該會這樣。兩人步出店門，登上樓梯時，晃太郎即時抱住腳步踉蹌的結衣，她還記得那時臉頰發燙。

但後來的事就沒印象了。隔天早上醒來，發現自己睡在老家的床上。聽母親說喝得醉醺醺的她深夜獨自回家的樣子，所以結衣也一頭霧水。

見到晃太郎已經是三天後的事，他們這組在上海飯店舉行慶功宴。週一晚上發生什麼事？結衣鼓起勇氣詢問瞧都沒瞧她一眼的晃太郎。只見晃太郎蹙眉，沉默半晌後，有點生氣地說：

「我和妳只談公事。」

結衣不明白這句話的意思，但應該是沒發生什麼曖昧的事吧。

晃太郎是結衣和阿巧交往之前的男友，兩人曾經訂婚，但結衣無法忍受晃太郎是個工作狂，所以彼此一直互相傷害，婚事也告吹。

即便分手後，晃太郎在結衣心中依舊占著相當分量。所以她才會那麼做，為了拯救聽命福永，工作到差點過勞死的晃太郎，就算自己也差點丟了命。

阿巧應該是注意到結衣的這份執著吧。他當時之所以邀年輕女同事到他和結衣的新居，也許是因為難耐寂寞。

至少結衣決定和阿巧分手後，應該沒有任何能夠阻攔她和晃太郎破鏡重圓的理由。

那天晚上，兩人一直在上海飯店待到店都要關了，天南地北地聊著，還乾了好幾杯啤酒。顯然想重拾這段情的晃太郎還說什麼「只要結衣願意的話」、「也許是我一廂情願」，卻又搖搖頭說「沒事，今天還是算了吧」。

但是當失去歸處的結衣嚷著「今天不想回老家」時，晃太郎又像是下定決心似地說：

「那就來我家吧！」

——既然如此，為什麼我們的關係會變得這麼疏遠呢？

結果，結衣落得兩頭空。原本租的地方已經退租，為了準備結婚也花了不少積蓄，現在只能搬回老家住。

「真不想回去啊！」頓覺生活窘迫的結衣托腮發牢騷。

「啊，對了，」一旁的餃子大叔突然想到什麼似地說，「回鍋肉大叔的長子昨晚來這裡打招呼哦！他已經開始工作了。」

回鍋肉大叔也是這間店的常客。半年前，聽說他吃了常點的回鍋肉套餐後回公司加班，結果工作到早上的他猝死了。

「他兒子不是還在念小學嗎？」

「那是老二，老大已經成年囉。春天那時就去運動用品公司上班。他從小學就踢足球，是個很有企圖心的孩子。明明都那麼晚了，還說要回公司加班。」

才進公司三個禮拜就開始加班？結衣總覺得心情很悶。之前回鍋肉大叔也是每天加班到很晚。

「應該是採責任制吧，自己斟酌工作時間。」

「新人哪知道怎麼斟酌工作時間啊！」

「他說他們公司的風氣就是那種隨時處於備戰狀態中，照以前的說法，就是為公司鞠躬盡瘁吧。是哪家公司啊？啊，叫FORCE！結衣應該聽過吧？就是做運動服的公司。」

何止聽過……結衣頓時有點坐立難安。還沒收到小柊的回信。

走進老家玄關，正要悄悄上二樓時，結衣冷不防被在客廳摺衣物的母親叫住。

「今天又被妳爸說不准去練習草裙舞。」

今晚又要聽媽媽發老爸的牢騷嗎？結衣嘆氣，走進客廳。

「爸最近怎麼都窩在家裡啊？沒去打高爾夫球嗎？」

「一起打球的夥伴住院了。約部屬一起去，又怕造成別人的困擾。」

「現在也不是他的部屬啦！原來如此，難怪他看起來很沒精神。」

「我勸他去參加一些活動，他還嫌東嫌西。自己愛搞孤僻，還看不慣我和朋友碰面，有人像他這麼自私嗎？明明退休之前幾乎天天不回家，現在卻要我和他成天攪和在一起。」

就在結衣安慰含淚控訴的母親時，傳來一陣腳步聲，「怎麼那麼晚才回來！」父親走進客廳。

「又當掉了！最近的機器品質真是有夠差，這肯定是中國製的吧。」

父親將剛買不久的手機遞向結衣，好像是正在看的影片當掉了。「等一下喔。」這麼說的結衣試著重新開機，手機螢幕出現一部老電影的片名。

《忠臣藏》，是一齣很久以前的時代劇。結衣沒看過，但以前每到年底電視都會重播。父親總是霸占電視，基本上他在家時，電視遙控器都在他手上。

父親回房間後，母親說了聲「謝謝」。「多虧結衣用手機讓他看看老電影，我才能樂得輕鬆些，減少和他相看兩相厭的時間。」

「一旦退休，職場的人際關係就幾乎歸零呢！」

想拿回失去的東西。結衣不禁想起說這句話的舊情人，那個無論是除夕還是大年初一都在工作的男人，打算怎麼度過老後生活呢？

「勸妳還是放棄晃太郎吧。」

結衣愕然回神，瞧見母親瞅著她。

「嫁給工作狂就是入地獄啊！到死都會被整得團團轉，看我就知道了。老媽這輩子都賠進去了。」

「我才不會跟晃太郎在一起。」這麼說的結衣一邊上樓，一邊覺得母親說的對。

兩人之所以分手，是因為晃太郎是個眼裡只有工作的工作狂，現在也是如此。兩人之間仍然橫亙著這堵牆，所以那晚什麼也沒發生是對的。戀愛就不必了，還是專心工作吧。

我得先好好調教甘露寺，回復準時下班的生活。

結衣在房間換衣服時，手機響起。是小柊傳來的郵件，結衣趕緊開啟。

小柊傳來的情報不是最新的，內容幾乎和晃太郎給的資料沒兩樣。結衣也在上海飯店聽聞FORCE是一間採取責任制的公司。

不過，看到最後小柊說她八成知道而添述的情報時，讓她不由得皺眉。

「這是這兩三天才發生的事，帶有歧視意味的FORCE網路廣告掀起火熱話題。」

一週開始的禮拜一，結衣正要將FORCE的事告訴晃太郎時，察覺不太對勁。甘露寺沒來上班。

就在她環視辦公室時，從身後的部長位子傳來聲音。

「他還在被窩裡，」盯著電腦螢幕的晃太郎這麼說，「打電話給他吧。」

結衣半信半疑打給甘露寺，傳來「呼啊」的哈欠聲，看來他真的還在睡覺。結衣說了句「馬上給我過來」便掛斷，沒想到甘露寺拖到十點都還沒現身。
「每天早上都是這樣。」晃太郎說。
原來如此，最近結衣都是直接去客戶那邊開完會才進公司，所以不曉得。
「只打一次，他是不會起來的。」
不會吧……結衣又打了一次，傳來「嗚……」的呻吟聲，還有安穩的鼻息聲。
「甘露寺？你以為現在幾點啦？真是的！別再睡了。拜託……」
結衣喊了好幾次「給我起來」後掛斷電話，隨即傳來晃太郎的聲音。
「我看妳每天給他 Morning Call 還比較輕鬆。他分派到我這邊三天後，我每天早上七點打電話叫他起床。」
「什麼？每天早上 Morning Call？這是我每天早上的例行工作嗎？」
「身為主管哪有時間做這種事啊！」晃太郎邊敲鍵盤，邊竊笑，「加油啦！學習包容。」
幹麼故意默默地推給我啊！結衣很生氣，但現在不是為了甘露寺發火的時候。
「你曉得 FORCE 的網路廣告嗎？」結衣用平版秀給晃太郎看。
「成了熱門話題，對吧？」晃太郎一派若無其事的口氣，看來他早就知道了。
這是 FORCE 的品牌形象廣告，有著運動員身材的男女穿著 FORCE 運動衣在辦公室走著。坐在黑色辦公椅上的男人一把摟住女人的腰，只見女人推開男人，還用鞋跟狠踩對方一腳。聽說這是某知名 MV 導演拍的廣告。如果這是 MV 的話，也許就不會鬧得如此沸沸揚揚。

問題是這是企業形象廣告，影片最後還出現這樣的廣告標語。

「要是沒力氣就不是男人，要是有小腹就不是女人，所有人都需要運動。」

這支廣告迅速在社群平臺傳開，被批評廣告內容涉及性別歧視。結衣也很不滿「有小腹就不是女人」這句話，上網搜尋後發現女性同胞的反彈聲浪很大，尤以職業婦女的反應最強烈。

「連我都很不滿什麼有小腹就不是女人的說法，什麼意思啊？太瞧不起人了吧？」

晃太郎瞅了一眼結衣的腹部。「要是那麼在意，就練腹肌啊！」

「對喔！種田先生也是肌肉男。」

這人從小學到高中，可說是前半段人生都奉獻給棒球。他老家的走廊上擺著一整排獎盃和獎牌，上了大學後，因為肩傷只好放棄職棒一途。現在因為長時間工作的關係，他每天還是堅持鍛鍊身體，也放了一雙球鞋在公司。

「還有，為什麼只有男人坐辦公椅？不公平啊！」

「這又不是我企劃的廣告，問我也沒用啊！」晃太郎一臉嫌煩樣，「不過要不是這支廣告遭到撻伐，我們也沒機會插手。」

聽晃太郎說，FORCE 要 BASIC 擔負所有責任。

「做這支廣告的是 FORCE，如果 BASIC 只是按照指示上傳，那就真的成了冤大頭。

畢竟要是不趕快找個替死鬼背黑鍋，恐怕很難對上頭交代吧。廣告宣傳部被要求緊急處理此事，所以負責公司網頁的人趕緊打電話給我們的業務。他們目前正在全面檢討中，希望能盡快平息這場風波。」

雖說如此，也沒理由排除BASIC，所以還是會讓他們參加比稿的樣子。畢竟BASIC十分清楚這家公司的情況，可說有著壓倒性優勢，話說回來，感覺FORCE這間公司並不好應付。

「總之，我們一定要贏，」晃太郎露出視死如歸的表情，「要是順利拿下這案子，就能達到一億五千萬的業績目標，還能拿到最佳團隊獎。」

「有五位新人要帶，哪還有多餘心力弄新案子啊！」

「我來負責這案子，反正妳只要一開始露個臉就行了。」

結衣本來想再追問，但這時手機響起。這傢伙總算起來了嗎？結衣瞧了一眼手機畫面，有些沮喪，並非甘露寺打來的。

她忘了今天是禮拜一。

為了節約能源，公司的安全梯只開了一半的日光燈，顯得很昏暗。

「抱歉，小黑。我花了點時間叫新來的男同事起床。」

結衣向坐在樓梯的男子這麼說。「好慢喔！」只見一顆紅髮回頭。男子身穿圖案誇張的T恤，手上戴著三只名牌錶。

他是管理部的石黑良久。管理部的工作就是審核公司所有案子的預算、損益、人員配置，以及監督第一線的工作情況。以製造業來說，近似生產管理；雖然今年三十歲的石黑比結衣年輕，但他是創社元老之一，管理部的總經理，可說地位極高，不過——

「我這個認識多年的老友居然比不上小鮮肉，看來小結也上了年紀囉！」

他就是這麼粗野的男人。「這個禮拜的分。」結衣將密封袋遞給石黑，石黑馬上抓起袋子裡頭一包小花袋，撕破袋子一口氣吃光，然後按了一下眼頭。

「啊，好爽……」

石黑患有重度砂糖成癮症。因為二十幾歲時的他一邊搏命工作，一邊猛吃砂糖，結果罹患糖尿病。他那美麗的年輕妻子規定他一天只能吃一小包砂糖，所以結衣只好每週一偷偷塞給他一個禮拜的分量。

「好希望有人能接手這個任務喔！管理部沒有新人嗎？」

「對了，小結，你是不是跟種田晃太郎說我缺乏運動啊？」

「嗯，好像有吧。」可能是那時在上海飯店說的吧。

「你不是說自己太胖了，影響到夫妻生活嗎？跟著他一起運動很好啊！」

「幹麼多嘴啊！妳知道我有多慘嗎？」石黑睜大有黑眼圈的雙眼。

「那傢伙猛打電話叫我和他一起去運動，結果昨天早上我們約好去河堤跑步，不但被他要求保持時速八公里，還一邊跑一邊連珠砲似地質問我業績的事！我跑得上氣不接下氣，根本沒辦法回答，他還一臉嚴肅地說什麼我這樣可沒辦法跑全馬。我有說要去跑全馬嗎？那傢伙有夠討厭！超恐怖！」

「你之前不是很喜歡他嗎？」

深為晃太郎的工作態度著迷，將他挖角過來的人就是石黑。

「不過啊，我終於深深明白妳和那傢伙交往那時，為什麼禮拜一總是無精打采、一副呆樣啦！」

當時結衣的頂頭上司是石黑，虧他還記得前部屬的黑歷史。

「畢竟交往的對象是他，晚上的鍛鍊肯定更激烈吧！」

「說這種話可是性騷擾哦！石黑總經理。」

「星印工場那案子之所以搞得人仰馬翻，也算是拜他之賜吧？妳和他交往後，腦子就變得不太靈光，所以別再重蹈覆轍啦！總之，我會把種田那傢伙操到死，誰叫他連我也牽拖進去，嘻嘻！」

真是差勁！結衣心想。

「對了，業績目標為何訂得這麼高？一億五千萬耶。」

「很多因素囉！反正你們就算粉身碎骨也要達標。」咬著空袋的石黑回道。

「對了，偷偷跟妳說哦！阿忍他提拔妳，就是要妳出人頭地。所以啊，小結要多用腦子，別耍小聰明。這是他託我轉告妳的。」

阿忍就是灰原社長。即便現在公司越來越有規模，聽說灰原每個月還是會和創社元老石黑吃一次飯。

多用腦子啊……是我太好欺負？還是社長他不好惹？結衣的腦子裡浮現灰原那張難以捉摸的臉。

十一年前，進入最後一關面試的結衣在灰原面前坦白自己想進這間公司的動機，那就是打造準時下班的公司。

——但是過了十年，妳卻什麼也沒做啊！

兩個月前，灰原對為了迫使福永退出星印工場的案子，而跑去直接找他的結衣說了這句話，也是因為這句話，讓結衣決定獨自和福永搏鬥。

「應該是想說對我說什麼好聽話，就能把我推出去當砲灰吧！真是夠了。」結衣搖頭，「我要回去了。下午要進行第一次的新人面試。」

「我也被叫去當第二次的面試官，但我拒絕了。才受不了那些自以為是的小鬼！」

「我說小黑你啊，因為學生時代就進了這間公司，所以不曉得求職可是一件超級辛苦的事呢！我也是投了上百封履歷，好不容易才錄取這麼一間，這失落的二十年可是就職冰河期啊！別這麼不知民間疾苦啦！」

「小結，我看妳不太清楚現在的學生是啥德行吧，」石黑露出不懷好意的笑，「妳去看看就知道啦！就會明白阿忍為何想要提拔妳囉！」

自以為是的傢伙。一個下午，結衣總算明白石黑這句話的意思。結束二十位應屆畢業生的面試後，精疲力竭的她幫忙收拾會議室。

「我聽過白色世代，但沒想到竟然是這樣。」一起當面試官的三谷佳菜子走過來，皺眉說道。個性一板一眼的她和結衣同年，之前待在製作部同一組，後來調到營運部，如願當上組長。

「白色世代？」第一次聽到這詞的結衣狐疑地偏著頭。

「就是指自我意識很強的學生。因為市場人力需求大增，去年的內定率之高可是刷新紀錄。我面試的學生啊，才應徵五家就錄取三家呢！」

「是喔。好羨慕喔！難怪人事部的姿態要放得那麼低，還說什麼因為這裡離車站很遠，所以提供車馬費。我每天早上可是沿著風超強的河邊走過來呢！」

「所以才說他們被寵壞啦！」三谷翻白眼，「履歷表也寫得零零落落，要是在我們那時絕對會被刷掉。」

根據人事部的說法，二〇一八年十八歲以下的年輕人大幅減少，所以應屆畢業求職的學生相對減少，就連不是很優秀的年輕人也成了搶手貨，所以才會連甘露寺那種咖都能錄取。人事部為了吸引這些白色世代，可是殺紅了眼，不但標榜公司可以準時下班、有薪假的申請率業界第一，還祭出男員工也有三年育嬰假的權益。

結衣逐漸明白灰原社長為何想提拔她了。還不是想打出她這張連主管也能準時下班的王牌。

「我們公司招募人才居然也會大小眼！」三谷忿忿不平地說，「妳應該有耳聞吧？就是依對方能力給予高薪的制度，聽說是為一個會寫資料分析程式的學生而破例。」

「我們公司的資料分析技術本來就比較弱，研發部一定很想要這種人才。」

「可是對方要求年薪一千萬日圓！我們都已經答應他了，他卻爽約，說什麼知名外商開的條件更好。」

「是喔……可真會談條件啊！好像在聽國外才會發生的事。」

「這裡可是日本，就算能力再怎麼強，新人就是新人！應該是薪水低一點也沒關係，抗壓性強，不是嗎？想進日商就要有這覺悟！」

雖然明白三谷的心情，但聽她叨念真的很累。結衣疊著椅子，試圖換個話題。

「對了，妳已經習慣營運部了吧？那裡和製作部不一樣，工作內容比較制式，應該比較可以準時下班吧。」

「嗯，可是就算回家也沒事做，還不如留下來加班。」

「咦？是喔。」

結衣一邊想起曾經為了讓三谷準時下班，可說煞費苦心，一邊疊上最後一張椅子。

「要不要去學個語言呢？三谷小姐很認真，絕對能學得很好。」

三谷蹙眉沉思。準備回製作部的結衣突然被一聲「東山小姐」喚住。不會吧？又怎麼了嗎？

「關於FORCE那件案子，我們營運部是派來栖負責。有他一起合作，東山小姐也比較輕鬆吧。」

「嗯，對啊！可是來栖才剛調到你們部門，真的沒問題嗎？」

「妳也知道，他的能力很好，所以想說讓他一開始就有臨場經驗比較好吧。況且他每天都抱怨營運部好無聊，想辭職。」

「是喔……」那小子又嚷著想辭職啦！

「東山小姐調教出來的新人為什麼都這麼自我啊？妳知道大家私底下都說，東山、來栖、甘露寺根本是同一陣線。」

「什麼意思？這說法感覺不太好。」

「難搞員工一族囉！這種自我意識高的傢伙一多，我們公司可怎麼辦才好啊！」

三谷嘆了一口氣，步出會議室。

結衣不曉得其他業界是否也一樣；基本上，他們這業界在比稿前必須先和客戶開會，由客戶說明案子內容。

步出竹橋車站的結衣「哇」的一聲，不由得伸手遮擋陽光，好久沒這麼近距離看皇居。東京都內很少有這麼廣闊的綠地，春陽和煦好舒服。

「真不敢相信這裡以前是江戶城。」結衣說。

一旁的業務部同事大森高志，指著前方橫跨內壕的橋，說道：「這裡就是平川門，以前被稱為不淨之門，聽說是運送死人、罪犯出城的門。」

FORCE總公司位於從不淨之門徒步十分鐘可到達的地方。

結衣站在大樓正面時，深深被漆黑的大樓外牆震懾。像是高級房車烤漆般閃閃發光，牆上裝飾著仿武士頭盔的巨大公司商標。以戰國武將的頭盔為靈感，十分前衛的設計，令人聯想到星際大戰的黑武士。

大廳的牆面和大樓外牆一樣也是黑得發亮，牆上彩繪著許多像是一起跑步的運動員剪影。稍遠處架著一臺投影機，將新品運動衣和甲冑的影像不斷投射在運動員身上，營造交替換穿的感覺。

「呵呵呵！挺高科技嘛！哦，這次換上西裝影像啊！」

甘露寺很興奮。結衣想說讓他見識一下和客戶開會的場面，好讓他的皮繃緊一點，所以才帶他同行，沒想到他依舊老神在在。

「不要東張西望！」晃太郎反而比較緊張。被晃太郎叮囑「給我盯緊一點」的結衣趕緊拉著甘露寺一起坐在等候區。

「種田先生、東山小姐還是老樣子呢！」

一旁冷靜看他們互動的是直到去年還跟著結衣學習，進公司第二年的新人來栖泰斗。撇開動不動就將「辭職」掛嘴邊的壞習慣不談，長相斯文又聰明的他可是備受期待的人才。因為人事部希望他多方累積各部門的工作經驗，所以從春天開始調至營運部。

「我對那種熱血體育男超沒輒。乍看之下文質彬彬、一副知識分子的模樣，其實超級好勝，不是嗎？就是會買那種貴得要死的機能性運動衣。」

坐在一旁的晃太郎臭臉看著來栖，因為他也是那種常買高機能性運動衣的傢伙。

「他們的網路廣告標語不是什麼『沒力氣就不是男人』嗎？結果被批評性別歧視，鬧得沸沸揚揚。東山小姐，妳真的想拿到這案子嗎？」

「拜託，別在這裡提這件事。」大森用手指抵著唇。

「嗯。不過如果拿到這案子，網路廣告的管理也會給我們吧？」

「應該是這樣沒錯，但他們對這種事變得很敏感……」

對這種事變得很敏感的應該是看過那種廣告的我們才對吧。結衣心想。

只見晃太郎回了句「了解」，邊拿出資料邊低聲說：「東山小姐千萬別說些有的沒的，來栖也是，在我提到營運方面的事之前都不要隨便發言。」

就在結衣心想晃太郎看起來好緊張時，突然傳來高分貝的急促鼓聲，還有電吉他的重低音。

「這是重金屬搖滾？」趕緊摀住一邊耳朵的結衣問。「不少人做重訓時都會聽重金屬音樂。」就在晃太郎回應時——

「必當鞠躬盡瘁！」一群男人的吼聲轟炸。

好像是介紹公司的影片，那種用大螢幕定時播放的宣傳片吧。

「光聽，血壓就會飆高。」就在結衣和這麼嘀咕的來栖互看時，「久等了。」有位個頭很高、長得頗剽悍的男人快步走向他們。

上半身穿著盡顯肌肉線條的黑色運動衣，胸前有武士頭盔的商標，應該是FORCE的招牌商品。結衣來之前有先調查一番。

「您穿的那件叫武士魂吧。」當結衣說出品牌名稱時，男子一臉得意地頷首。

「沒錯，公司同仁都穿這個上班，因為很適合長時間勞動時穿著，無論早晚都能點燃你的工作熱情，提升工作效率。」

「隨時處於備戰狀態，是吧？」結衣說。

「沒錯，」男子又點頭，「我們公司採責任制，沒有規定上班時間，公司的管理方針就是每個人都能自由運用時間，上班時間視個人情況斟酌。」

視個人情況斟酌啊⋯⋯就在結衣思索時，「我們都是那樣度過休息時間。」男子邊走，邊指著用一整片玻璃隔出來的房間，好像是健身房。身穿黑色運動衣的男人們正猛力使用跑步機。

「大家都在健身嗎？」結衣問，「感覺不像在休息。」

「肌力衰落，工作效率也會跟著降低。我們本來就沒什麼公私之分，三餐也是在員工餐廳解決，要是想睡覺的話，可以去地下室的氧氣艙小睡一下。」

「幾乎一整天都待在公司嗎？」來栖問。

「沒必要去外面啊！雖然剛來的新人起初也有點困惑，怎麼說呢？就像改造人格吧。不過一旦上過強化研習課程，馬上就習慣了。」

眼前的跑步機上的速度測量顯示十二公里這個紅色數字。

回鍋肉大叔的兒子也是以這速度跑步嗎？要是我們比稿贏了的話，營運部就會派人長期駐守在FORCE，被派來的人真的能適應嗎？就在結衣這麼思索時，長相剽悍的男子邊走邊說：「BASIC營運部派來的人都會來這裡跑步哦！」

「我可不想被派來這裡。」來栖悄聲對結衣說。

不過也有人喜歡這樣的工作環境就是了。當這麼想的結衣看向晃太郎時，發現他正盯著甘露寺，似乎在監視他別亂來。

一行人來到會議室，有兩個人早就在裡頭等著；雖然交換了名片，但因為都是穿黑色運動服，所以搞不清楚誰是誰。結衣瞧見甘露寺迅速在名片背面上不知寫了些什麼，讓她頗在意。

「哇！種田先生去過甲子園嗎？是打哪個位置？」

FORCE員工們顯得很興奮，看來應該是大森透露的。

「我是投手，」晃太郎回道，「因為肩傷，大學畢業之後就放棄了。」

「東山小姐有從事什麼運動嗎？都是去哪裡運動？」馬上飛來好奇的詢問。

「我沒有運動習慣。」

「什麼？這樣怎麼行啊！FORCE可是和運動劃上等號。公司組織結構不是像座金字塔嗎？我看東山小姐在我們公司就是在最底層囉。」

不曉得該如何回應的結衣選擇沉默。心想不妙的晃太郎趕緊打圓場。

「是不是可以開始說明呢？」

FORCE的委託內容並不算特別。

目標是鎖定一直有運動習慣的客層，也想藉由創社十週年慶，吸引平常沒有運動習慣的人，希望能將餅做大。他們自信滿滿說著。由晃太郎主導的這場說明會總算順利結束。

但是當FORCE員工將載明企劃內容的提案委託書交給結衣他們時，氣氛卻驟變。

「內容要是有任何修改，可以直接和東山小姐聯繫嗎？」

聽到對方這麼說，一直沉默的結衣總算開口：「當然可以和我聯繫，但我們公司希望員工每個月加班不要超過二十個小時，所以要打電話聯繫的話，可以儘量在下午五點之前嗎？五點過後用郵件聯絡比較方便。」

結衣說完後，察覺會議室的氣氛剎時緊繃。

「妳不是在開玩笑吧?」其中一位FORCE的員工面有慍色地問。

「我的黃金時段可是在深夜，這怎麼行啊!」另一位員工也出聲。

最後一位則探出健美的上半身看著結衣，笑道:「承包商不就是要配合客戶步調嗎?」

方才的和諧氣氛瞬間瓦解，大森也怔得半晌說不出話來，果然還是某人反應最快。

「是我的部屬失禮了，」晃太郎微微低頭致歉，隨即露出犀利目光，「我幾乎都待在公司，隨時可以聯絡我。」

「我們可不想浪費一分一秒，希望你們能以最快速度回覆。」

「別說什麼準時下班，要強化肌力才對啦!加速血液流通，就不會覺得疲倦。」

FORCE員工連珠砲似地說。

「一定會盡快回覆，反正我不管睡覺還是洗澡，手機都會放在拿得到的地方。」晃太郎說。

「不虧是到過甲子園的漢子啊!和我們是同一族群。」他們聽到晃太郎的回應，態度立刻軟化。

結衣終於明白為何晃太郎要她別過度插手這案子。

因為我不小心就會觸怒這些二十四小時工作的男人啊!結衣心想，我和晃太郎也是因為這樣才分手的。

「連假一結束，我們再約時間會商。」晃太郎露出開朗笑容，順利化解僵局。

當結衣一行人步出會議室時，「咦？這是……」FORCE員工指著留在桌上的名片。名片背面朝上，上頭寫著「無腦男」、「機車男」、「臭屁男」等字眼。晃太郎馬上繃起臉，趁對方沒看清楚時趕緊拿走。

眾人步出大樓後，「這裡可真是不好搞啊！」大森瞬間老了好幾歲的樣子。

「都是那種滿腦子只有運動的人啊！搞不好有嗑藥吧。不虧是種田先生，完全能投其所好。」

「這是什麼？」晃太郎將名片遞向甘露寺。

「啊，那是……呵呵呵！是我剛剛隨手記下那些搞笑傢伙的特徵啦！」

「要是讓客戶看到這種東西，你知道會有什麼後果嗎？」

「發現別人對自己的客觀評價，學習俯視自己？」

晃太郎似乎氣到說不出話來，「還真是一點都派不上用場。」這麼嘀咕的他快步離去。

「種田先生！」結衣趕緊追上去。

「來得及準備嗎？離連假只剩三天。」

下次開會時間是五月八日，也就是比稿前的最後一次會商。仔細看過客戶給的提案委託書後，必須粗估成本，勢必得耗費不少心力。

「要是來不及的話，連假期間我來做，東山小姐不必擔心。」

晃太郎果然不打算休息。如果順利拿到這案子的話，至少一、二年，直到合約到期為止都必須隨時處於備戰狀態。

「我先回公司。」晃太郎這麼說，隨即走向地鐵車站。

看得出來他只想趕快抽身。訂婚那時，不曉得看過多少次這樣的背影啊……這麼想的結衣隨即詢問追上來的甘露寺：「我要你寫的會議紀錄呢？」

「嗯，寫了。不過連我自己都看不太懂……」甘露寺一臉懊惱地搖頭。

總覺得手癢癢的……就在結衣心想自己可能要起蕁麻疹時，一旁的來栖遞出筆記本。

「我稍微記了一下會議內容，要用嗎？」

結衣感動得想哭，點頭道謝。

回公司後，結衣趕緊處理完其他案子的雜事，然後隔天早上開始準備下次要和FORCE開會用的資料，希望連假之前能大致搞定。

無奈進展得不太順利，結衣要求甘露寺以來栖的筆記為藍本寫一份會議紀錄，卻慘不忍睹。

「甘露寺，會議紀錄上不必寫『笑』這個字啦！喂，你有在聽嗎？」

甘露寺正在專心滑手機。幾秒後，開始流洩出民族音樂。

「甘露寺，這裡是公司。」結衣很不高興，「還有，那是什麼聲音？二胡？」

「馬頭琴。」

甘露寺鼻哼一聲，開始朗誦似地說：「從前有個名叫阿石的工匠去齊國旅行時，路過一棵巨大的樹，阿石卻瞧都不瞧一眼，弟子問他為什麼，阿石說因為那是棵毫無用處的樹。用那棵樹造船，船會沉；用來做棺材，棺材會腐朽，明明長得那麼高大卻一點用處也沒有；沒想到那天晚上，那棵樹來到阿石的夢中——」

不知為何，馬頭琴的音色聽起來像在啜泣。就在結衣這麼思索，等著音樂結束時，音樂戛然而止，原來是晃太郎出手關掉。

「吵死了。」晃太郎冷冷地說。

「讓我聽完嘛！」甘露寺不服，「這就是我想說的，硬是要讓它發揮用處的結果就是縮短壽命——」

原來如此，為了反駁自己昨天被斥責沒用的事嗎？結衣心想。

「反正怎麼逼都沒用，是吧？」

「就是這意思。」

「你到底把公司當什麼——」

結衣抓住晃太郎那想掐住甘露寺脖子的手，「好了，別這樣！」趕緊阻止他。

「說我沒用也太誇張了，不是嗎？」

晃太郎用力甩開結衣的手，不發一語地回座。

「真是有夠會威嚇別人啊！」自詡是超強新人的甘露寺十分不以為然。不趁現在好好訓他幾句不行！這麼想的結衣坐直身子，一臉嚴肅地看著甘露寺。

「甘露寺，公司是大家工作的地方，所以團隊合作很重要，必須尊重一起工作的人，服從上司。」

「我無法屈居別人之下。」

「別這麼說。工作無分上下，尊敬比自己厲害的人，補足自己的不足之處，唯有這樣才能做好工作。」

甘露寺哼笑一聲，凝望結衣身後。結衣回頭一瞧，身後只有牆壁。

「東山長官，反正我們只是承包商，不是嗎？」

「什麼意思？」

甘露寺凝望遠方，撫胸說道：「我預感今後應該會逐漸好轉。」

「……今後會逐漸好轉？」

「我因為在某間中華料理店遇到的女人對我說他們公司可以準時下班，說什麼要打造友善的工作環境，所以才進來。沒想到被採取責任制的客戶一恫嚇，她就改變立場，還要我們配合對方的工作方式，看來連我這個剛來的新人都得被迫二十四小時待命囉……」

結衣張著嘴，卻吐不出半句話。

「要是能進大公司就好囉！至少不必在外頭看人家臉色。呵呵呵！現在開始找，應該也不晚吧。」甘露寺說完便走了，好像是要拿手機去充電的樣子。

結衣怔住，陷入沉思。那番話好刺耳。

星印工場的案子也是，儘管起初有些小妥協，也會適時反抗，即便如此，準時下班的生活還是瞬間成了泡影，整個團隊被迫長時間工作。

這間公司標榜打造友善的職場環境，吸引許多年輕人上門；但結衣知道這種東西很容易因為某個因素便瞬間瓦解。

我不想成為像福永那樣只會乖乖聽從客戶指示的無能上司。

問題是，要是沒有利益可言，也無法維持友善的職場環境。

真的要忍受那種強勢的客戶嗎？被推上小主管位子的結衣思索著。

甘露寺討厭這間公司嗎？

結衣拿出那時被忘在桌上的FORCE員工名片，翻看背面，對照來栖的筆記內容。「無腦男」是指連腦子都由肌肉支配的意思吧，也就是只會用蠻力的傢伙；「機車男」應該是那個負責帶路，長相剽悍、口氣咄咄逼人的傢伙；「臭屁男」則是那個很重視上下關係的男子。

結衣覺得他們看起來都差不多，甘露寺卻能區別。兩人初次見面的那天晚上，自己應該也是覺得他有這般特殊之處吧。不然就算醉了，也不會給他名片。

看來甘露寺也不是完全沒有企圖心嘛！

飄來一股香氣，心情頓時舒緩不少。這是花香嗎？結衣這麼想時，瞧見纖瘦柳腰站在她面前。

「櫻宮小姐，怎麼了？和種田先生起爭執嗎？」

「不是的。聽甘露寺說，東山小姐去了一趟FORCE。」櫻宮的黑漆瞳孔直盯著結衣。「我在BASIC業務部時，曾和FORCE那邊的人接觸。下次可以帶我一起去嗎？一定能幫上忙的，比我現在的助理工作更能發揮。那個……尤其對方是男人的話。」

結衣不知如何回應。「尤其對方是男人的話」，這句話是什麼意思？櫻宮眼神上飄地說：「感覺東山小姐就很不擅長這種事囉。」

結衣的心情頓時複雜起來。

櫻宮微笑說：「之前的主管還說有我在，比稿都很順利呢！」

「是喔，」結衣重整心緒，「可是這種事得和種田先生商量才行，畢竟現在負責帶妳的是他。」

「唉……」只見櫻宮不太高興地癟嘴，失望離去。應該提醒她做好手邊的工作才對。結衣小小反省了一下。畢竟甘露寺那番話就已經夠她心煩意亂，實在沒多餘心力再去管別的事。

然而，櫻宮那番話卻硬是喚醒結衣心中的鬱悶。有小腹就不是女人、小結也上了年紀囉、我和妳只談公事——

我……這個三十二歲的女人，也許比自己想得還糟糕吧。

結衣摸著額上的傷疤。在提到準時下班這件事時，在被FORCE那些擁有強健體魄的男人逼壓時，這個傷疤彷彿再次裂開似地疼痛。

結衣悄悄地深呼吸。希望連假時能好好休息，重拾從容感。

以比平常還快的速度工作果然有效率，和FORCE會商用的資料總算在連假之前弄完。二十八日晚上，結衣準備下班時，又問了一次晃太郎：「連假有什麼計畫嗎？」之所以這麼問，是為了確認晃太郎不會跑來公司加班。

「咦？」晃太郎一臉困惑。

「我打算整理一下老家。」聽到結衣這麼說，晃太郎搔搔後脖子，別過臉回道：「我也有很多事要做。」

「休息也是工作的一環哦！種田部長。」結衣語帶諷刺地說。

連假即將結束的五月六日，結衣陪著閒得發慌、心情不好的父親進行斷捨離時，阿巧來電說本來應該是婚後新居的房子已經順利解約，對方退還部分押金，但是扣除買傢俱的費用後也所剩無幾。

所以結衣決定暫時回老家住。就在她深深嘆氣時，「對了，你們團隊也有參加FORCE的比稿吧。」阿巧說。

阿巧任職於BASIC的業務部。「你的消息可真靈通。」結衣說。

「我們這邊負責這件業務的是風間先生，聽他說FORCE很難搞啊！我們明天也要和他們會商，聽說提案委託書的內容有變更，是吧？所以我同事他們連假泡湯了。重新準備資料超辛苦。」

連假的閒適感瞬間沒了。「提案委託書的內容有變更？什麼意思？」結衣問。

「聽說企劃範圍大幅變更的樣子。難不成你們沒收到通知？」

結衣掛斷阿巧的電話後，立刻打給晃太郎，還瞅了一眼月曆。今天是六號，八號要會商，只剩一天半的時間。結衣將這件事告知晃太郎時，晃太郎頓時怔住，馬上打電話給FORCE，詢問內容變更一事。

內容果然大幅變更，所以資料必須重做。

「為什麼不通知我們呢？好奇怪喔！是對方來找我們比稿的啊！」

「他們說連假之前有打電話給妳，但因為過了下班時間，東山小姐不在公司，所以沒聯絡到，想說會商的時候再說。」

對方當真忘了嗎？不是明白告知自己無法配合他們的工作時間嗎？沒有即時告知內容變更的事，可是會傷害比稿的權利。結衣十分不以為然。

除了上班時間之外，每個人也要把一部分工作帶回家做。晃太郎的工作效率很高，他說預定明晚九點完成，剩下的部分他來弄就行了。

「明天的會商，妳不必去，我負責就行了。」

看來晃太郎今晚也打算熬夜。結衣雖然愧疚，卻也有種鬆了一口氣的感覺，畢竟她的專注力已經瀕臨極限。

疲憊不堪的她躺在客廳沙發上，父親正在看《忠臣藏》，聲音開得很大。不是「您瘋了嗎?!」就是「還請主君明察！」騷然不已的武士們好吵。

「爸，這麼讓人煩躁的對話，虧你還看得下去。」

「妳在說什麼啊！《忠臣藏》可是日本人必看的一齣戲啊！妳要看嗎？建議從頭開始看比較好哦！我建議先看這部電影。」

「不用啦！」結衣雖然敬謝不敏，又怕父親不高興，只好揉揉惺忪睡眼，坐到他旁邊。

隨著激昂音樂，《忠臣藏》開始播映，男主角是很久以前的演員長谷川一夫。

背景是距今三百多年前的日本。

元祿十四年三月十四日，江戶城殿裡的松之大廊上發生前所未聞的大事。赤穗藩藩主淺野長矩因為深覺受到高家旗本吉良義央的刁難與侮辱，憤而揮刀砍向吉良。將軍德川綱吉得知後怒不可遏，未查明真相便下令淺野切腹自殺。心有「遺恨」的淺野不敢違抗，淺野一家隨之滅門。另一方面，吉良卻未被究責，相安無事，於是赤穗家臣們決定為主君報仇，夜襲吉良宅邸，著名的忠臣藏故事於焉開始。

這是前半段的故事大綱，無奈昏昏欲睡的結衣有看沒有懂，不明白為什麼會有四十七位赤穗浪士，加上長相打扮都很像，實在搞不清楚誰是誰。

「怎麼可以在工作的地方拔刀傷人啊！」這是結衣的感想，「雖然不曉得淺野有什麼苦衷，但這麼做就是不對。」

「我看妳肯定睡著了！」父親很不高興，「吉良這傢伙真的是個很愛欺壓別人的混蛋！妳有看到更換榻榻米那起事件嗎？吉良這個混蛋老頭居然沒告訴負責接待的淺野，天皇使臣住的房間必須換上新榻榻米。」

「為什麼？」

「因為只是個地方小官的淺野遵守武士道精神，沒有賄賂吉良這個混蛋，所以吉良故意不告訴他這件事。結果赤穗藩的藩士們只好趕緊想辦法，找來許多製作榻榻米的師傅，熬夜趕工換上新的榻榻米。」

故意不告知，熬夜趕工，結衣覺得好耳熟。

「有夠誇張。就算經過三百多年，每個時代還是會發生權力霸凌這種事。」結衣說。

「是啊。不過，更換榻榻米的事件好像是後人杜撰的樣子。」

「什麼？所以不是真的？」

「殺傷吉良事件和淺野切腹自殺是真的，其他好像是杜撰的吧。淺野雖然沒說明理由就切腹自殺，但肯定是因為吉良仗勢欺壓的關係。聽說這部分是後世創作歌舞伎、淨瑠璃的江戶人編造出來的。」

「虧我還挺有共鳴。」結衣說。不過，居然能想像出如此生動的故事。

結衣突然想起明天的事，晃太郎要她明天不用出席會議，一切由他負責。可是，全都丟給他……這樣好嗎？被武士三人行說「我們是同一族群」的人。

就在結衣思索時，父親開口：「剛才妳說過了三百年還是這樣，難不成妳也被欺壓？」

「是啊！就是被欺壓。」結衣說出FORCE沒有告知他們內容變更的事。

結衣本以為父親應該能體會她的心情，沒想到他卻鼻哼一聲，說道：「忍下來吧！許多事不得不低頭。」

「咦？可是你剛才不是還替淺野抱屈嗎？」

「結果淺野還不是被推出平川門，被下令切腹自殺。」

平川門。好耳熟，記得是在FORCE總公司附近的那座城門。聽大森說，又稱不淨門，那地方以前正是江戶城。

「公司員工就像武士，」父親作勢在肚子上劃一刀，「要是忤逆上頭，隔天就沒命了。結衣，聽到沒？什麼事都要懂得吞忍、低頭，尤其面對客戶，千萬別逞一時之氣。」

「你說的太誇張啦！我才不敢對客戶怎麼樣。」

結衣回到房間，將提案委託書的影本塞進包包時，瞧著紙上那個黑色頭盔商標。公司員工和武士一樣？若是這樣的話，一味主張自己公司的工作方式，恐怕很難在比稿階段脫穎而出。可是，一時半刻也想不出什麼好方法。

真的要硬著頭皮配合客戶的工作方式嗎？

結衣思索一會兒後，用手機發簡訊給小柊，請他調查一些事。

「抱歉，這麼晚了還打擾。因為事態緊急，想請你再調查一些關於FORCE的情資，我會付雙倍酬勞。」

隔天早上，和來栖一起前往FORCE的晃太郎看到早一步抵達的結衣，不由得蹙眉；看到被Morning Call叫醒的甘露寺，他的表情更嚴肅。晃太郎朝結衣招手示意她過來，說道：「不是叫妳不必來嗎？」

「這案子要是照FORCE的要求去做，肯定會變成星印工場的翻版。」

結衣這番話讓晃太郎不自覺地按著太陽穴，這是他無法理解時的習慣動作。

「妳在說什麼啊！我絕對不會讓這種事情發生。」

「難說哦！種田先生應該會乖乖聽他們的指示吧。」

「結衣。」

突然直呼結衣名字的晃太郎露出藏不住怒氣的眼神。

「妳不明白那些傢伙，也不曉得滿腦子只有運動的世界有多麼嚴苛；況且，我覺得啦，網路廣告那件事讓他們壓力很大，要是再觸怒他們的話，可就不妙了。」

「可是新人他們，」結衣看向甘露寺，「是因為相信我們公司會打造友善工作環境才進來的。」

「在幫助新人之前，」晃太郎口氣變得強硬，「妳必須先讓同事們認同妳的工作方式，不是嗎？公司裡面還是有很多人無法認同身為主管的妳為什麼堅持準時下班，而且是以更嚴苛的眼光來看妳，妳明白嗎？」

就在結衣心想晃太郎就是其中之一時，他又說：「妳必須做出實績，必須比那些無法準時下班的傢伙拿出更好的成果，只能達成業績目標，拿到最佳團隊獎，就不怕別人說三道四啊！況且現在不是能選擇客戶的時候。總之，我一定要拿到這案子，所以——」

「我明白你的意思了。」結衣打斷晃太郎的話。

晃太郎所言不假。結衣多少也感受到自己在公司的立場越來越嚴峻。

「只要一次就好，再給我一次機會。我不會扯你的後腿，反而會助你拿到這案子。」

雖然晃太郎的眼神有些猶疑，但在完成訪客登記的大森催促之下，也只能勉強頷首，再次叮囑：「妳絕對不能得罪對方哦！」

結衣口袋裡的手機突然震動。她看著小柊一早就陸續傳來的訊息，心想太好了。果然不出所料。

——多用腦子，別耍小聰明。

結衣想起從石黑口中聽到的這句話，忘了傷疤還隱隱作疼。

「必當鞠躬盡瘁！」眾人行經吼聲轟然的大廳，來到會議室，也是由上次一起開會的那些人接待。「無腦男」、「機車男」和「臭屁男」看到結衣時，嘴角揚起一抹不太友善的笑；雖然結衣的傷疤又被挑起，但她不在意。

這間公司明明採責任制，卻完全不尊重個人的自主權。他們拚命向所有人主張運動有多好，將自己的金字塔組織觀念強行灌輸給別人；明明是來會商比稿，卻完全沒有提到任何重要情報。

這間公司到底是哪裡出了問題？一旦配合他們，就得被牽著鼻子走。比稿一定要贏，也要貫徹自己的工作方式。

「甘露寺，」結衣回頭，悄聲說，「我們要作戰了。好好跟著我喔。」

一旁的來栖剎時怔住，似乎察覺到什麼的他皺起那對眉形俊俏的眉毛。只見甘露寺微笑地偏著頭回道：「哦？」

「沒有適時告知提案委託書內容有所變更，不好意思。」「無腦男」率先開口。

「哪裡，我們也有不是之處，幸好來得及修改、準備。」

看來晃太郎打算放低身段。於是開始進行會商，結衣他們針對目前的官網提出許多細部問題，FORCE 這邊卻無法給予具體回覆。

「相信以你們的專業，應該不用明說就能明白吧。」只見「臭屁男」露出輕蔑的笑。

這間公司果然有問題，但到底哪裡出問題，還不是很清楚。

晃太郎不讓客戶察覺地輕聲嘆氣，露齒微笑說：「這樣啊……那我們這邊會再討論，後天——」

這麼做就太遲了。要是今天無法確認就會壓縮到準備比稿的時間，結果就是敗陣收場。

結衣深吸一口氣，說道：「其實我這邊已經審視過了。」

「我可以提出幾點貴公司的問題嗎？」

結衣不理會驚怔不已的晃太郎，用平版秀出官網。

「首先，在擴大市場範圍之前，必須先檢討因為那件事而造成業績大幅滑落的情況，不是嗎？」

那件事指的就是鬧得沸沸揚揚的網路廣告。結衣指著「要是沒力氣就不是男人，要是有小腹就不是女人，所有人都需要運動」這句廣告標語。她瞧見視線一隅的大森那張臉明顯扭曲。

「這廣告真的很差勁，」結衣毫不客氣地批評，「性別歧視當然是一大問題，但還有另一個問題，那就是習慣運動的人，瞧不起沒有運動習慣的人，這種關起門來，自我感覺良好的價值觀，加上沒有進行客觀評價調查便公開廣告，這就是一大問題，因為根本沒有檢視這樣的廣告是否合乎品牌『推廣全民運動』的概念。」

只見一身黑衣的武士三人行剎時變臉。不過，結衣也沒有退縮的餘地了。

「這是我的體脂肪表。」結衣說。她從堆在老家的成堆紙箱中找出這張紙。「雖然是三年前測的，也是個人隱私，但今天還是特別拿來給大家看。」

結衣的體脂肪率是百分之二十八，雖然不到嚴重肥胖程度，但上頭標示著「請多運動」的建議。「無腦男」瞅了一眼，忍不住竊笑。

「如同上面建議的，妳該運動囉！」

「也許吧。但我對運動這件事真的很不在行，從小學到高中都是『回家社』，只有國中參加過網球社，但也很快就退社。因為我實在不懂為什麼每天只能幫學長姐撿球，所以只去了三天就不想去了。」

「新來的本來就該幫忙撿球啊！」「臭屁男」皺起鼻頭。

「您說的沒錯。」晃太郎說，用眼神示意結衣閉嘴。

「問題是，對這些莫名其妙的規則深感棘手的人，才是貴公司今後要開發的目標客群，不是嗎？無視消費者的心情，根本無法擴大市場範圍。」

「我們無法理解那種不運動的人的心情啦！」「無腦男」笑著說。

「所以啦！要是我的話，放上這支廣告片之前，我會先提醒貴公司這樣的廣告內容可能會遭到抨擊。那麼，負責上傳這支廣告片的 BASIC 為什麼沒有提出這樣的意見呢？照理說，為了不浪費各位的一分一秒，更應該反對到底啊！」

武士三人行沒回應。晃太郎死盯著他們的臉色。

「我們公司有很多人不擅運動，也是一間連主管都能準時下班的公司，所以聚集著和各位的生活方式完全不同的人。」

結衣看向直瞅著自己的「機車男」，繼續說：「但正因為我們不一樣，所以希望您能選擇和我們合作。」

「可是，如果你們想當我們的承包商——」結衣打斷「臭屁男」的話。「我們不想當貴公司的承包商，而是希望能成為貴公司的合作夥伴。」

「夥伴？」「機車男」似乎一時之間搞不清楚結衣的意思。

「我們擁有貴公司沒有的網站架構與營運技術，以及今後數位市場趨勢的豐富知識，所以我希望能構築對等的合作關係。」

現在並非江戶時代，也沒有生於封建主義社會的武士，這裡只有互助合作、並肩發展的二十一世紀商業人士。

結衣雖然這麼想，還是在心裡偷偷鼓舞畏怯的自己。

「我們能找到共通的問題點，真是太好了。那就等比稿時再碰面了。」結衣說。

會商結束後，一行人在大廳短暫逗留，結衣將從小柊那裡取得的情資告訴同事。

「我真是嚇出一身冷汗啊！」大森說，「不過這下子也許領先 BASIC 一步了。」

步出 FORCE 的結衣摸著肚子，心想總算撐過去，不必切腹。

小柊從好幾個社群平臺，過濾出應該是 FORCE 員工的匿名帳戶，試著搜尋任何關於這次網路廣告事件的情報，結果發現不少像是「再這樣下去就慘了」、「上頭那些人到底在想什麼啊」之類的員工心聲與牢騷。看來公司內部也知道這次引發的危機非同小可，所以他們應該會拚命想辦法掙脫眼前困境。

既然如此，就算工作方式不同，但他們會選擇真正指出問題所在的公司做為合作對象也說不定，所以結衣決定賭上這個可能性。

畢竟我想以身作則，做給新人看，告訴他們工作無分上下這件事；讓他們看看我絞盡腦汁，捍衛友善職場環境的英姿。

「甘露寺，」結衣對著應該站在自己身後的自詡超強新人這麼說，「雖然我們是完全不同類型的人，但我相信總有一天會覺得一起共事真好。」

結衣又想起灰原社長那番話——經過了十年，妳還是什麼都沒做。

甘露寺肯定也是個需要花時間栽培的後輩，既然如此，自己也得有點耐性才行。

「就算你頻頻讓我失望，我還是願意相信你、栽培你，相信總有一天我會覺得找你來我們公司真是太好了。所以從明天早上開始，你自己——」

「呵呵呵！」遠處傳來笑聲。

結衣回頭，瞧見甘露寺正朝自己揮手。

「我們來觀光一下吧！」開心大叫的他奔向皇居。

「喂！等一下，還沒午休啊！還有你的會議紀錄呢？」

「我有做筆記，」來栖遞出筆記本，「需要嗎？」

結衣心想，為什麼我要叫甘露寺來我們公司？

「看來對這案子來說，東山小姐成了不可或缺的存在呢！」大森對晃太郎說，「比稿時，她也會在場吧？」

結衣戰戰兢兢地看向從剛才就一言不發的上司。

晃太郎仰望那個黑色頭盔商標，他那張側臉看起來既緊張又嚴肅。這男人曾說，妳不曉得滿腦子只有運動的世界有多嚴苛。晃太郎察覺結衣的視線，趕緊別過臉，喃喃說道：

「我沒自信守得住。」

「守住？」結衣蹙眉，「守護誰啊？」

「結衣，算我求妳，別硬是要渡過危險的橋。」

晃太郎撂下這句話後，便先回公司。結衣望著他的背影，還有前方的石牆。

那裡以前是江戶城。元祿十四年三月十四日，淺野長矩在那座狹窄的城裡拔刀。這起地方小官所引發的小事件，不久後卻發展成撼動江戶幕府的大事件。

他為什麼要那麼做？到底有什麼「遺恨」？迄今仍是個謎。

雖說如此，結衣越是思索這個謎，越是對《忠臣藏》興味索然。

「總之我啊，不用拔刀就解決事情啦！淺野先生。」

結衣向三百多年前的武士喊話後，走向竹橋車站。

第二章

媽寶新人

隨著一聲乾杯，盛滿啤酒的玻璃杯相互碰撞。順利結束與FORCE會商的隔天，眾人在公司附近的居酒屋聚會，歡迎新血加入團隊。

「甘露寺，等一下。還不能喝啊！」晃太郎忍不住叨念甘露寺。

「乾杯時，自己的杯子不能高過在上位者。再來一次！要是面對的是客戶，這樣怎麼行啊！喂，你有在聽嗎？」

「種田先生，昭和人才會這麼做，甘露寺可是平成時代出生的。」

賤岳八重這麼調侃。身為前輩，比結衣大兩歲的賤岳原本以成為第一位女性董事為目標，因為去年剛生下一對雙胞胎，沒辦法長時間工作，所以從四月開始在結衣帶領的團隊擔任組長。

「賤岳小姐，話可不能這麼說哦！妳有看到甘露寺是怎麼乾杯嗎？這傢伙乾杯時居然把杯子舉得比我還高，還發出奇怪聲音……」

「我是喊『耶』吧。」甘露寺挾了一口盤子裡的下酒菜，塞進嘴裡。

「就算你是平成小孩，還是要懂得和客戶應對進退的禮節啊！喂，不能全都吃光！給我放下筷子！聽到沒！」

結衣摀住一隻耳朵，喝著啤酒。至少聚會時，她不想對甘露寺說教。

只見甘露寺露出不耐煩的神情，埋怨著：「可是啊，部屬要是太聽話的話，最後只會被上司欺負得很慘啊！現在都已經步入全球化了，幹麼還那麼在意杯子高低的問題啊！我建議種田長官去進修一下管理課程。」

「我幹麼要聽你的話，去上那種課！」

「呵呵呵！好啦！再喝一杯吧。」甘露寺拿起一瓶啤酒，刻意舉得高高地幫晃太郎倒酒。杯子裡果然立刻滿溢閃耀的金黃色，還濡溼了趕緊拿起杯子的晃太郎的手。只見晃太郎粗魯擦去手上的水，站起來踢開一旁的椅子，走向洗手間。

坐在結衣身旁的來栖竊笑地說了句「有意思喔」。

「你不用帶新人，才會這麼說。」結衣探出身子，將抹布遞給賤岳。

「我說的不是甘露寺，而是種田先生。基本上，那個人不是超級無趣嗎？」來栖說，「雖然我很崇拜他的工作能力，但他其實沒什麼其他長處吧？為什麼東山小姐會和他交往呢？真是不可思議。」

此刻的結衣不想聽到這些話，因為她不希望連新人都曉得她的過往情史。

「不過，種田先生居然耐得住性子，沒對甘露寺權力霸凌，這一點還真有意思。明明直到兩個月前，這個團隊還飽受惡勢力欺壓，現在卻能成為超級友善的工作環境，這點也很妙。」

雖然來栖一副事不關己的口吻，但看在結衣眼中，來栖也是超級白目；明明已經進公司第二年了，還是動不動將「辭職」掛在嘴邊，結衣希望他多少有些自己解決問題的氣魄。

「FORCE 的比稿結束後，來栖要不要試著派駐哪家公司呢？」

「我不想去別家公司上班。」

「我二十幾歲時也派駐過兩家公司，一共待了三年。」

「我不要。」來栖態度頑強。

等到身為團隊大家長的部長晃太郎回座，新人開始逐一自我介紹，最後輪到櫻宮。她將柔順頭髮撥至耳後，「好可愛喔！」吾妻大叫。

「我在上一家公司待了三年，今年二十五歲，已經不年輕了。」櫻宮害羞地看向一旁的晃太郎，「能夠在種田先生這麼優秀的人底下做事，我真的、真的很幸福。啊，可是我很迷糊，還請大家多指教！我也會努力鞭策自己。」

「很好，加油。」晃太郎乾脆回應，隨即響起如雷掌聲。

明明說自己對女部屬深感棘手，看來挺能適應的樣子。今天下午還看到他親自教櫻宮製作報價單。

自我介紹完的櫻宮一一向各桌的同事打招呼，來到來栖面前。

「你是來栖先生吧。」這麼說的她拿了個空杯，雙手拿起酒瓶，說了句「幫您倒酒」，標籤朝上，細緻泡沫不斷注入杯中。結衣的腦中頓時浮現「厲害」、「女招待」等字眼——不行，不能對人有偏見。

來栖默默看著櫻宮，說了句「我不喝酒」。

「不會吧？哎呀！對不起。要幫您點杯飲料嗎？」

「我自己來。給我一杯薑汁汽水。」來栖向服務生說。

櫻宮詫異地看著來栖，隨即又看向結衣說道：「種田先生說要帶我去參加 FORCE 的比稿。」

晃太郎答應了嗎？結衣有點驚訝。「櫻宮小姐知道 FORCE 是什麼樣的公司吧。真的沒關係嗎？他們都是那種滿腦子只有運動的男人，而且習慣用職權欺壓對方。」

「我很清楚他們是什麼樣的公司。不過，他們對年輕女生很溫柔，所以沒問題的。」

結衣覺得肚子像被別人重擊一拳，而且對方還是個新人。結衣回了句「是喔」，又說：「既然如此，那就麻煩妳代替甘露寺寫會議紀錄。」

待櫻宮不在時，來栖忍不住吐槽了一句「好像女招待喔」。結衣心想，果然來栖也這麼覺得嗎？頓覺有點不安。結衣的視線恰巧和坐在對面的晃太郎對上，趕緊用眼神示意他去外面一下。

店門口前方是馬路，車頭燈照得兩人的身影呈現光與影的斑斑模樣。因為地球暖化的緣故嗎？明明已經是五月天，白天還很熱，晚上卻有些涼意。

你真的要帶櫻宮一起去嗎？被結衣這麼問的晃太郎別過臉，說道：「雖然她不像甘露寺那麼糟糕，但也不太能幹就是了。連 Excel 的表格怎麼做都不會，讓人懷疑她在 BASIC 三年到底都學了什麼。不過，她倒是很得 FORCE 那些傢伙的歡心。今天我打電話給 FORCE，他們還要我帶她一起去開會。看來應該是 BASIC 的業務員告訴他們的吧。」

「明明沒什麼能力，還帶她去，什麼意思啊？讓她在一旁陪笑嗎？」

「照妳的方式，肯定贏不了。」晃太郎俯視結衣，「醜話先說在前，我可不是為了自己才想贏哦！石黑先生要我無論如何都要達成業績目標，這麼做也是為了解救陷入窘境的社長。」

「陷入窘境？什麼意思？你們一起跑步時，小黑告訴你的嗎？」

「更早之前，」不知為何，晃太郎不太高興，「總之，自從結衣說要成為他們的夥伴，FORCE對我們的態度更強硬了。除了BASIC，又邀了幾家一起比稿，所以就算我們退出，他們也不痛不癢吧。今天講電話時，他們的態度明顯不太友善，所以想說如果帶彩奈一起去的話，多少能緩解氣氛吧。」

結衣心想「彩奈」是誰啊？然後才察覺是櫻宮。「你叫她『彩奈』？」

「她要我這樣叫啊！」

深受衝擊的結衣回擊：「這也算是職場性騷擾吧？種田部長。」

「妳那是什麼眼神啊……好啦、好啦！我在公開場合不會這麼叫她。」

所以私下叫就無所謂囉？你們什麼時候變得這麼要好啊？結衣不由得脫口而出：「熱愛運動的男人最喜歡那種很像社團經理的女生吧。」

晃太郎面露厭煩，「別在這時候抱持無謂的偏見啦！」這麼說之後，走進店裡。

我才沒有，我才沒對她有什麼偏見。可是——難不成他們連假日也碰面嗎？不，怎麼可能！可是，詢問晃太郎連假有什麼計畫時，他的態度不太自然。結衣覺得胸口悶悶的。

幹麼覺得我會對她有偏見啊！是因為我已經三十二歲了嗎？晃太郎自己還不是，都三十五了，難不成想老牛吃嫩草啊？

結衣突然覺得有點腿軟，就在她趕緊抓住門簾一角時，賤岳走出來。

「野澤，果然沒來。」戴著黑框眼鏡的賤岳翻了翻白眼，「妳在幹麼？」

結衣回了句「沒事」，隨即挺直背脊。「真是可惜啊！沒來參加迎新會。」

野澤花是賤岳負責帶的新人。

有別於當過無業遊民的甘露寺、跳槽過來的櫻宮，大學剛畢業的她是貨真價實的社會新鮮人；雖然才二十二歲，但反應快又靈巧，研習成績也是名列前茅。

「我也是請老公去托兒所接小孩，想辦法來參加啊！」

「畢竟是下班時間，要是她不想來，也不能強迫。」

「如果她是真的不想來也就算了。但好像不是啊！對了！妳明天可以和她談談嗎？她應該要提交這一季的工作目標報告了。催這東西也是副部長的工作之一，麻煩妳囉！」

賤岳強勢拜託後，便回到店裡。就在結衣思索那麼乖巧的孩子為什麼不來參加迎新會時，賤岳又走回來，皺起鼻頭說道：「呃，怎麼說呢？妳的隱私曝光了。」

「我的隱私？」難不成被哪個新人知道我和晃太郎交往過？

結衣一回到店裡，發現新人們全都尷尬地瞅著她，就連知道她和晃太郎過往的吾妻和來栖也一臉愕然。

「妳和 BASIC 諏訪巧的婚事告吹了？」吾妻問。

原來是他說出去的啊！結衣斜睨晃太郎。

一旁的櫻宮表情很僵，「對不起，是我說的。因為我在前公司時，和諏訪先生交情不錯，是那時聽說的。我沒想到大家並不知道這件事。」她趕緊自首。

「妳是被劈腿嗎？他和二十幾歲的女同事偷吃？」吾妻又給了結衣一記重擊，「聽櫻宮小姐說，諏訪先生現在和那女的在一起，妳曉得嗎？」

結衣完全不知情，之前兩人通電話時也沒提。

「當然知道，」結衣為了掩飾狼狽樣，只能說謊，「不過這下子我又回復自由身啦！所以要追我的人要趁現在哦！哈哈哈！」

結衣正要回座時，晃太郎走到她身後，悄聲說：「妳不曉得諏訪先生和三橋小姐交往的事嗎？」也許他早就聽櫻宮說了。

「我不是說我知道嗎？」看來結衣的故作堅強被識破了。

氣氛剎時變得尷尬。結衣一回座，便察覺坐在一旁的來栖偷瞄她。

「幹麼？」結衣問。「沒事。」來栖聳聳肩。

「對了。來栖，你怎麼看待公司辦的迎新會？現在的年輕人都不想參加吧。」

「也是啦！」來栖回道，「我也沒參加營運部的迎新會。」

「那你幹麼過來我們這邊？」

「因為東山小姐邀請我啊！」長相斯文的來栖平靜說道，「我之所以參與比稿，也是衝著東山小姐的關係。反正肯定又會搞得天翻地覆囉。」

結衣心想，這傢伙挺可愛嘛！

「既然如此，如果比稿贏了，你要不要常駐FORCE？」結衣想說開個玩笑，「一點都不想！」卻被來栖悍然拒絕。

也是啦！結衣嘆氣。就算要常駐，也得先改變FORCE的工作氛圍才行，要是他們無法尊重我們的工作方式，也許只有退出一途。

隔天早上，臉蛋小巧、頂著妹妹頭、戴著細銀框眼鏡的野澤走進會議室。結衣問她為何沒來參加迎新會後，告訴她要繳交這一季的工作目標報告，野澤馬上提交。

結衣看了野澤寫的工作目標後，問道：「這是妳自己寫的吧？」

「是的。」野澤悄聲回道。

「幾乎都是照抄範本嘛。我知道剛進公司就要寫什麼工作目標是有點困難，但妳在這裡有什麼想做的事嗎？好比現在有什麼目標呢？」

「想做的事……」野澤一臉困惑地將眼鏡往上推，「譬如什麼？」

「像是擬企劃案、接待客戶、或是希望分配到哪個部門之類。」

默不作聲的野澤低著頭。

「或是拓展網路媒體，與國外有關的工作也行哦！」結衣說。

等待野澤回答的這段時間，結衣看了一下她的履歷。之所以想進ＩＴ業界的動機沒什麼特別，興趣是閱讀這一點也很一般，不像甘露寺和櫻宮那樣問題多多，卻也很難抓到她的個人特色、予以指導，野澤就是這樣的新人。

「那個……」野澤開口，「東山小姐覺得什麼樣的目標比較好？」

「我？我還是新人時，寫的是我想打造能夠準時下班的公司。啊，對了。那時是賤岳小姐負責帶我哦！還被她罵說這種事怎麼可能馬上實現。」

「呃，不是的，我是想問東山小姐覺得我要寫什麼目標比較好呢？」

就在結衣思索這句話的意思時，野澤有點難以啟齒地說：「我媽希望我的目標是能夠在門禁時間之前完成工作。」

「咦？」結衣疑惑地偏著頭，「妳和母親討論這種事？」

「我們家的門禁時間是晚上七點，所以要是不能準時下班，肯定來不及。我媽覺得ＩＴ業界是血汗工作，所以很反對我進這一行。人事部向她保證我一定可以準時下班，才讓我進來，所以我其實很想參加迎新會……」

「既然已經是大人了，試著打破一次門禁，如何？」結衣說。

「不行、不行！」妹妹頭拚命搖著，「我的手機有設定ＧＰＳ，所以她能馬上知道我在哪裡，要是她來店裡接我，真的很丟臉。」

「哈哈哈！應該不至於吧。」結衣笑著說。野澤卻沒笑，看來她不是在開玩笑。「野澤小姐，重點不在於妳母親怎麼想，而是妳的想法。」

野澤又沉默。即便結衣不斷勸說，結果還是一樣。

面談結束後，結衣走到賤岳的座位旁，問道：「妳知道門禁的事嗎？」

「妳也聽說了嗎？」賤岳嘆氣。

「野澤的媽媽質疑我們是血汗工廠。」為了避免被其他新人聽到，賤岳來到走廊盡頭的自動販賣機附近才這麼說。

「她還沒進公司前，她媽媽連續三天都來問辦公室幾點關燈。」

令人咋舌的行動力。結衣剛進公司時也沒做到這種程度。

「野澤還把密碼告訴她媽媽，因為她媽媽要監控公司的郵件，我跟她說這麼做不行，會侵犯到公司的保密機制。之前不是就有這樣的新聞嗎？有個剛步入社會的新鮮人因為過勞而自殺，所以野澤的媽媽才會那麼警戒，但要是連郵件也監控就傷腦筋了。」

「也是啦！現在的父母連這種事都會擔心囉。」

結衣想起星印工場一案進行時，父親說過的話——能夠死在工作崗位是我的心願，我們這世代就是抱著這樣的覺悟面對工作。

父親不曉得結衣差點過勞死的事，她也沒有說明為何額頭受傷。父親認為自己能在職場上存活下來，女兒也一定沒問題。

「問題是野澤自己沒有想法。」

賤岳深深嘆氣時，吾妻走過來告知結衣：「妳的電話哦！FORCE 打來的。」

晃太郎曾交代 FORCE 要是打電話來，都由他接聽，但他現在去別家公司開會，正好不在。

「對方說要是種田先生不在的話，就請東山小姐接聽，」吾妻催促，「聽起來好像很急的樣子。」

結衣只好回座接聽電話，話筒那端冷不防傳來這句話，「我不是說過一分一秒都不想浪費嗎？」是「無腦男」的聲音，「妳有好好練跑嗎？要是腳程慢，可以練練深蹲，加強一下。」

雖然結衣覺得這番話很沒有意義，但畢竟對方可能是日後必須應付的客戶，還是很客氣地問：「請問有什麼事嗎？」

「我要交代很重要的事，記一下吧。要是傳錯話，可就傷腦筋了。」

既然如此，傳封郵件不就得了。這麼想的結衣趕緊找筆。

「比稿日改成十七號。」

「啊？」結衣拿起桌曆，「我記得是訂二十二號。」

記得是會商結束的兩個禮拜後比稿，起碼也要給些時間準備吧。

「因為負責廣宣的高層行程有變。」「無腦男」說得一派理直氣壯。是下令這次比稿的高層嗎？居然完全沒顧慮別人能不能配合。

「對了，轉告一下種田先生。他明明有帶手機，但我們打電話給他，竟然沒在五秒以內接聽。」

「種田他正在和客戶開會——」結衣將桌曆拉過來，數著天數。今天是十號，實際上班日只有五天。就在結衣這麼想時，「要是BASIC的話，就算是出席親人的喪禮也會接電話。」「無腦男」撂下這番話後便掛斷。

既然如此，幹麼還比稿，直接和BASIC重訂合約就行啦！結衣放下話筒，忍不住嘀咕。明明約都還沒簽，端什麼架子啊！

——我們不想當貴公司的承包商，而是希望能成為貴公司的合作夥伴。

看來他們完全沒將結衣的主張聽進去。不過，結衣覺得至少要讓新人們了解自己的想法。她看著放在桌上的甘露寺所寫的工作目標——

「要讓世界前進到下個階段。」

上頭這麼寫著。問題是，起碼要先做到不用上司Morning Call，自己起床上班吧。

結衣重整心緒，發了封郵件給晃太郎，告知FORCE交代的事。想說多少得趕快準備比稿資料的她開啟桌機還不到五分鐘，就接到人事部打來的電話。

「應屆畢業生的第二次面試要開始了。妳在哪裡？」

身為小主管就是這麼回事啊……結衣只好關掉桌機。結果手邊的工作毫無進展。

公司的面試流程有兩次，第一次是由第一線工作人員負責面試，第二次是部長級主管負責面試。結衣想說自己已經參加過第一次，應該可以脫身，沒想到人事部又來拜託：「東山小姐出席，學生比較安心。」

結衣走進會場，瞧見已先入座的石黑臭著一張臉，恐怕是硬被拖來的吧。「慢死了！」石黑發牢騷，手邊還擺著一本「NG提問集」。

上頭寫著業務以外的事情不能問，不能問家庭情況、思想信仰之類容易和就業歧視劃上等號的問題，也不能問是否喜歡閱讀。

「根本什麼也問不了啊！」

石黑對著負責面試的人事部同事怒吼。原來如此，之所以找我來，也是為了壓制平常就很愛發問的這個男人啊！

果然面試一開始，石黑面對提問「男生也能休三年育嬰假是真的嗎？」的男學生，他「嗯？」了一聲，裝作沒聽到。「我們公司有提供這種假。」結衣說，隨即偷偷踢了石黑一腳。

花了將近兩小時，終於面試完六個人。疲累不堪的結衣問石黑：「社長陷入窘境是什麼意思？」

「聽種田說的嗎？」石黑確認人事部的同事出去後，臭著臉問道。

「有高層提議公司應該重新採取責任制。」石黑說。

「什麼？社長不是十年前就廢掉這制度嗎？」

直到結衣進公司之前，這間公司都是採責任制。個人的工作時間由自己斟酌，也沒有加班費，這是資金不多的創投企業最常採用的制度。

聽石黑說，灰原社長那時不分晝夜工作，而那時還是學生的石黑覺得自己再這樣下去不行，身體肯定會搞壞。灰原自己說過之所以錄取在面試時，說要打造可以準時下班的公司的結衣，就是因為石黑過勞病倒的緣故。

「股東們根本不看好什麼每個月加班不得超過二十小時的公司能成為業界龍頭。那些傢伙根本不曉得日本式的責任制效率有多差，他們啊，根本沒真的在關心白領族的工作情況啦！反正溫水時代養出來的高層都很無腦。」

石黑指著學生的履歷，「都是妳和種田啦！」撂了這句話。

「因為妳摔得那麼慘，所以阿忍才會想趕快打造友善工作環境，他太操之過急了。」

「因為我的緣故？星印工場的案子之所以搞得天翻地覆，高層也有責任——」

「總之！妳去告訴種田，如果想贖罪，那就讓非管理職的加班時間控制在二十小時之內，還有業績要達到一億五千萬！那些高層要是看到實績就無法反對。就算小結再怎麼堅持準時下班，也應該明白事態有多麼急迫吧？」

結衣的視線落在學生們的履歷表。明明是因為這間公司能準時下班才想進來，若是告知他們將改成責任制，肯定會覺得我們是在詐欺吧？若是這樣，我還是先辭職好了。結衣雖然這麼想，卻想起自己不能這麼做。

我和甘露寺約定了。我相信他，要試著栽培他。或許甘露寺根本沒聽進去，但我的確這麼發誓過。

「你是什麼時候告訴種田先生這件事的？」

「什麼時候？星印工場交件後吧。我送喝得爛醉的妳回老家，他把計程車費塞給我時，我說比起這種小錢，業績目標——」

「等等，為什麼是小黑送我回家？你是從哪裡冒出來的？」

「別把我說的跟蟲子一樣嘛！種田也很想送喝得爛醉的妳回家，可是他覺得自己沒這立場，所以才打電話向我求救。那時我都已經換上睡衣、刷好牙了。沒辦法，也只好趕過去囉。可是啊，連我都不想和妳爸媽打照面，所以我把妳推進家門後就走了……妳都不記得了嗎？」

完全不記得。結衣戰戰兢兢地問：「我喝得爛醉是什麼樣子？」

「我到的時候，看到妳一直向種田抱怨，說什麼阿巧其實是很好的男友、還說什麼都是晃太郎害妳無法割捨舊愛、再也不相信他之類。我說妳啊，每次和男人一分手就跟瘋了沒兩樣。」

結衣覺得頭暈目眩，自己為什麼會說那些話啊？

「妳還說絕對不會去晃太郎住的地方，嫌他的房子小。」

連這種話都說出口？看來是那段時間累積的壓力終於忍不住潰堤，無處宣洩的怒氣也一口氣衝著晃太郎發洩。

「這樣也沒啥不好囉！」石黑一派輕鬆口吻，「小結對阿忍來說，是一顆非常重要的棋子，所以妳現在要是結婚、生小孩，可就傷腦筋囉。」

石黑這個管理之鬼只在乎別人有沒有利用價值。結衣突然一把怒火湧上心頭。

「你該不會是故意不說吧？知道我完全不記得喝醉之後的事。」

「喔喔，被發現了嗎？我要是說的話，你們會破鏡重圓嗎？」

這個嘛……應該不可能吧。結衣沉默。

結衣到現在還是無法相信那個交件日迫在眉睫時，除了工作以外，其他事都不放在眼裡的晃太郎，畢竟這是不爭的事實，也不認為他會輕易改變。

「我該回去工作了。」

石黑對收拾好履歷表，起身要離去的結衣說：「一定要想辦法拿到FORCE這案子。」

「你出一張嘴當然簡單，還真是會權力霸凌，尤其對我。」

「看來我挖角他過來是對的，還能當妳的擋箭牌呢！那傢伙古板得很，又耐操，什麼痛苦都能忍受，他的人格在步入職場之前就已經被改造了。」

「什麼痛苦都能忍受」還真是殘酷的說法。無奈晃太郎確實是這種人。

不過，結衣頓時有種安心的感覺。晃太郎之所以要結衣別碰 FORCE 這案子，幫結衣擋子彈，也許是奉石黑之命吧。

「黑臉就讓種田當吧。小結還是每天準時下班，這樣一億五千萬就能入袋。我想幫助灰原忍這個軟弱傢伙打贏這場仗。」

結衣回到製作部時，晃太郎也回來了。當她經過部長座位後方時，瞄了一眼晃太郎的桌機螢幕，他正在製作簡報用的資料。

「這是 FORCE 的簡報資料？」結衣問。「是啊。」晃太郎頷首。

他沒抗議比稿時間提早嗎？看來根本不打算抗議吧。今天八成又要弄到很晚。要是按照當初預定的進度，根本就不必趕成這樣。

結衣的耳邊還殘留著「無腦男」的聲音，晃太郎一直忍受那種言語暴力嗎？結衣腦中浮現石黑說的話。

——他當妳的擋箭牌。

黑臉就讓晃太郎當，妳只管守住友善工作環境。這樣不是很矛盾嗎？結衣覺得胃不太舒服，可能是沒吃午餐的關係。就在她疲累地回座時，發現桌上有個用布巾包著的午餐盒。

「我突然要開會，要在外面吃，這個給妳。來栖。」

還附了一張紙條。太棒了。結衣覺得心頭暖暖的，就在她打開盒蓋時，「啊！這是我喜歡吃的。」從身後伸來一隻手，玉子燒就這樣被甘露寺搶走了。

「來栖前輩好像等一下會拿文件過來，他說會順便回收這個可愛的便當。」甘露寺嚼著玉子燒說，「呵呵呵！師傅好說話，也比較容易報聯商囉！」

我什麼時候成為這傢伙的師傅啦？結衣懶得問。

來栖傍晚過來，順便送來FORCE比稿急需用到的成本估算表。

「謝謝你的便當，我被療癒了。下次換我請客。」結衣將洗乾淨的午餐盒還給來栖。

「不用啦。」來栖面無表情地說。他開心時，反而會露出這種表情。

「對了，好像有人在求職網站上寫東山小姐的事哦！」

來栖用自己的手機打開求職網站給結衣看。他指的地方寫著：「女主管面試時，問我喜歡喝什麼酒？」來栖接著念：「感覺是一間會強迫員工應酬的公司……就是這樣。」

大概是那個學生吧。想說舒緩一下他的心情，我說我只喝啤酒，問他喜歡喝什麼，就像石黑說的，我是那種負責扮白臉的人。

就在結衣有點沮喪時，「不好意思。托兒所打電話來說，我家小孩好像發燒了。」賤岳走過來說。

「哇，是喔……那妳趕快過去吧。」

「不好意思，我手邊的事情明天再處理。對了，野澤也要麻煩妳照看一下，她說一定得遵守門禁。」

結衣目送賤岳離開，向來栖道謝後回座時，聽到晃太郎的位子傳來手機來電聲。晃太郎立刻接聽。

「剛才沒馬上接聽，很抱歉。」晃太郎說。應該是FORCE打來的吧。「是，我會好好說她。」晃太郎又說。

搞不好是打來抱怨剛才結衣接聽電話的態度很差。

不用石黑提醒，結衣也覺得自己拿晃太郎當擋箭牌。

結衣喝了一口已經冷掉的咖啡。好苦！就在她皺眉嘀咕時，這次換自己的手機響起。是母親打來的。

「結衣，今天早點回來。宗介他們要過來吃晚餐。」

「咦？他們要來？」最近父親和宗介父子倆的關係不太好。因為一整天都窩在家裡的父親動不動就對孫子說教。

「要是結衣不在，他們又會吵起來。」

「可是我也有事要忙啊！不久就要比稿了。沒辦法早點回去啦！」

與其夾在父親與哥哥中間，不如留下來加班比較輕鬆。這麼想的結衣看著桌上堆積如山的資料，突然傳來晃太郎的聲音。

「妳回去吧。」看來他講完電話了。

「我來做比稿用的資料，其他的事也交給我，妳準時下班吧。」

晃太郎果然受命於石黑，打算一肩挑起；雖然結衣不想把什麼事情都推給晃太郎，但是她不下班，其他人也不好意思準時下班吧。

「真是有夠囉唆！知道了。我回去總行了吧。」結衣說完後，掛斷電話。

「那個……」野澤不曉得何時冒出來，「是令堂打來的電話吧……東山小姐嫌母親囉唆，這樣不太好吧。」

「雖然這麼說不太好，但有時也得發洩一下情緒才行囉。畢竟不能完全被家人牽著鼻子走啊！」

「有時也得發洩一下情緒啊……」野澤露出略有所思的表情。

「我因為一些事，所以暫時搬回老家住。我也想早點搬出去，早點回復自由，無奈我手頭緊，連搬家費用都掏不出來。唉……不好意思，對妳發牢騷。」

「別這麼說，我還是第一次聽說這種事，」野澤扶了一下眼鏡，「我完全不了解別人家的事。甘露寺先生也說我都這麼大了，還有什麼門禁規定，真的很怪。那個……我家真的很怪嗎？」

「嗯……怎麼說呢？家家有本難念的經吧。」

身為上司的結衣已經很努力回應了，畢竟不能介入新人的私生活。

「工作目標寫了嗎？要是還沒寫的話，就得再面談一次。」

「我明天會交。」原本略有所思的野澤又回復平日神情。這個乖順的孩子主動找我講話，我是不是應該多和她談談呢？
可是在職場嚴禁詢問家裡的事，況且得趕快審閱營運部送來的成本估價單，不然無法準時下班。
結衣伸了個懶腰後，回到自己的位子繼續工作。

結衣還沒打開老家的門，便聽到「哇啊啊啊」的哭聲。心想莫非晚了一步的她走進客廳，「小結！」侄子衝過來抱住她的腳。
只見一副得理不饒人樣的父親坐在沙發上，哥哥宗介則是氣沖沖地站在父親面前。
「他只是個三歲小孩，突然衝著他大罵，這樣對嗎？」
「還不是因為你們沒管教好小孩。」
父親臭著一張臉，可能自覺辯駁不過對方吧。
「爸的教養根本不是教養，說穿了就是暴力。我和結衣就是受害者，對吧？」
「啊？嗯，是啊。」結衣無奈回應。
「結衣，別煽風點火了。妳應該當個和事佬啊！」母親說。
可是，事實就是事實。
還是上班族時的父親每次找不到領帶時，就會對母親怒吼：「不要浪費我的時間！」孩子們吵架哭鬧時，他也不問緣由就大罵：「至少讓我在家裡時耳根清靜點！」年幼的結衣很戀慕常常不在家的父親，但父親在家時，又只能緊張兮兮看著不知何時會發怒的父親臉色過活。

「我才沒有對你們家暴。」父親反駁兒子的說詞。

「爸為什麼要衝著小孩子吼？」結衣偷偷問正在幫侄子擦鼻涕的嫂子。

「這孩子說他很熱，想開冷氣，可是爸爸說男孩子怎麼可以連這麼一點熱都耐不住，還開始碎念我。結果這孩子說了句『最討厭爺爺了！』爸爸就罵他怎麼可以對長輩沒大沒小。」

「竟然對三歲小孩發脾氣，真是有夠幼稚……」

結衣拭去額頭的汗水。今天的確很熱，新聞還說有好幾個人中暑昏倒，因為地球暖化的緣故，促使氣溫逐年升高。

結衣想到父親也許是因為上了年紀，身體機能退化，所以對冷熱沒那麼敏感，頓時覺得有點心酸；倒也不是不了解父親不想承認自己已經老化的事實，但小孩子的命更重要吧。

「好了，不耐熱的女兒要開冷氣囉！」結衣找到遙控器，按下開關。

「爸爸最近脾氣很暴躁，宗介看到他這樣，想起自己小時候的事，」嫂子幽幽地說，「他說自己就是在父親的壓力下長大。」

結衣也這麼覺得。父親每次對家人發洩情緒，都是在他熬夜加班後，現在想想，那時彷彿活在壓力鍋中。

「這樣還算是男人嗎？」宗介忿忿不平，「以為自己是一家之主，就把情緒宣洩在家人身上，不合自己的意就破口大罵。能容許這種粗暴的時代已經結束了，別太過分了！」

結衣想起FORCE。「要是不配合我們的工作方式，只會拖延到工作時間哦。」那些不停傳來這種郵件的黑衣武士。

「不准再來我家！」父親怒吼，氣沖沖上樓。

「你也別想再見到孫子！」宗介也快步走向玄關。

「怎麼連宗介也這麼說啊！」母親追了上去，哽咽地說，「算了，反正結衣也會讓我們抱孫子。」

不會吧？幹麼扯到我啊？結衣想。

宗介似乎抑制不了滿腔怒火，譏諷地說：「結衣也很糟糕，不是嗎？第二次婚約又告吹。」現在家中氣氛活像一幅地獄圖。

留下氣呼呼的母親，和嫂子、侄子一起走到玄關的結衣一邊承受哥哥的譏諷，一邊說：「嫂子，不好意思啦！今天大家都吃錯藥……」

「至少結衣站在我們這邊。」兄嫂一邊幫孩子穿鞋，一邊說，「媽媽也只能看爸爸的臉色過活，這樣的家庭啊，沒辦法讓孩子好好長大。」

站在玄關的結衣不由得深深嘆氣。要是爸媽不設法改變，實在很難改善這樣的家庭關係。看來結衣結婚生子的壓力更大了。

雖然很不情願，結衣還是想說上二樓和父親聊聊。就在這時，手機響起，是晃太郎來電。想說可能又是關於FORCE的事吧，結果不是。

「野澤的母親打電話來說，她女兒還沒回家。」

還沒回家——結衣看了一眼牆上的時鐘，也才晚上七點半。

「八成又是妳唆使她做什麼，她才會這樣吧……啊，等一下。」

晃太郎的聲音聽起來有點遠，隨即又拉回。

「櫻宮說，野澤和甘露寺一起離開。」

「櫻宮小姐也還沒下班？為什麼？」結衣問。不是嚴禁新人加班嗎？

「她請我幫忙看一下工作目標報告。」晃太郎這麼說後，便掛斷電話。

結衣想到了，野澤曾說她其實很想去參加迎新會，可是他們沒在居酒屋，難道不是來這裡嗎？

他們會去哪裡呢？結衣打電話給他們，兩個人都沒接。

結衣走到上海飯店所在的那棟綜商大樓前，正要往回走時，瞥見嚷著「好飽、好飽」的甘露寺從地下室走出來。原來是跑來這裡啊！好像要離開的樣子。「好久沒外食了。」這麼說的野澤也跟著走出來。原來她也會那樣子笑啊，還是初次見到這樣的她。

「野澤小姐。」結衣語帶責備地叫住她。野澤臉上的笑容瞬間消失。

「為什麼不接電話？妳母親打電話到公司說妳還沒回家，急著找妳呢！」

野澤臉色慘白。「對不起，我沒發現手機關機。」

「她好像以為是我唆使妳這麼做。」

野澤低著頭。也許她會跟母親說是結衣叫她試著打破門禁限制。

「我只是……想和同期進公司的同事一起吃頓飯。」

「既然如此，也要打個電話告訴妳母親一聲，她會擔心啊！」

野澤看著已經開機的手機。結衣瞧見螢幕上有一大串署名「媽媽」的未接來電。

「可是我從來沒違抗過她，不曉得該怎麼跟她說。」

「這種事要自己想啊！」結衣終於忍不住說重話，「要是什麼都聽別人的，恐怕連工作目標也寫不出來吧。要是不自己動腦想，以後就只能乖乖聽上司的指示做事。」

野澤咬著唇，點點頭，走向車站。

就在結衣心想自己會不會說得太過分時，甘露寺挺胸，鼓掌喝采：「不虧是師傅！我的看法和妳一樣。乖乖聽從上司的結果就是被公司榨乾！」

我看你多少被榨一下比較好吧。這麼想的結衣目送甘露寺追上野澤時，有人從身後拍了一下她的肩膀。回頭一瞧，原來是晃太郎。

「那是甘露寺嗎？野澤呢？」

「我找到她了。她要回家了。」

晃太郎吐了句「真是的！」隨即蹲下來綁鞋帶。看來他邊跑步邊找野澤，正準備回公司的樣子。

「我也要回去了。不管是在家裡還是公司都在當和事佬，累死了。」

「現在有空嗎？有話要對妳說。」

忽然心跳得好快。要是他坦白和櫻宮交往，我該如何面對他？

站在這裡會遇到上海飯店的常客，兩人遂走到馬路對面的河邊柵欄。河面漆黑發亮，被風吹起了陣陣漣漪。

結衣搶在晃太郎開口前先說：「那個……雖然已經是兩個月前的事了，我現在可以為那天喝得爛醉的事道歉嗎？」

結衣不敢說自己什麼都不記得了。幾經思索後，結衣假裝自己記得。

「我後來有想起自己那天說的話。可是因為新年度開始很忙，錯過道歉的時機……我和阿巧的婚事告吹不是因為晃太郎的緣故。真的很抱歉，說了那麼過分的話。」

晃太郎沉默片刻後，「喔」了一聲，點點頭。

「那是當然的啊！」晃太郎看著腳邊，說道，「我們交往時，不管我再怎麼忙，結衣也沒劈腿。那傢伙做了那麼過分的事，妳居然還和他聯絡，難道妳還留戀那個劈腿的混帳傢伙？」

還有聯絡——我好像有說從阿巧那裡得到關於 FORCE 的情報。

「我們是在講新居解約、後續要怎麼處理啦！和 FORCE 無關。」

「無關？」晃太郎驟然變臉，「BASIC 可是我們最主要的競爭對手，別和對手有所牽扯。」隨即數落個不停。

原來如此啊！結衣感覺心涼了一半。這男人的腦子裡永遠只有工作。

「算了，也沒辦法吧，」晃太郎又說，「對那種捨得砸錢準備新居的男人有所眷戀也是理所當然，搞不好妳還不小心洩漏情報給他。」

「我才沒有洩漏情報。看你好像很在意房子的事，是因為我批評你住的地方太小嗎？」

這男人還住在與結衣分手時租的小公寓。當初兩人訂婚時，晃太郎曾說婚後一樣住這裡就行了，不用刻意搬到大一點的房子，反正他很少回家。

結衣一回神，發現晃太郎蹙眉瞅著她。

「妳真的記得嗎？那天晚上我說的話，妳全都想起來了？」

「嗯，當然……大部分。」

「那就好，」晃太郎低著頭，「我們來講工作的事吧。業務部說 BASIC 的團隊全是男的，所以能完全呼應 FORCE 的要求。」

「……是喔。拍馬屁小組嗎？可是比稿能否勝出不是取決於提案內容嗎？」

「畢竟 BASIC 目前和他們合作，所以很清楚 FORCE 的內情，再這樣下去，我們肯定會輸，所以接下來怎麼做真的很重要。比稿可以照我的意思進行嗎？也許我會做出讓妳無法認同的決定，但無論如何都要拿到這案子，所以一切交給我處理。」

結衣沉默不語。她看著神情認真的晃太郎，問道：「這麼做是為了社長？還是為了避免公司又回歸責任制？」

「我有自信讓管理階層也能準時下班，還能拿到這案子。」

看來他打算依從石黑的命令吧。結衣嘆氣，又問：「這是身為上司的命令嗎？」

晃太郎搖頭。「這是同事之間的請託。」

結衣只有點頭的分。這男人不但忍受來自FORCE的高壓電話，還加班準備簡報用的資料。只見表情柔和許多的晃太郎重新塞好耳機，說了句：「別帶甘露寺一起去簡報哦！」便繼續跑步。

比稿當天，站在FORCE會議室門口的結衣察覺氣氛格外嚴肅。

「無腦男」、「機車男」緊張兮兮地擺好每一張椅子。只有正對螢幕的位子上擺著出現在廣告裡頭的黑色辦公椅。

「我們公司負責廣宣的高層等一下會過來。」結衣身後傳來說話聲。

回頭一瞧，是個大塊頭。

身高比晃太郎還高，顴骨有如恐龍般突出。結衣雖然不是甘露寺，腦中卻不由得浮現「恐龍」這詞。「他就是廣宣部長。」晃太郎向結衣低聲囁語後，隨即行禮說道：「今天也請多指教。」

「你就是種田先生？請別在比稿時聊起甲子園的事，」「恐龍」冷冷地說，「今天來的高層人士曾在甲子園第一戰就輸了。所以別提甲子園，簡報比較能順利進行。」

晃太郎瞬間沉默，回了句「我明白」。什麼意思？就在結衣心想晃太郎究竟在甲子園晉級到什麼程度時，有雙眼睛瞄向結衣。

「妳是東山小姐？」

「是的。」結衣回應的同時，肩膀被推了一下。待她回神時，才發現自己被推到距離會議室門口好幾步。

「妳坐那裡，」恐龍指著擺在走廊上的鐵管椅，「也可以聽到裡面的聲音。」

覺得莫名奇妙的結衣看向晃太郎，只見他搖搖頭，露出「乖乖聽命就對了」的表情。

「妳坐正面的位子，讓董事能夠看到妳。」「恐龍」指示櫻宮就座。

「好的，」她微笑，「坐在負責簡報的種田先生旁邊，對吧？」

櫻宮就座後，「恐龍」接著指派大森、來栖的座位。就在指派座位時，走廊深處傳來氣勢洶洶的腳步聲。只見「恐龍」馬上擋在結衣前面，結衣只能隔著他那厚實胸膛窺看。

雖然看得不是很清楚，有個看起來四十好幾的中年男子身穿西裝，被一群黑衣武士簇擁著走進會議室。他就是董事嗎？

只見站在入口待命的晃太郎向他鞠躬，櫻宮也恭謹行禮。「大家都長得好像，好像複製人喔！」來栖喃喃自語，晃太郎硬是將他的頭壓低。

晃太郎走進會議室之前，回頭悄聲對結衣說：「一切交給我。」

於是，結衣面前的會議室大門關上。

為什麼只有我不能進去？理由在簡報開始時，有了答案。

「彩奈！」從裡頭傳來應該是那位董事的聲音，看來他們早就熟識。

「妳覺得那支廣告片如何？我想聽聽年輕女孩的意見。」

他的聲音宏亮到有點嚇人。傳來拉開椅子的聲音，櫻宮好像站起來的樣子。

「我覺得超甜蜜呢！」櫻宮嬌聲說，「為什麼會被批評成那樣呢？真是匪夷所思。」

結衣懷疑自己聽錯。若是結衣的話，應該會在會議上狠狠批評這支廣告。

「對吧？」大嗓門說，「只有老女人才會批評！我們在董事會上看到這支廣告，不覺得有任何問題啊！你們也覺得沒問題，對吧？」

「是的。」小聲回應的應該是「臭屁男」。

「怎麼會被批評成那樣呢？真是被打敗了。還發起什麼拒買運動，這些傢伙這幾個禮拜都在接抗議電話，根本沒好好睡過覺，真的很可憐，是吧？不過啊，這也要怪承包商沒做好啦！」

「我也有練腹肌哦！因為不想被說不是女人。」

「彩奈當然是女人啊！」董事扯著嗓門說，「年輕、可愛又坦率。」

結衣在沒半個人的走廊上，整個人癱坐在椅子上。這裡比我想的還可怕。總算明白晃太郎這句話的意思。

這裡不是上下分明的社會，而是江戶時代的封建主義再現。委託人最大，承包商只能聽命行事，再加上男尊女卑——

「迂腐到這種地步，很傻眼吧。」一旁突然傳來聲音，是個身穿襯衫，身形瘦削的男子。「怎麼只有妳一個人在外面？」他很驚訝。

可能是看穿結衣的心思吧，他面露苦笑說：「他們嫌我穿那身黑衣不夠稱頭，叫我不用穿。」

身形單薄的他感覺比較適合待在研究室做研究。

「原來這裡也有不走運動風的員工啊！」

「我待的是研發部，負責研發新商品、改良既有商品。」

他遞了一張名片給結衣，彷彿怕被裡頭的人聽到似地壓低聲音說：「運動醫學博士的頭銜在這間公司不管用啦！運動方面不夠出色的人根本沒有發言的餘地。所以老實說，這間公司的武士精神根本沒有進化過。」

「咦？可是新商品……」記得「機車男」曾誇耀自家的新商品。

「只有外形設計部分是新的，還委託知名設計師設計，功能方面只是稍微改良。我覺得無法擴大市場不是那支廣告的關係，而是消費者變聰明了。」

一口氣吐出一串話的「研究員」懊惱地說：「我認為想要擴大市場，必須研發夏天運動時，散熱功能更強的商品。其實我們正在向投顧公司洽談這項技術，可是那些傢伙卻堅持耐得住熱，才能變強。」

「呃……為什麼要告訴我這些事？」

「啊，不好意思。」「研究員」露出難為情的笑容。

「我從廣宣部同事那裡聽說妳在會商時，指出我們公司官網的問題，我完全同意，其實不只我，所有年輕同事都很贊同妳的看法。現在不是可以容忍那種廣告風格的時代，犯眾怒也是理所當然，所以我們的連假都泡湯了。有接不完的抗議電話，還冒出比稿這件無意義的工作。還有，妳來開會的時候，說過準時下班這件事。」

就因為這樣嗎？難怪他們沒有告知提案委託書內容有變更。

「其實他們不是壞人，只是現在壓力特別大。」

「那個……」結衣很在意比稿的情況，「我不明白你的意思。」

「我希望你們公司能贏，希望像妳這樣敢批評的人能夠改變我們公司。他們不會聽我們這些第一線員工的建議，所以要是不能讓董事點頭，根本別想拿到這案子，這是忠告。還請加油，我會幫你們加油。」

「原來如此，」結衣頷首，「謝謝你的忠告。」

待「研究員」離開，結衣又癱坐在椅子上。原來如此……必須讓那個人點頭才行啊！

可是要怎麼做呢？裡頭盡是會商時交手的那種傢伙，他們會聽外人的建議嗎？

會議室的簡報情況漸入佳境。傳來FORCE員工們「喔喔」的感嘆聲。他們有那麼認同啊！就在結衣回想簡報內容時，手機震動。一瞧，是賤岳來訊。

「野澤的母親來公司。」

咦？為什麼？就在結衣這麼想時，會議室的門開啟，「恐龍」走出來。

為了不讓出來的董事看到結衣，他又擋在前面。董事在黑衣武士的簇擁下揚長而去。

結衣看到最後走出來的黑衣武士時，一時懷疑自己眼花。

居然是晃太郎。他在簡報時脫掉襯衫，露出穿在裡面的武士魂，盡顯健美的上半身。

「你買的？」結衣問。「之前就買了。」晃太郎回道。

藉由穿上FORCE的神聖鎧甲，昭示恭敬服從之意嗎？

「還順利嗎？」

「不曉得。已經盡力了。」晃太郎的額頭頻頻冒汗。

「臭屁男」走出來，像要確認肌肉精實度似地敲拍晃太郎的手臂。

「提案內容不錯哦！加上這件八年前的商品，我們公司的人都不見得有呢！再讓彩奈常駐我們公司，董事肯定會挺你們公司的。」

「這個嘛，還要再商量。」晃太郎含糊回應。

結衣突然感覺到一股寒意。來到這一步，總算意識到要是順利拿下這案子，後續將會如何進展，要是再這樣乖順聽話，櫻宮恐怕就真的要常駐這裡了。待FORCE的人都離去後，結衣說：「我覺得別拿這案子比較好，考慮一下退出這個選項吧。」

「胡說什麼啊！」晃太郎駁斥結衣的提議，隨即對站在走廊上的櫻宮說：「妳今天表現得很好，多虧妳，才能順利完成簡報，謝啦！」

櫻宮的白嫩臉頰泛紅。「真的嗎？好開心。」

「種田先生，把新人……」結衣趕緊插嘴，卻不曉得該怎麼說下去。她稍稍做了個深呼吸後繼續說道：「為了拿到這案子，把新人送到那些歧視女性的人身邊，我們不能這麼培育櫻宮吧。」

「妳先走吧。」晃太郎叫一臉驚怔的櫻宮先去搭電梯，然後對結衣說：「她只能這麼做，只能用她的方法努力，妳懂嗎？我們必須要贏，大家為了護著妳，所以——」

「只是為了護著我而犧牲別人，這樣有意義嗎？」

「那妳要我怎麼做？不準時下班也沒關係嗎⁈」

晃太郎發飆的模樣讓結衣瞠目。晃太郎似乎意識到自己失態，趕緊移開視線，大踏步追上櫻宮。

結衣察覺有人在看她，一回頭，瞧見「恐龍」站在走廊另一頭。他有聽到剛才那番爭吵嗎？「恐龍」微笑著，讓人心頭發毛。只見他對一旁的部屬說了句「差不多了」，隨即離去。

回到公司的結衣連喘口氣的時間都沒有，便走進會議室處理野澤的事。

「又發生了什麼問題呢？」

「這孩子說她想搬出去一個人住。」野澤的母親馬上回道。

野澤母親咬牙切齒地說，看著一旁縮著身子的女兒。

「我反對，她竟然嫌我囉唆，我嚇得質問她原因，好像是東山小姐教唆她這麼做，說什麼偶爾反抗一下父母也沒關係。」

「教、教唆……太誇張了吧。為什麼不能搬出去住呢？」

「我女兒她啊，不敢違抗上司的命令，肯定不會拒絕加班、應酬這些事。我要是不二十四小時盯著，她肯定會過勞死，搞不會還會憂鬱到自殺，因為她是個不會自己動腦思考的孩子。」

這樣豈不是被母親掌控人生嗎？應該是母親不准她自己動腦思考吧。

「我明白您的心情，但還是讓您女兒自己判斷、決定工作方面的事，如何？況且有我在，我會從旁協助。」

「我怎麼可能安心！」野澤的母親將一張紙遞向結衣，「這是昨天發給所有小組成員的郵件，是吧？上面寫著明天有FORCE的比稿，上網一查就知道這家公司是出了名地充滿性別歧視。一想到如果拿到這案子，這孩子就得常駐那間公司，我就很崩潰。我看啊，就算調到營運部也會遇到這種事吧。」

野澤又把公司內部郵件給她媽媽看嗎？就在結衣心想一定要提醒她不能這麼做時，「還有這個，」野澤的母親掏出手機，「剛剛才出來的新聞。」

結衣看著新聞，手機螢幕上顯示一排標題：「因為帶有性別歧視意味的廣告而鬧得沸沸揚揚的FORCE，公開道歉信並沒有任何反省之意。」結衣「啊」地驚呼一聲，推特下方還有二萬五千這個數字，顯示這則消息正以驚人速度迅速傳開。

「孩子要和這種公司交手，叫我們為人父母怎麼安心啊！所以我女兒必須辭職。」

「那……那個……有話好商量。不好意思，先失陪一下。」

結衣步出會議室，走到部長位子旁，用力拍了拍晃太郎的肩頭。

「剛才FORCE針對那起廣告事件，發了封無疑是火上加油的公開道歉信。」

晃太郎趕緊上網搜尋，不由得皺眉。由FORCE廣宣部發的這封「公開道歉信」的確沒有任何反省字眼。只寫著公司飽受批評，甚至影響到正常業務發展，網站廣告也被迫下架，預定重新製作一支新廣告。

這封今天比稿結束後才公布的道歉信，寫得一副自己才是受害者的樣子。

「確實不妙，但我不認為會影響比稿結果。」晃太郎說。

「要是事情鬧得越來越大，對方肯定會給我們更大的壓力，而且可能是海嘯等級。」

「我會概括承受，何況石黑先生要我當東山小姐的擋箭牌。」

「就算保護得了我，常駐那邊的人呢？」尤其FORCE指名櫻宮過去。

「那你要我怎麼辦？什麼都不做，眼巴巴看公司改成責任制？」

「只要改變FORCE那些人的想法，就不必讓我們的人常駐他們公司。」

聽到結衣的主張，晃太郎露出真是夠了的表情。

「可惡！怎麼還沒聯絡，不是說今天會通知比稿結果嗎？我說妳啊，現在不是想如何應付這則報導的時候。」

晃太郎今天好像要和別家客戶碰面，只見他邊抓起包包，邊說：「妳覺得能改變連比稿都不讓妳出席的傢伙們的想法嗎？還是妳已經想到什麼方法？」

——我一直都在想，只是……

晃太郎自己手邊也有好幾個案子要處理，還要帶新人。在如此忙碌的情況下，實在沒有多餘心力去想如何反抗封建到不行的公司的命令。

可是一定要犧牲誰，才能打造可以準時下班的公司根本毫無意義。

野澤的母親還在會議室，得先和她談談才行。結衣站在會議室門口，輕輕深呼吸後走進去。

「野澤小姐覺得呢？」結衣問，伸手制止正要開口的野澤母親，「要照妳母親說的去做嗎？」

「我……」野澤的嘴唇顫抖，吐不出半句話。

等了一會兒後，結衣說：「我明白了。就照妳母親說的，辭職吧。」

野澤的肩膀抽動了一下，還是猶豫著該不該開口。

「不過，不管以後發生任何事，都不能恨妳母親哦！就算一輩子住在老家，不能和同事下班去喝幾杯，也是妳的選擇。工作這件事就是對自己的人生負責。」

野澤扶了一下眼鏡，張著嘴，似乎想說些什麼。

「可以請妳態度溫和一點嗎？」野澤的母親插嘴。

「要是自己無法判斷，只會一直被別人牽著鼻子走。」

「我會守護這孩子。」

「就我看來，您的想法只會害了她！」結衣終於忍不住情緒爆發。

這時，「那、那個……」野澤快要哭出來似地說，「請不要責備我媽！」

野澤一臉覺悟看著結衣，嘴唇發抖著說：「我家是單親家庭，我爸在我國二那年去世……明明不太能喝的他為了招待酒商，每天晚上都有應酬，不久便傷及肝臟。我們母女一直很後悔，要是當初早點發現就好了。所以她才會那麼擔心我，我也不忍心違抗媽媽。」

這麼說的野澤似乎想到自己對上司不敬，慚愧地低著頭。

一時語塞的結衣想起那本不能問家庭隱私的「NG提問集」。因為公司有這規定，所以她對野澤的家庭狀況一無所知。

結衣沉默不語，野澤的母親幽幽地說：「外子待的那家公司不承認外子的死是職災。那間公司採責任制，加班也就成了個人的自由意志。因為可做為證據的公司內部郵件全遭到銷毀，也就無法追查他是否有奉上司指示應酬。外子就算健康亮紅燈，也從未埋怨過公司，還說因為經濟不景氣，多少有些無理要求也是沒辦法的事，只要能守護家人，守護最重要的東西……」

野澤的母親掏出手帕拭淚。

「這孩子也是會為了守護什麼，不惜犧牲自己。」

母親的這番話重擊結衣的心，她想起為了守護孩子，不惜和父親對立的哥哥和嫂子。

「東山小姐，我想和媽媽談談。今天可以早點下班嗎？」

結衣頷首，野澤扶著母親起身，步出會議室。

會議室裡只剩結衣一個人，她不由得輕嘆口氣。我真是越來越惹人厭，不聽別人說，只會責備別人，這樣豈不是和爸爸沒兩樣嗎？

但是現在的結衣實在沒時間想這些事了。手機響起訊息聲，小柊傳來郵件。

「對FORCE這起事件一直都靜觀其變的新聞媒體、推特也開始動起來了，看來肯定會上明天的新聞。」

「所以囉，我吃了頭痛藥才過來的。給我啤酒！今天有趕上半價。」

結衣高舉著手。不知為何，王丹臭著臉走進廚房。

「啊，我還要青椒炒肉絲套餐，還有大份的榨菜。」

上海飯店一如往常只有熟客光臨，大家各喝各的。

要看的話，只能趁現在。結衣戴上耳機，用手機觀賞《忠臣藏》，畢竟得和老爸說說對這部電影的感想。公司和家裡都有好多必須解決的事……胃好痛。

「哦，妳在看《忠臣藏》啊！」餃子大叔湊向結衣，「誰演大石內藏助？」

「什麼？《忠臣藏》有這麼多版本？」

「妳在說什麼啊？多如繁星呢！哦，長谷川一夫啊！這部經典哦！」

看來上了年紀的男人都喜歡《忠臣藏》啊！結衣感嘆。

「電影是改編過的啦！不能信唷。」愛吃辣的大叔插話。

「因為片名是《忠臣藏》，所以過於美化赤穗藩。現在都是持平看待赤穗事件，我是絕對的忠於史實派。」

對了，爸爸也這麼說過，說《忠臣藏》其實改編了不少。

「可是淺野在工作的地方砍傷吉良的部分是真的吧？」

「是真的，問題是動機囉。」

現在明明是夏天，愛吃辣的大叔卻點火鍋。

「淺野這傢伙好像脾氣很火爆，現在可是有不少主張吉良沒錯的說法。」

「可是，吉良不是仗勢欺人嗎？」
「沒啊！沒留下任何證據啊！吉良他啊，好像是好人呢！」
「可是吵架基本上是兩敗俱傷，為什麼不究責吉良啊？」
餃子大叔嘆氣。「所以我才說太偏袒淺野囉。在頂頭上司住的地方揮刀，當然要嚴懲，所以淺野丟命也是理所當然，況且人家吉良可沒拔刀哦！」
結衣起初也是這麼想。就算有什麼不滿、怨恨，在工作的地方公然施暴就是不對。
「平時越是乖順的傢伙，生起氣來越是恐怖啊！結衣也要小心點哦！」
經過一番討論後，結衣的目光再回到電影《忠臣藏》時，印象幡然一變。
朝廷任命淺野負責接待天皇的使臣，於是淺野請教上級長官吉良該如何安排，沒想到吉良只說了句：「即便不一一指導，你也應該明白。」沒有給予任何建議。
本來這一幕應該叫人更憎惡吉良的壞心眼，但是野澤事件發生後，卻讓結衣懷疑淺野搞不好是個不用腦的人。
此外，吉良對那些一心守護主君的赤穗藩家臣們說道：「淺野大人有你們這些鄉下武士隨侍，也很辛勞啊！」
結衣發現自己也對拚命守護女兒的母親，說過同樣的話。
——就我看來，您的想法只會害了她！
或許我很懊惱吧。

就像野澤的母親所言，結衣也不想一味聽從FORCE的指示，想貫徹準時下班的工作方式，但事情沒那麼簡單，所以掩飾不了內心的焦急。

搞不好FORCE的員工們也是如此，明明公司採責任制，卻沒有落實自我管理，所以懊惱不已吧。而那些傢伙的做法就是阻擋結衣，利用晃太郎那忠誠到有點離譜的心態。必須動腦想想才行。如何讓FORCE的員工掙脫加班地獄，如何終止權力霸凌，如何在比稿中脫穎而出。

有可能一下就發想出什麼萬全之策嗎？就在結衣心想不太可能，環視店內時，聽到大叔們的對話。

「我好喜歡那一幕喔。吉良暗戀淺野的老婆，想說他可能會染指武家貞淑女子，看得我緊張得直冒冷汗。」

「人到中年啊，夫妻生活沒了性趣，就會像思春期那樣尋求刺激。」

就在結衣想起董事對著年紀足以當他女兒的櫻宮說「彩奈是女人唷」，不由得打哆嗦時，大叔們忽然靜默下來。結衣想說怎麼回事時，瞧見王丹將啤酒放在桌上，面無表情地瞅了一眼大叔們，又走回廚房。

「還以為她又會拿著冰鎬直接刺過來呢！」大叔們撫胸說。

對喔，店裡不准聊那種話題。

王丹來自一向女尊男卑的上海，所以不允許任何歧視女性的發言，熟客們都知道避免在這裡聊起觸及性騷擾的話題。

結衣喝了一口啤酒。雪白泡沫在喉嚨深處迸裂，瞬間靈光一閃。

有了，我想到萬全之策了。

結衣火速吃完青椒炒肉絲套餐，打電話給晃太郎。

「辛苦了。恐龍……不是，可以幫我聯絡FORCE的廣宣部長嗎？」

「現在？這麼突然？」

結衣將自己的想法告訴詫異不已的晃太郎。明明是剛剛才想到的策略，結衣卻大言不慚地說：「只要這提案通過，就不必再對他們言聽計從。我是這麼想啦！」

但比稿沒贏就沒戲唱了，也沒有實績可言。要是無法順利交件，無法打造能讓營運部同事安全常駐的環境，也很難獲得公司內部的表揚吧。結衣滔滔不絕說著。

晃太郎苦思了一會兒，回道：「知道了。不過，別一個人跑去。」

結衣掛斷電話後，沒喝完剩下的啤酒，而是靜靜等待。五分鐘後收到晃太郎傳來的郵件，通知三十分鐘後在竹橋車站會合。

抵達FORCE的結衣與晃太郎在播放公司簡介影片的大廳等候。在亢奮的重金屬音樂中，被迫聽了十遍「必當鞠躬盡瘁！」的口號後，「恐龍」終於現身。

他看到結衣，露出「妳不是一向準時下班嗎？」的詫異神情。雖然結衣看到他那壯碩身軀和冰塊臉時，突然有點畏怯，但已經沒有退路了。

「您好，」結衣站起來，「今晚無論如何都想和您見上一面。」

「比稿的結果還沒出來，畢竟一整天有應付不完的抗議電話。」

「因為中午報導的那封公開道歉信，是吧？我看到新聞報導了。那麼做是出於董事的意思，還是廣宣部長的想法呢？」

「那是董事的意思。」「恐龍」斬釘截鐵地說。

果然沒錯。「如果我們有辦法平息這場風波，您願意和我們談談嗎？」結衣說。

「恐龍」沉默片刻後，只回了句「好吧」。

「再發一封公開信表明要製作一支新的網路廣告，如何？」

結衣察覺到一旁的晃太郎很緊張，卻還是繼續說：「公開信的內容大概是這樣……我們預定組成一支由女性領導的團隊，負責處理網路廣告與公播事宜。」

「恐龍」依舊面無表情地反問：「這樣就能平息這場風波？」

「不，這麼寫當然不夠，還要寫明這位女性領導人既不年輕，也不可愛……雖然這麼說很奇怪啦！總之，要強調身為主管的她非常在意性別歧視問題，而且她的體脂肪率高達百分之二十八。」

「這是指妳吧？」「恐龍」說。

「我沒這麼說。只是我這個人啊，常被說為人過於直率，令人擔心。」

站在一旁的晃太郎悄聲嘆氣，恐怕是在想有必要說成這樣嗎。

「意思是，要我讓你們贏……是吧？」「恐龍」露出銳利眼神。

「我也沒這麼說，只是……」結衣從包包拿出公司簡介，放在「恐龍」面前。這是她請晃太郎在公司列印出來的資料。

「我們公司也有投資網路動畫公司，至少我們拿到這案子後，可以請他們製作絕對不會鬧出風波的網路廣告，如何？這麼一來，不但可以避免貴公司的通路受阻，員工們也不必加班應付抗議電話，還能增加感受到貴公司誠意的新客戶，敝社也能爭取到多一點的預算，可說是一箭三鵰，不，一箭四鵰，不是嗎？」

「恐龍」沒回應，看來接下來才是關鍵。

一如兩人事先商量好的，這時晃太郎要表示反對這麼做。

「FORCE怎麼可能接受如此荒唐的提議，請您忘了這件事。別說了，我們走吧。」

必須讓FORCE的員工自己判斷，怎麼做才是真的為公司著想。

那位「研究員」說，就算第一線人員參與會議也沒用。但結衣並不這麼認為。

要是不讓FORCE的員工自己判斷，要是不能說服那位董事的話，就無法改變這間公司的體質，今後肯定會強迫身為「承包商」的我們配合他們的工作模式。

「恐龍」端著一張撲克臉說：「為什麼要告訴我這些？」

結衣嚥了嚥口水，雖然額頭的傷痕隱隱作疼，還是毫不遲疑回道：「我感覺部長之所以不讓我進會議室，並非排擠我，而是想提高我們公司脫穎而出的可能性，因為您也覺得貴公司不能再這樣下去了……不是嗎？」

「恐龍」默不作聲。

就在這時，再次傳來轟鳴的重金屬樂聲，還有高呼「必當鞠躬盡瘁！」的口號。結衣直盯著「恐龍」的雙眼。

「上頭的人要是知錯能改，就能力挽狂瀾，這才是真正的忠誠，不是嗎？」

「恐龍」沒答腔。過了一會兒，他看向晃太郎。

「我也打棒球，」「恐龍」露出大牙，「一直到現在還是會去看甲子園和大學棒球聯賽，所以清楚記得十四年前種田選手退出球壇的事，也看過你打球時的報導，像你這樣的選手為什麼不以職棒為目標？」

「我在最後一場比賽弄傷肩膀。」晃太郎一向這麼回應。

「那也可以打業餘棒球或是加入俱樂部啊！還有其他選擇，不是嗎？」

晃太郎苦笑，不再多說。

「恐龍」也沒再追問，只說了句「或許這也是一種緣分吧」。

直到從竹橋車站搭上擠到不行的電車為止，晃太郎始終沒開口。他護著被擠到門邊的結衣，不讓她被推擠。

「那位廣宣部長，」結衣的頭頂上方傳來聲音，「今天早上我做簡報時，他有心幫我一把，肯定也幫我們向董事美言了幾句。這招還真是妙啊！」

結衣過了好一會兒才察覺晃太郎是在誇獎她。

「妳居然能和他那樣談判，要是我肯定沒辦法。」

結衣感受到一股熟悉的溫暖氣味，來自近到鼻尖彷彿能觸到的晃太郎胸膛。

「我在這裡換車，」結衣說，「公司見囉。」

要是能說一起喝杯啤酒該有多好，可惜說不出口。

身後的電車門開啟，她趕緊下車。就在她心想好歹也要再聊一會兒時，聽到有人喚著「結衣」；一回頭，瞧見晃太郎稍微探出身子，說道：「只要我和妳一起合作，這案子一定能獲得比想像中更大的成果。」

這個喜歡工作的男人隨即露出勝利的笑容。

「這麼一來，結衣就能光明正大地準時下班。」

發現自己因為被誇獎而笑得闔不攏嘴的結衣用力點頭。

「晃太郎，謝謝你陪我一起來，也謝謝你願意成為守護我的擋箭牌。」

結衣今天總算說出真心話。

為什麼晃太郎願意成為我的擋箭牌呢？

很難想像幾乎不會準時下班的他，竟然打從心底想要阻止公司實施責任制，是為了解救社長面臨的窘境？還是因為石黑的命令？

——難不成是為了我嗎？

如果是為了對我的傷疤負責，而要守護我，也太自以為是了吧。一邊這麼想，一邊步出老家附近車站的結衣發現有個人影倚著大柱子，倏地停下腳步。

站在那裡的是一臉苦惱的野澤。

「咦？不會吧？她一直在這裡等我嗎？」

難不成她一時抓狂，負氣離家嗎？結衣有點擔心。

「我有事想向東山小姐報告。」野澤的眼神很認真。

「這是我有生以來第一次忤逆我媽的意思，我都說了。希望能取消門禁，讓我偶爾能和朋友同事聚會。我跟她說，要是再繼續聽從妳的安排，我就會變成只會乖乖聽從客戶和上司指示的人。」

「是喔，」結衣驚訝地點頭，「沒想到妳真的說了。真是難為妳了。」

畢竟違抗父母需要很大的勇氣與決心，結衣也嘗過這種苦頭。

「我在思考工作目標，」野澤又說，「那就是賺很多很多錢。」

「欸？」結衣反問，「賺很多很多錢？」

「怎麼樣才能在漫畫博覽會大買特買呢？當然需要很多錢囉。」

「呃，那個……不好意思，我聽不太懂。」

「我特別喜歡那種絕對不可能在一起的關係，」野澤將眼鏡往上推，「我就是所謂的腐女，尤其喜歡那種格格不入的主從關係。以歷史來舉例的話，就好比織田信長和明智光秀；以這間公司來說的話，就是種田先生和甘露寺先生。」

她到底在說什麼啊？完全聽不懂。

「光是聽他們交手就能讓我一口氣吃三碗飯，所以我真的超想參加迎新會！可是我媽非常反對我這個興趣，所以我想快點搬出去住，買一大堆書，盡情沉醉在ＢＬ世界。」

「呃……難不成妳的履歷表上寫的喜歡閱讀是指這個？」

「這可是很花錢的呢！」野澤握拳，「所以得多賺一點才行……啊！可是也想留一點時間創作，所以就算沒了門禁，我也要準時下班。」

「那個……不好意思，我還是聽得一頭霧水，這是野澤的工作目標嗎？」

「是的！」野澤的聲音充滿活力。

「這樣啊……我明白了。我也想趕快搬出去。好！我們一起大賺特賺！」

野澤聽到結衣這番話，露出燦笑，行了個禮後走向驗票口。

結衣目送她離去，不由得笑了。賺很多很多錢啊。這種事怎麼可能馬上實現。結衣想起賤岳氣呼呼這麼說的模樣。

不過，還是第一次看到這麼多話的野澤呢！結衣的內心湧現許多希望。

無論是什麼樣的新人，他們都有家人，擔心他們是否能適應公司環境，擔心他們會不會被刁難，所以身為主管的責任重大，不過培育人才真的是一件很棒的事。結衣踩著輕快腳步，踏上歸途。

她一走進客廳，就看到父親又在看《忠臣藏》，心情瞬間一沉。今天看的好像是森繁久彌飾演吉良的電視劇版。

儘量和他聊點愉快的話題吧。「對了。我那個案子啊，不必拔刀相向就進行得很順利呢！」結衣將今天早上比稿的事，還有對恐龍提議的始末告訴父親。

不知為何，父親聽著聽著，臉色越來越難看，索性起身。

「哼！晃太郎果然還嫩得很！急著贏的結果，反而無法冷靜看清事情。」

被潑了一桶冷水的結衣很不高興地說：「什麼意思？」

「公司是男人的世界，就算女人家再怎麼耍小聰明也無法改變，要是太輕忽，可是會嘗到苦頭哦！」

「幹麼垮著一張臉啊？」

「妳有看《忠臣藏》嗎？」

「我看到松之廊下事件那裡，但這一段不盡然忠於史實，不是嗎？」

「既然如此，為什麼三百年來，日本人始終對這故事如此津津樂道？妳稍微用腦子想想嘛！別看我這樣，我也是為了守護這個家，一直忍耐著。」

松之廊下事件和我們力抗FORCE有什麼關聯嗎？要是太輕忽，可是會嘗到苦頭哦！父親這番話重擊結衣的心。

結衣和晃太郎都樂觀認為只要連「恐龍」都收服，就一定能說服高層。反正那位董事也是在商言商，應該會做出最有利於公司的決定。

難道是我想得太天真嗎？

「你這個鄉下大名！」傳來吉良的吼聲。

父親繼續觀賞《忠臣藏》。吉良挑釁著被迫接受不合理的工時，還慘遭愚弄，氣得拔刀相向的淺野。

「這麼做可是要切腹、抄家啊！倘若真有此覺悟，就砍了我啊！」

這是後人杜撰的，與事實有所出入。愛吃辣的大叔說，並沒有吉良權力霸凌的證據，還說他其實是個好人。

但就算史實真是如此，結衣也因為父親剛才那番話，突然有所懷疑。出現在手機螢幕上的老武士瞅著結衣，感覺他那眼瞼下垂的雙眼好像在說：

「你有砍殺我的覺悟嗎？」

第三章 優秀的留學生

結衣與晁太郎造訪「恐龍」的隔天早上，FORCE發布將製作新網路廣告的消息。

「FORCE即將重生。除了拔擢女性擔任主管，並積極拓展數位市場行銷，促進尊重多元化表現方面的改革。此外，為了讓不擅長運動之人也能享受運動的快樂，將著手研發更先進的商品。」

早上看到這則報導的結衣頓時鬆了一口氣，畢竟被昨晚父親「要是太輕忽，可是會嘗到苦頭哦！」這番話搞得緊張不已。看來「恐龍」成功說服了那位董事的樣子。

「為了重生，必須得死一次啊！」雙手抱胸的甘露寺一副大言不慚樣，「問題是，武士三人行有勇氣切腹嗎？」

「甘露寺，你也試著重生一下吧。我很樂意當劊子手。」

「呵呵呵！不勞種田長官操心，況且我很愛現在的自己……」

晁太郎壓著手臂，乍看是在鍛鍊臂肌，其實很想揍人吧。

「這是東山小姐想出來的妙招吧？」大森換了話題，「對手的團隊都是男性，這樣對我們相當有利，這麼一來，就能打敗業界龍頭BASIC了。」

「上半年的業績目標是一億五千萬，營運部也能跟著受惠。」晁太郎像在說給自己聽似地喃喃自語，「要是連網路廣告製作都能拿到的話，最佳團隊獎肯定是我們的。」

「種田先生，你去年拿到MVP，是吧？」賤岳神情複雜地說，「這次搞不好可以同時拿到個人和團隊獎呢！這對空降部隊的種田先生來說，可是一大戰績。」

「不太可能吧。畢竟給獎也要給得平均一點。」

晃太郎雖然這麼說，結衣卻瞧見他露出銳利眼神，看來他也想一箭雙鵰吧。晃太郎之所以願意當擋箭牌，或許是出於對結衣的愧疚感。不過，這男人的自尊心很高。他之所以完美執行上頭的指示，無非是想奪回工作能力一流的美名。

「我相信種田先生一定會贏。」櫻宮合掌祈願。

結衣也想點頭附和，但父親那番話就像電擊般刺進腦中，促使腦子一陣發麻。

——晃太郎果然還嫩得很！急著贏的結果，反而無法冷靜看清事情。

結衣觸碰手機螢幕，出現一張音樂專輯封面，上頭是個身穿消防衣的男人。

她一抬頭，碰巧和晃太郎的視線對上。只見他一臉狐疑地看著不認同櫻宮說法的結衣，看來他很想問昨晚兩人那種勝券在握的感覺怎麼消失無蹤了。

「總之，就等 FORCE 聯絡了。不，我們絕對會贏！」大森胸有成竹地說。

散會後，野澤站在結衣身旁，「我今天也會好好表現。」這麼說。

只見她出神望著被命令擦白板，一臉心不甘、情不願的甘露寺，以及站在後面監督的晃太郎。

「拿到最佳團隊獎除了有獎金可拿之外，年終獎金也會多一點，對吧？我也要快點上軌道才行！這樣才能賺更多錢！」

結衣的獎金大多拿去包婚禮的禮金之類，進公司第一年的年終獎金也是少得可憐，即便拿到最佳團隊獎，向上頭反映獎金應該多給也沒用，所以她頗佩服人生目標如此明確的野澤。

人是會變的，FORCE也會變得和以前不一樣，對吧？結衣有此預感。一定是父親太偏執了，況且他已經退休。說什麼公司是男人的天下，「恐龍」不就接受了我的提議嗎？

「我不曉得東山小姐這麼喜歡《忠臣藏》。」

結衣抬眼，一位手長腳長的青年站在她身旁。剃得短短的黑髮，濃眉下方有著溫和晶亮的眼睛。

他是來自越南的留學生，帕歐．昆恩，今年二十三歲。正在日本的研究所攻讀電腦工程的他向人事部申請三個月的實習。因為人事部希望他畢業後成為公司的生力軍，所以交代結衣他們要好好照顧他。

「昆恩也知道《忠臣藏》啊！」

「嗯，我之所以學日文是因為迷上動畫版的時代劇。尤其《忠臣藏》可以做為了解日本人精神層面的教材，不但有好幾個電影版本，還有歌舞伎、淨瑠璃、落語。妳看的這個是歌謠《三波春夫的大忠臣藏》。」昆恩指著結衣的手機。

他可真厲害。專輯封面上是以往頗負盛名的演歌歌手，扮成一身消防員裝扮的大石內藏助，擺出殺入敵陣的姿勢。

「用 Apple Music 搜尋，最先跳出來的就是這個。」昆恩說。

父親交代的電影才看到一半。因為沒什麼時間看電影，結衣想說不如找找有什麼相關音樂可以邊聽邊工作，想想為什麼這個故事能深受日本人喜愛超過三百年的原因。結衣實在很在意父親那番話。

「這真是傑作啊！講談[2]裡頭甚至加了浪曲[3]，高歌《忠臣藏》的三波春夫實在太厲害！淺野在田村府邸切腹自殺的辭世之歌，還有田村與淺野之間的深厚情誼，不知道讓我哭溼了幾回袖子……」

「我沒你看得這麼精，不過松之廊下那一段倒是看了好幾遍……」

聽到結衣這麼說的昆恩靜靜頷首，隨即朗朗高歌。

「武士拔刀時，無論死生皆命懸一線。」

這是眾所周知的松之廊下事件的一段，也是被迫賣命達成任務、慘遭頂頭上司愚弄，再也無法隱忍的淺野拔刀揮砍吉良的一幕。結衣也一起高唱。

「千代田城[4]最深處，啊啊～松之廊下，風無情地吹著花兒～」

「你在幹麼啊！昆恩。」傳來焦慮不耐的聲音。結衣一回頭，瞧見吾妻站在會議室門

2 日本的一種傳統藝術，類似說書。
3 由三弦琴伴奏的民間說唱。
4 江戶城的別稱。

口，「要呈給客戶看的委託書，寫了沒啊？」一派頤指氣使的口吻。
「那個……我們委託別人的話，不需要用『呈』這個字吧。這樣文法不是很怪嗎？」
「輪得到你來教我日文嗎？少在那邊自以為是！」
待吾妻離去後，「我只是有疑問而已。」晁恩困惑地看向結衣。
「就是啊！」結衣回道。吾妻應該是覺得很沒面子吧。「的確不必用『呈』這個字，不過有些人就是習慣這麼說，也很難改囉。」
晁恩皺起兩道濃眉說：「方便和妳談一下嗎？」
「現在？」昨天因為比稿和野澤母親的事，硬是被奪去大半時間，結衣還想花點時間處理其他案子，還有維護網站的工作也很重要。她猶豫了一下，決定把焦慮的心情往肚子裡吞。
「嗯，你說吧。工作上遇到什麼困難嗎？」
晁恩正要開口時，剛好應該去別處開會的晃太郎走進會議室，喊道：「FORCE緊急來電！」
「是來通知比稿結果沒錯，可是應該是那三個人打來告知才對啊！」晃太郎瞅著桌子一隅，這麼說，「為什麼是廣宣部長直接打來呢？」
「是不是打來告知昨天向他提議的結果呢？可是這案子不是他負責的啊！」
結衣滑著手機。奇摩的新聞快報沒有出現任何FORCE的字眼。看來得好好剖析他們的企業形象究竟扳回幾成。

「我說我一個人過去就行了，對方卻要求妳一定要同行。」

「咦？知道了。」結衣回頭看向昆恩，「客戶那邊好像出了點問題。這是個好機會，你要不要跟去觀摩一下？順便在路上聽聽你想跟我談的事。至於吾妻那邊，我來跟他說。」

因為昆恩想當技術工程師，所以由吾妻負責指導他。善於溝通的昆恩應該能和吾妻相處得不錯吧，這是結衣與晃太郎討論後的決定。

但是在搖晃的地鐵車廂中，昆恩卻說：「吾妻先生好像很討厭我。」

「他對誰都是那樣啦！昆恩有禮貌，勤快認真，反應又快，怎麼可能有人討厭你。」

結衣一想起明明是日本人，卻完全無法溝通的甘露寺，就覺得胃好痛。結衣離開公司前，交代他要謄寫會議紀錄，但是在沒人監督的情況下，他搞不好會偷懶吧。

「東山小姐，我想利用下班時間去朋友開的創投公司幫忙，可是吾妻先生說我只能對一間公司盡忠，不能有二心。」

「什麼不能有二心，你又不是武士……況且我們公司允許兼差啊！」

社長之所以訂出「一個月加班時數控制在二十小時以內」的目標，就是擔心工時過長，眼界也跟著變得狹窄，所以公司從今年春天開始鼓勵工程師積極向外學習，習得新技術。

「那個吾妻啊！」晃太郎說，「稍早之前還被我盯得很慘呢！誰叫他連自己分內的工作都做不好，又怎麼可能鼓勵他兼差。」

「既然如此，讓昆恩去別家公司累積經驗，不是很好嗎？」

「一般人看到新人的實力勝過自己，都會很焦慮，這一點和一向喜歡借力使力的東山小姐不一樣。」

「那至少可以像我一樣，下班後去喝幾杯，拓展一下人脈啊！」

「妳的人脈也只有那些熟客大叔吧。」

為了緩和前往FORCE的緊張感，晃太郎忍不住調侃結衣。

「吾妻先生說我一點也不像日本公司的員工。」昆恩沮喪地低著頭。

「日本公司的員工啊……」結衣不由得蹙眉，「是什麼樣子呢？」

「他說就是很得人疼……櫻宮小姐也這麼說。他還說不太能幹的女孩子比較惹人憐愛，我實在無法理解。日本因為少子化的關係，年輕人越來越少吧？今後肯定會越來越少，所以要是不能做到不以性別、國籍來評斷一個人的工作能力，國力勢必會衰退，不是嗎？」

「你說對了，」晃太郎神情嚴肅地說，「無關男女，我不需要那種不會做事的傢伙當我的部屬。」

「私生活可就不是這麼回事。」結衣不禁悄聲嘀咕。

晃太郎斜睨結衣一眼後，對昆恩說：「別理會吾妻說的。」

三人在竹橋車站下車，陽光直射在身上。皇居周邊依舊綠意蒼翠，猶如夏日般酷暑。

「哇！這裡就是千代田城啊！」昆恩邊走，邊回頭看向皇居，感慨良深地說。

「那堵石牆後方就是松之大廊吧。從本丸御殿的大廳到面見將軍的白書院，足足有五十公尺遠，是一條有著成排松樹與千鳥彩繪的拉門，鋪著榻榻米的氣派長廊。啊！真想坐著時光機回到那時候，看看淺野與吉良之間到底發生了什麼事。」昆恩又說。

「松之大廊……是在說《忠臣藏》嗎？」

晃太郎無畏刺眼陽光，快步走著。拚命在後面追著的結衣問昆恩：「史實並沒有那麼權力霸凌，對吧？」

「除了赤穗藩家臣的手記之外，沒有任何關於權力霸凌的紀錄，所以現在普遍認為霸凌的事是杜撰的。不過也有可能礙於吉良的惡勢力，沒人敢寫吧。畢竟吉良和德川將軍有親戚關係。」

「可是要砍那麼高高在上的人，淺野也冒失了吧。」

「畢竟他是武士，不是有所謂『武士的一分[5]』嗎？」

「你們到底在聊什麼啊？」晃太郎臭著臉，問道。

一回神，才發現已經來到FORCE總公司。晃太郎到櫃臺辦理訪客登記，昆恩則是凝

5 武士為了守護自己的名譽與面子，不惜賭命的意思。

視著櫃臺後方的牆壁，牆上裝飾著黑色頭盔商標。

「日本的運動員喜歡自稱是武士，但這是想像自己是某個時代的武士，沒錯吧？看那頭盔，應該是戰國時代吧。」

「不曉得耶。感覺這間公司絕對不容許以下犯上。」

「那是江戶時代，元祿時代以後吧。」

過了一會兒，「恐龍」現身，請結衣一行人落坐大廳的沙發。

「共有五間公司參與比稿，貴社脫穎而出。」恐龍說。

結衣握拳，悄悄比了個勝利姿勢，晃太郎也興奮得快跳起來，「恐龍」卻像在說「等一下」似地伸手，說道：「不過，還有另一間公司。」

「BASIC 嗎？」晃太郎說。

「是的，由你們兩間公司對決。多虧東山小姐，才能暫時平息那起風波，也讓董事避免開什麼道歉記者會，真的很感謝，所以我們希望第二輪比稿時，BASIC 也能提出同樣的方針。」

也就是說，以提案的內容決勝負囉？重新準備簡報可是要花不少時間啊！塞得滿滿的工作排程還騰得出時間嗎？結衣心情沉重，晃太郎卻回了句「了解」。

「雖然 BASIC 也要為那起風波負責，」「恐龍」說，「畢竟他們現在還是我們的承包商，況且不想再增加工作量的同仁都很支持他們，那位董事也很欣賞他們家的男業務員。不過，我還是希望能改變公司體制，也希望親手平息這場風波，這是我對你們的期望。」

雖然洩漏參與比稿的對手情資有違道義，這位廣宣部長還是儘量透露了一些訊息。就在結衣這麼思忖時，「恐龍」那雙擱在膝上的大手交握，看向晃太郎，說了句「不過啊」。

「那位董事很討厭東山小姐，說是憎惡也不為過。」

晃太郎不禁皺眉。「您剛才不是說董事之所以能避免開什麼道歉記者會，是多虧了東山小姐的提議……」

「我想種田先生應該能明白吧。球隊最講究上下關係，三年級是神，二年級是人，一年級是奴隸，球隊經理的地位連板凳球員都不如，我們就是在這種體制下長大，這種觀念已經深入骨髓，我說得沒錯吧？」

「也是啦。」晃太郎點頭，卻一臉警戒地看著「恐龍」。

「幸好我在大學遇到反對這種教育方式的教練，他告訴我，一味要求不合理的訓練，只能讓實力提升到一定程度而已。其實國外知名職棒球員只要判斷有其必要，也會違反教練指示，因為贏才是最重要的，是吧？」

晃太郎猶豫片刻後，回了句「沒錯」。

「無奈FORCE的社風還是很保守，不管再怎麼不合理的要求都得服從，上頭的人認為凡事不能交由同仁自行斟酌。」

「也就是說，貴公司完全無法接受承包商，而且還是女性的意見囉？」

聽到結衣這番話，「恐龍」點頭回道：「我算是創社元老，十年來一直努力想改變公司風氣，可是……結果還是不自覺地適應這種從學生時代就很習慣的上下關係，但我很清楚，要是上頭不設法改變員工長時間加班的情況，只會形成莫大的壓力，然後這股壓力繼續往下壓，承包商便成了受害者。」

「恐龍」先是瞅了一下臉色越來越難看的晃太郎，接著看向設計新穎的黑色頭盔商標。

「不過這次要是不澈底改革的話，FORCE勢必潰不成軍，所以我不顧高層反對，今天早上硬是又舉行一場發表會，結果就是被拔了位子，下個月將調離現職。」

結衣頓時啞然。「要是太輕忽，可是會嘗到苦頭哦！」腦子裡再次響起父親的這番話。

「絕對不是因為東山小姐的關係，這是貫徹我對公司的全力以赴，只是這樣罷了。」

大廳又響起「必當鞠躬盡瘁！」的吼聲。身穿名為「武士魂」黑衣鎧甲的他們究竟是為了什麼而喊呢？結衣只覺得一陣暈眩。

晃太郎默默瞅著自己擱在膝上的手。

「恐龍」一臉不捨地看著他，「想贏嗎？」突然像在問後輩似地說。

晃太郎嚇得抬眼，察覺這句話是對自己說的他趕緊回了句「是的」，隨即又說：「當然想贏，這次一定會提出更好的提案。」

「BASIC說要組個全女性的團隊。」這麼說的「恐龍」這次看向結衣。

「剛才他們的業務帶著她們過來打招呼，感覺都是些剛進公司不久，連基本工作都不太熟的年輕女性，還真是知道我們董事的喜好啊！」

「這是……」結衣一時語塞。

表面上打著多元化的口號，其實只是找些連板凳球員都不如的球隊女經理嗎？去年還待在BASIC業務部的櫻宮要是繼續待下去，搞不好也會被編入這個團隊。

「只是形式上讓女性也升任主管，其實只是支援性質罷了。負責簡報的還是業務部的男人們，最初比稿時也是這樣，年輕女性只是接待員罷了。我能告訴你們的就是這些了。祝你們贏得最終勝利。」

塊頭壯碩的「恐龍」從容離去後，大廳又回復靜寂。昆恩開口：「我聽說ＩＴ、網路業界時常應酬，都是下班後才應酬嗎？還有，接待員是什麼意思？難不成是提供性服務？」

必須認真回答遠渡重洋來到日本的外國青年才行。結衣回道：「我們這業界不來這一套，而且基本上，我們公司不做這種事，我也沒做過。」

「BASIC為了搶生意，可說無所不用其極，但我們社長的方針是不必花錢招待客戶也能贏。」

聽到晃太郎也這麼說，昆恩似乎放心不少，但他的口氣隨即又變得沉重。

「意思是要貫徹公司的武士道精神，是吧？」

《忠臣藏》裡的淺野就是貫徹自己的武士道精神，堅持不向吉良行賄，因此才會被盯上，遭受各種折磨與侮辱，後來再也忍不下去的他揮刀砍向吉良，卻被當時也在場的梶川惣兵衛勸阻，徒留遺恨，這就是松之廊下的爭執始末。

——不，其實沒有所謂的權力霸凌，只是淺野脾氣太火爆。結衣心想。

就在他們一行人離開FORCE總公司，走向平川門時，聽到有人喊了一聲「東山小姐」，跑向他們。

「妳聽說廣宣部長被貶職的事了嗎？」

原來是比稿那天遇到的那位「研究員」。他也遞了張印著「研發部」的名片給晃太郎，然後帶結衣他們走到離公司遠一點的地方。

「廣宣部長巧妙運用廣告宣傳策略發揚我們公司的武士魂，他是帶領FORCE成長的重要人物，對公司這麼有貢獻的人竟然受到這般對待……年輕同事們都很不安。」

結衣不由得低下頭，因為她覺得自己是始作俑者。

「我真的很希望你們贏。如果公司有個準時下班的女主管坐鎮，FORCE一定會有所改變，搞不好上頭遲遲不批准的研發案也能順利過關。」

晃太郎回應說得慷慨激昂的「研究員」：「您說的，我都明白，但她手邊也有很多案子要處理。」

結衣不懂這話是什麼意思，意思是自己又要被踢出這次的比稿嗎？

「還請優先考量處理我們公司的案子。」「研究員」再次誠懇拜託結衣後離去。

「他就是那個提供情報的傢伙嗎？」晃太郎瞅著逐漸走遠的背影，看到結衣點點頭，他很不高興。

「為什麼那個廣宣部長、還有剛才那傢伙都要推妳當砲灰？」

「因為他們不敢直接反抗高層吧。」

昆恩聽到結衣這麼說，頓時臉色一沉。「我以為日本是先進國家，如此不合情理的社會只存在於時代劇中。我真的適合留在日本工作嗎？」

他的視線前方有一塊東京奧運的招牌。為了因應大量外國遊客來訪日本，標示英文與中文的公共設施招牌變多了。結衣想起「恐龍」曾說，其實國外知名職棒球員只要判斷有其必要，也會違反教練指示。

「我們公司不一樣，要是遇到什麼不合理的事，儘管說出來。想準時下班就準時下班，也允許下班後兼差，為了維持這樣的工作環境，我們很努力工作。」

一旁的晃太郎卻板起臉，「要是這樣的話，就別想拿到這次的案子了。」這麼嘀咕。

「什麼意思？」昆恩問。結衣和晃太郎並未回應。

因為他們不敢說再這樣下去，公司搞不好真的會回歸責任制。

結衣和晃太郎回到公司便馬上召集大家開會。大森聽聞BASIC的策略後，咬牙切齒地說：「根本就是投其所好嘛！」

「BASIC的男業務是個什麼樣的傢伙？」大森問。

「不知道。對了，我老早就想說了，獲取競爭對手的情報應該是你們業務的工作吧。和FORCE會談時也是，根本什麼都沒調查就去開會，拜託盡責一點啦！」

結衣告訴大發牢騷的晃太郎：「之前聽阿巧……聽諏訪先生說，那個男業務姓風間，櫻宮小姐認識嗎？」

被眾人行注目禮的櫻宮勉強擠出笑容，語帶含混地回了句「認識」。

「不過我們不同組，所以不太熟……不好意思，沒能幫上忙。」

「傷腦筋啊！東山小姐，可以麻煩妳問一下諏訪先生嗎？」這麼拜託的大森一副泫然欲泣樣。

「欸？」晃太郎不以為然，「諏訪先生也是業務部的啊！怎麼可能洩漏不利自己公司的情報，你還是自己去調查啦！」

「畢竟他和東山小姐有過婚約，也可能一時不小心說溜嘴啊！」大森不死心，「搞不好他對東山小姐還有眷戀呀！」

「不可能！」結衣搖頭，「我們可是和平分手。拜託！別找我做這種事。」

坐在一旁的來栖也附和：「就是啊！要東山小姐耍這種像是色誘的手段，太強人所難了。」一副很了解結衣的樣子。但來栖的這番話反倒讓結衣有點賭氣地說：「也不是做不到啦！」

「只要套些情報就行了，對吧？不過我不會耍什麼色誘之類的卑劣手段。畢竟我可是打滾十年的老鳥了。當然有更高明的手段囉。」

結衣當場打電話給阿巧。

「喂，結衣嗎？找我有什麼事嗎？」馬上接聽的阿巧聲音好溫柔。

「呃，沒什麼特別的事啦！想說問候一下……你最近如何？」

「我本來想打給妳，」阿巧停頓一下才說，「我還是喜歡妳。」

「咦?!」拿著手機的結衣剎時怔住，手機還開著擴音，一時不知所措的她忘了怎麼關掉擴音。「啊，可是，我聽說你和三橋小姐在交往……」

「已經分了，」阿巧的聲音傳至結衣的耳朵深處，「我果然不能沒有結衣。」

大家都聽到了。「搞什麼啊？」晃太郎只動嘴，沒出聲。

「可是、可是……要怎麼說呢？我們是工作上的競爭對手……」

「今晚想見妳，約在我們初次約會的那間法國餐廳，如何？訂晚上七點，我會一直等到妳來。先這樣了。幫我問候種田先生。」

阿巧溫柔地這麼說後，掛斷電話。結衣整個人呆住。想起明明正在開會，卻讓大家聽到這種曖昧對話的她勉強擠出笑容，將手機擱在桌上。

「不好意思，沒想到會變成這樣，根本沒機會問風間先生的事……」

「不愧是王牌業務員啊！」賤岳說，「色誘東山小姐，設法從她嘴裡套些我們的情資。」

「阿巧不是這種人，」結衣邊偷瞧晃太郎邊說，「我當然不會去囉！不會再和那種劈腿男見面。我等一下會打電話回絕，可是阿巧——」

「你們真的已經分手了嗎？」這麼說的大森忙著滑手機，好像正在臉書上搜尋「諏訪巧」的樣子，只有這種時候調查情資最積極。

馬上出現諏訪巧和三橋的合照。對著鏡頭燦笑的三橋豎起無名指，手上那只戒指和結衣收到的一模一樣，都是阿巧很愛的那家老店品牌的婚戒。他們已經進展到這種關係嗎？當結衣一動也不動地看著這張照片時，「我可是有阻止過妳喔！」來栖聳聳肩。

「對了，種田先生，」大森突然想起什麼似地說，「FORCE 那邊問說要不要在第二次比稿前，大家一起吃個飯。我本來想拒絕……可是不曉得怎麼開口。」

「怎麼現在才說啊？難不成答應了？」

「我們公司可是不搞什麼應酬文化哦！」賤岳說。

「只是吃個飯而已。聽說那位董事想謝謝東山小姐，畢竟多虧了我們，他們才不用開什麼公開道歉記者會，所以純粹只是吃個飯，答謝而已吧。」

想謝謝東山小姐？晃太郎一臉驚訝地對大森說。

「怎麼可能啊！聽說那位董事很討厭東山小姐。」晃太郎說。

「可是那位董事應該也是希望我們贏吧？不然怎麼會想找我們一起吃飯呢？他要是見到東山小姐，肯定會很欣賞她。」

「可是第二次比稿前搞這種飯局，根本是……喂，甘露寺！現在在開會！你怎麼可以睡覺！」

「我們就樂觀看待嘛！對方說他們明天有空，東山小姐呢？」

大森應該是不想打電話拒絕對方吧，只見他不放棄地追問。

「我忘了拿記事本……我去拿。」結衣這麼說，步出會議室。

後頭傳來一向不准開會時中途休息的晃太郎宣布「休息十分鐘」的聲音。

稍微避一下鋒頭吧。結衣不是回到自己的位子，而是走向逃生梯那裡。石黑出差，沒進公司，沒人可以商量。

照不到陽光的樓梯間好冷。結衣坐在樓梯上，雙手掩面。

還真是一記漂亮的回擊啊！結衣想。

阿巧應該注意到了吧。在敵對公司上班的前未婚妻在此敏感時刻主動聯絡的目的只有一個。雖然一再強調自己不會用色誘這種不入流的手段，但——看來我還是很不甘心自己被劈腿吧。

阿巧也很不甘心吧，還說了句「幫我問候種田先生」。不甘心我為了晃太郎而想利用他、欺騙他嗎？這句話就是這樣的意思，不是嗎？

因為妳還沒放棄。爸爸曾對我這麼說。

沒錯，要是我能接受差點過勞死的晃太郎的生存之道，和他結婚的話，就不會和阿巧互相傷害。

結衣想起和父親一起觀賞長谷川一夫主演的《忠臣藏》其中一幕。在松之廊下發生事情的當天，淺野的元配阿久里安慰深為吉良的霸凌所苦的丈夫，阿久里說：「只要今天的儀式結束，你的責任也就盡了，所以力求今天平安無事地做好分內事吧。」

也許應該相信大森的樂觀主義比較好，咬牙赴一赴那場飯局吧。

只要比稿贏了，不但能達成業績目標，還能讓我們這個連主管也能準時下班的團隊得獎。這麼一來，董事會就無法逼迫公司回歸責任制，我也能每天準時下班，繼續給予新人們一個友善的職場環境。

最重要的是，還能守護晃太郎的寶貴生命。

一旦採責任制，這男人肯定無法踩煞車。星印工場交件日那天，結衣發誓不能再讓這男人走向「另一邊」，不能眼睜睜看著他過勞死，無論如何都不行。

「妳躲在這裡哭啊？」頭頂上方傳來聲音。

晃太郎將一瓶礦泉水遞給結衣，看來他偷偷追過來的樣子。「我才沒哭。」結衣接過礦泉水，晃太郎坐到這麼說的她身旁。

「我從以前就很討厭那種劈腿男，我們在比稿時交手過好幾次，那傢伙很會說些好聽話，用他那三寸不爛之舌騙人。」

「種田部長做不來這種事，對吧？」

「剛才妳就動搖啦！東山小姐對那種好聽話最沒抵抗力，不是嗎？」

「是啊。可能是因為某人從沒對我說過，害我沒有免疫力吧。」

晃太郎沉默不語，看著自己的手，「如果說了的話，會有所改變嗎？」這麼說。

不知道。這次換結衣沉默。

兩人定下婚約時，結衣質問因為過勞累倒，沒有現身雙方家長見面餐敘的晃太郎：「工作和跟我結婚，到底哪一個重要？」結果得到的答案是「工作」。如果那時不是這個答案，哪怕只是說句「喜歡」，兩人應該就不會分手吧。

不，不可能。如果兩人就這樣步入婚姻，晃太郎肯定會變成超級工作狂。一想到最愛的人在眼前消失，一想到也許哪天必須面對這種事，結衣就害怕得選擇逃離。

「三寸不爛之舌啊！要想贏過BASIC，我也得使出什麼殺手鐧才行吧。」結衣這麼說。腦中瞬間浮現FORCE董事的臉部特寫，額頭的傷疤隱隱作疼。

她喝了一口礦泉水，平復心情後，下定決心似地說：「應酬就應酬吧。我也發揮一下三寸不爛之舌，當個稱職的招待吧。」

「幹麼突然這麼說？」晃太郎很詫異，「是因為不甘心被諏訪先生反將一軍嗎？」

「不是，是我想贏，不想讓我們公司回歸責任制。」

「妳不用出面，我來對付那個董事，絕對會收服他。」

「可是他這次指名找我，不是嗎？看來他也希望FORCE有所改變吧。如果只花一天就能收服那個人，有何不可呢？」

「妳沒辦法啦！」晃太郎不苟同，「就因為我太了解妳，才會一直當妳的擋箭牌。所以拜託妳別出面。」

「我辦得到，」結衣強勢打斷晃太郎的話，「一定會忍耐到底。」

一臉疲倦的晃太郎用右手用力揉著雙眼，無言以對。這男人應該最清楚目前絕對不能違抗FORCE的要求，就算再怎麼想護著結衣，要是比稿沒贏就沒意義了。

結衣抓著晃太郎的肩膀，搖了搖說：「振作點！」她這是在模仿晃太郎，以前結衣心情不好時，晃太郎也常這麼鼓勵她。

「我一定會做得很好的！想想我們要是拿到最佳團隊的獎金，要去哪裡開慶功宴吧！」

晃太郎瞅了結衣一眼，喃喃道：「妳還是這麼倔強。」

「就把下一次的比稿當作奧運來拚，如何？」結衣說出自己的想法。那位董事應該不可能無視國外吹來的風吧。

結衣只是這麼說，晃太郎似乎就聽得懂她的意思。回到會議室繼續開會時，晃太郎在白板寫上第二次比稿的策略。

「雖然FORCE不是東京奧運的官方贊助商，但我們在會商時，曾提過埋伏行銷的可行性。」

來栖向聽不懂「埋伏行銷」這詞的菜鳥們說明：「就是一種搭便車的行銷方式。」

「他們在代代木的旗艦店開幕時也說過，東奧是讓外國觀光客認識他們公司商標的絕佳機會，所以為了打造符合全球化企業的品牌形象，包括FORCE的官網都要朝這方向逐步架構……也就是朝這設定進行。」來栖又說。

「昆恩，你有什麼看法？」

「我覺得很好。日本人的人權意識是世界出了名地有待加強，要是沒有這一點自覺的話，很難從東奧取得什麼商機，況且如果能從那起鬧得沸沸揚揚的事件重新站起來，也是件好事。」

「昆恩先生好厲害喔！」櫻宮忍不住讚嘆。結衣也覺得昆恩的見解不錯。

「明明是來日本工作，卻貶抑日本，到底是什麼意思啊？」吾妻卻很不滿。

昆恩剎時鐵青了臉，沮喪低著頭。

「吾妻，」晃太郎趕緊出聲，「又沒人問你的意見。」

結衣心想不妙。吾妻果然露出憤怒眼神。

「可是這傢伙明明是外國人，卻大言不慚地批評。」

「你的自卑感又發作嗎？」晃太郎面露不耐，「都到這節骨眼，就別再節外生枝了。」

「我才沒有！我只是糾正他！」吾妻突然站起來，「因為這傢伙什麼都要批評，那幹麼還要留在這裡工作！」

賤岳嘆了一口氣後，勸誡說：「我說吾妻啊！現在每家公司都很缺新血，所以很歡迎優秀外國留學生來日本工作哦！」

「可是既然要在日本公司工作，就要有日本員工的樣子，應該要更謙虛、身段要更低才對啊！我……我也是為了昆恩好。」

結衣察覺到吾妻是真的很不滿，趕緊出聲緩頰。

「我明白吾妻的心情，之後我們再找時間討論要怎麼帶新人吧。昆恩，謝謝你的意見。好了，回歸正題吧！」

可能是會議被打斷讓晃太郎很不高興吧。

「昆恩比你對日本更有用，」晃太郎焦躁地說，「他在越南最頂尖的河內大學學習電腦工程，還取得碩士學位，日語也說得比你正確，還積極兼差，就連公司的行銷部門也很想挖他過去。吾妻，你呢？你有什麼強項？你贏他的只有你是日本人嗎？」

笨蛋！結衣在心裡咒罵。這男的果然一點都沒變，只要一扯到工作，他的體貼和溫柔就沒了影；一旦被他認定沒用的傢伙，在他眼中一輩子都無法翻身。

「話也不用說得這麼重吧。吾妻也做得很好啊！」

雖然結衣這麼打圓場，「好啦！我知道了。」吾妻火大了。

「反正外國人不斷來搶飯碗，加上ＡＩ化，我這種人注定要失業啦！」

就在結衣心想還是先把吾妻拉出去談談比較好時，一直在打瞌睡的甘露寺醒了。

「咦？是在說ＡＩ化嗎？我可以發表意見嗎？」

「不行。」晃太郎立刻拒絕。

只見甘露寺伸了伸懶腰說：「今年招募新人的考試開始導入ＡＩ，也就是說，我們這些新人是被ＡＩ選上的。呵呵呵！我只是想炫耀一下啦！」

「如果連甘露寺都沒被淘汰，吾妻應該也沒問題吧。」賤岳雙臂交叉，這麼說。

「煩死了！別再說了！你們可別瞧不起我！」

「夠了！」晃太郎的聲音響遍會議室，「眼前最急迫的事就是能否達到業績目標，所以我不允許任何情緒影響團隊工作效率。吾妻，你出去。」

晃太郎雖然沒怒吼，但這股氣勢讓人覺得吾妻要是不乖乖聽話，可能會挨揍。只見吾妻起身，抱著筆電離開會議室。

「我……」櫻宮站起來。「不用管他。」晃太郎出聲制止。

「放心，吾妻前輩總是對我很好，我去安撫他一下。」櫻宮這麼說後，也步出會議室。

昆恩依舊繃著臉。

他後悔來這間公司實習嗎？結衣想。

「沒一個讓人安心！」臉色難看至極的晃太郎再次在白板上寫字，被筆尖觸著的白板不停顫抖。

最焦慮的人是他吧。將一切看在眼裡的結衣這麼想。

會議結束後，結衣帶著昆恩來到擺著自動販賣機的走廊另一頭。

「還是換個人來帶你，比較好吧？」結衣這麼問，將一罐飲料遞給昆恩。昆恩回了句「不用，沒關係」。

「我是為了成為具有國際視野的工程師才來這裡，不是為了成為日本上班族才來的。」

結衣本來想回說「我明白」，但話到嘴邊又吞了回去。因為就昆恩看來，結衣也是日本上班族。

「昆恩做自己就好。我希望你不要以日本上班族的觀點來做事。」

「妳真的這麼想？」昆恩反問，他的眼神猶如夜晚的大海般昏暗。

「雖然表面上只是和FORCE那邊的人吃頓飯，但我覺得那就是一種應酬，因為下班後還得被客戶強迫工作。無法違抗的你們追求的是可以二十四小時工作的日本上班族機器人，所以根本容不下不一樣的觀點。」

面對能力比自己還優秀的留學生，結衣有種被擊倒的感覺。

「我也覺得自己很沒用，」結衣只能坦然以對，「但你今天早上也去了FORCE一趟，不是嗎？應該知道我們要迎戰的對象，可是和昆恩期待的差了十萬八千里。」

客戶至上，男尊女卑，只要違抗這鐵則就會吃不完兜著走，這國家還存在如此封建的觀念。明明身為日本人的自己都無法認同這樣的工作方式，又要如何說服價值觀不同的外國年輕人？

「請帶我一起去應酬，」昆恩說，「我想親眼看看。」

「不行，人事部規定不准讓實習人員加班。」

「因為不想讓我看到這間公司的真實工作情況嗎？」完全說不過他。就在結衣無力反駁時，大森走過來，伸手撐著自動販賣機，深深嘆氣。

「FORCE又打電話來……要我們帶新人一起過去。」

「欸？」結衣一陣頭暈，「什麼意思？你有拒絕吧？」

「那位董事想贊助與青少年教育有關的體育活動，所以想和年輕人聊聊。櫻宮小姐說她會去，甘露寺覺得很有趣，也說會去。」

「那我也要去，就算東山小姐不答應，我也要去。」這麼說的昆恩謝謝結衣請喝咖啡後，走向製作部的辦公室。

「種田先生怎麼說？」

「他也很煩惱，不過他說，新人在的話，東山小姐就不敢胡來吧。」

「是喔。」結衣嘆氣。我都已經打包票了，他還是不相信。

帶昆恩去真的好嗎？就在結衣為這件事頭疼不已時，收到小柊傳來的訊息：「有急事要商量，今晚可以見面嗎？」

同時還收到一封來自營運部的郵件：「錦上製粉緊急要求提案。」他們去年的網站架構案子是由結衣負責。

結衣無奈地搔搔頭，自從升上主管後，不知已經看過多少次「緊急」這詞了。因為還有其他堆得如山高的工作要忙，FORCE的二次比稿案只好又由晃太郎一肩扛起。

結衣推開上海飯店的門，瞧見種田柊已經坐在吧檯等待，幾乎足不出戶的他膚色顯得白皙。結衣一落坐，小柊便關心地問：「比稿情況如何？」

「要怎麼說呢？順利嗎？還是不順呢？我也不曉得。來杯啤酒！」

王丹馬上端來啤酒。結衣點了乾燒明蝦，王丹卻沒走進廚房通報，而是盯著小柊說：「他是晃太郎的弟弟？長得不像。」

「是喔？我覺得很像啊！笑起來也很像小孩子。」

「晃哥會笑？」小柊很詫異，「他在家裡從沒笑過。記得是他最後一次上場比賽吧，九局下時，眼看情勢不妙的他突然竊笑一下。」

那是他腎上腺素激增時會露出的表情，好比交件日迫近時，他也會這樣。

但結衣說的表情不是這種，而是晃太郎和她閒聊時會露出的表情。結衣思索著該怎麼解釋。

「結衣小姐，就別再想晃太郎的事啦！看看我弟療癒一下吧！王子！」

「弟弟？」

就在結衣心想中國不是一胎化嗎？有位青年從廚房走出來，而且是個令人眼睛一亮的帥哥。瘦高、胸膛厚實，還有一雙大長腿。結衣一邊欣賞眼前這位有如香港動作片演員的帥哥，一邊喝著啤酒，麥香在口中擴散。

「他叫劉王子，」王丹用手比劃了一下弟弟的名字怎麼寫，「我們是同母異父的姐弟，所以姓氏不一樣。」

看來王丹的過往頗複雜。為什麼是同母異父呢？結衣雖然很好奇，但不好意思當面問。

「王子這名字還真適合你呢！這名字在中國普遍嗎？」結衣問。

「哈哈哈！」劉王子刻意大笑，笑到那張俊美的臉都有點扭曲。

「這名字很炫吧！只有我姐會這樣叫我。我很討厭這名字，所以對外都是用英文名『Eason Lau』。我媽是超級動漫迷，多虧從小耳濡目染，所以我的日語說得比我姐好。」

劉王子滔滔不絕說著，從襯衫口袋掏出名片，遞給結衣。「BLACK SHIPS」的公司名稱旁邊有個蒸汽船圖案的商標。

「我們公司是在上海推動行銷自動化系統的公司，無奈中國市場採低價競爭，已經到了血洗地步，所以我們打算進軍日本市場。」

所謂行銷自動化系統，就是將繁雜的數位行銷業務變成自動化系統，這方面剛好是結衣他們公司也想開發的領域。所以說，和我們是競爭對手囉？結衣頓時有點酒醒。

「我這次來日本是為了招募新人。觀念守舊的日本企業根本不信任中國人，所以我過來招募日本年輕人進我們公司，只要有能力，不問國籍，也不問經驗。」

「不問經驗……」小柊低語。
「日本企業喜歡用同一個模子刻出來的人，排斥不同類型的人，而且一旦排除就不會再給任何機會，雖然這是很可惜的事，對我來說卻是大好機會。」
結衣的腦子裡馬上浮現昆恩的臉。再這樣下去，他也會被延攬到別國的企業吧。
「放心，我不會對結衣小姐的部屬出手啦！因為妳是姐姐很看重的朋友。」
雖然劉王子這麼說，小柊卻目不轉睛盯著黑船的商標。待劉王子走進廚房後，結衣才開口：「要是小柊想進我們公司，我可以幫忙跟人事部說一聲，如何？」
「不可能，」小柊一臉驚訝，「我才不想和曾經對因為過勞而失眠的我說，就算不睡覺也不會死的哥哥一起工作。」
「是喔……也是啦！是我神經大條，對不起啦！想說小柊是不是對國外企業有興趣，一時心急才會這麼問。」
先進國家無不面臨少子化問題，今後有能力的年輕人勢必成為各方爭搶的對象吧。唯有擁有優秀人才的企業才能生存下去。
「結衣姐也應該忘了我哥，趕快展開新戀情吧。妳覺得泰斗如何？」
心想泰斗是誰的結衣猛然想起是來栖。小柊曾和他一起小酌。
「泰斗和我見面時，都是在聊結衣姐的事哦！」
「我們年紀差很多耶。況且我之前曾開玩笑問他要不要一起去洗溫泉？結果他說他沒辦法接受比自己年紀大的女人。」
「他就是那種高興時會說反話的人，不是嗎？」
「好了，這話題到此為止。」結衣覺得越扯越離譜，「對了，找我有什麼事？」
只見小柊突然沉默，楞楞望著桌上尚未動筷的榨菜，語氣黯然地說：「我爸因為動脈硬化，上個禮拜動了心臟手術。醫生說可能是因為他工作壓力大，總是睡眠不足，有高血壓毛病的關係。」
「啊？」結衣見過好幾次晃太郎的父親，「我都不知道這事，伯父還好嗎？」
「術後情況不太樂觀，因為其他血管也不太妙的樣子。我還沒聯絡我哥，連假剛開始時，他有回家，那時他和我爸因為一點事情鬧得很不愉快，後來就沒再聯絡了。」
我哥變得有點奇怪，對不對？小柊說。這麼說來，一向孝順的晃太郎確實有點反常。
「我想說他應該會聽結衣姐的話，因為他好像還是很喜歡妳。」
「這個嘛……」結衣的內心深處被刺了一下，「我已經不相信這種事了。」
結衣來這裡之前，發了訊息給阿巧，表明自己不能赴約，很抱歉。
「不過，既然是小柊的請託，我會跟你哥說看看。」
小柊似乎鬆了一口氣。話題又回到 FORCE，聊到那位董事時，小柊想起之前工作地方的分店長，只見他一臉作嘔地說：「要是對方太過分，不必忍氣吞聲，可以用手機錄下來，放到網路上傳出去，這樣就能輕易擊倒 FORCE。」

年輕人果然比較衝動。結衣搖搖頭，說了句「不行」。

「聽說他可能會當上董事長，況且擊倒FORCE，我們就達不到業績目標了。」

「我很後悔，」小柊的聲音突然變得高亢，「要是那時殺了分店長就好了。」

分店長是指小柊第一份工作時的上司，他不時斥罵當時還是菜鳥的小柊：「你真的很沒用！」就這樣連續批評了兩年，罵到小柊沮喪地想跳下月臺自殺。後來忍受不了的小柊辭去工作，就這樣當了兩年的繭居族。

「那個分店長還待在那間公司嗎？」結衣問，小柊默默頷首、拭淚。

「我一想到哪天可能會在哪裡遇到他，就怕得不敢回職場。」

都已經過了兩年，小柊還是擺脫不了內心的陰影，這樣子真的很難重返職場。這麼想的結衣頓覺啤酒的苦澀竟然酸得刺舌。

隔天早上，大森收到來自FORCE的郵件。

「聚餐地點在我們公司。」

好像是因為方便聚餐結束後，馬上回工作崗位的樣子，居然連聚餐這種事都能在公司搞定。

「他們公司裡面就設有宴會廳，這樣我們就不用花錢招待了。」

雖然大森樂觀看待這場聚會，但結衣一想到要待在充滿連休息時間都在跑步的黑衣武士的地方好幾個小時，心情就很鬱卒。

從其他客戶那裡直接前往FORCE的結衣在總公司門口和其他人會合。真不想進去啊！就在結衣這麼想時，姍姍來遲的來栖拍了一下她的肩膀。

「結衣姐，我發現這個。」掏出手機的來栖沉著一張臉。手機螢幕顯示的是關於業界八卦的網站。「這是指櫻宮小姐嗎？」是一些關於BASIC的八卦。

上頭寫著：「去年底辭職的S是公司的害群之馬。」

「意思是說她勾引好幾個男同事，引發一連串紛爭，是個把公司搞得烏煙瘴氣的害群之馬。」來栖說明，「把社團搞得烏煙瘴氣的人叫做社團的害群之馬，把公司搞得烏煙瘴氣的人……」

叫做公司的害群之馬。

「上頭還寫說她之所以辭職，是因為陪睡的事被爆出來的關係。」

「陪睡？」結衣皺眉，「應該不可能有這種事吧。」

晃太郎也來了。他從來栖口中聽聞櫻宮的事，一臉嫌煩地說：「只是八卦吧？對了，你這領帶是怎麼回事啊？算了。我幫你弄好。」

晃太郎一把將來栖的領帶拉緊，只見來栖一臉痛苦地高舉手機，說道：「重要的是這個、這個啦！」從晃太郎的魔爪解脫後，來栖點開櫻宮的臉書，給結衣他們看她的貼文。

貼文下方有來自FORCE員工們「好可愛喔」之類的回應，櫻宮也回以「好開心」，互動好像十分頻繁；雖然光是這樣並無法認定有什麼陪睡的事，但的確有種一觸即發感，甚至讓人覺得這根本是性騷擾。

結衣滑著來栖的手機，察看櫻宮之前的貼文。看來她從在 BASIC 那時開始，便一直和 FORCE 那邊的人往來。

「是種田先生叫她這麼做嗎？」

「才沒有，我只是叫她一起出席上次的比稿，至少是在我眼睛看得到的地方。」

「結衣姐。」來栖拉拉結衣的袖子。大森帶著新人們走過來。

「沒時間說這件事了，」晃太郎搖搖頭，「我會找她問清楚。」

「這種事必須趕快處理。」

結衣催促新人們快點進去，然後對走在最後面的櫻宮說：「方便借一步說話嗎？」

「今天晚上的聚會，由我負責接待，妳不用跳出來幫忙，也不用勉強自己強顏歡笑。」

櫻宮沉默片刻，抿著脣，幽幽地說：「我沒有勉強啊……」

什麼意思？「害群之馬」這詞殘留在結衣的腦子一隅。

「而且……」櫻宮的眼神猶疑，「東山小姐還是別在場比較好吧。因為那些人真的很討厭妳。他們很喜歡我，因為我是沒那麼能幹的可愛女孩。」

櫻宮輕蔑的人是她自己。

但「那些人真的很討厭妳」這句話卻竄進結衣的耳朵深處，刺進腦中。

「櫻宮，妳……」就連晃太郎一時也不知如何責備她。

櫻宮輕點了一下頭，便迅速走進 FORCE 總公司。

「你不是說會好好教導她？」

「妳還不是一樣，」晃太郎反諷，「什麼時候開始被叫結衣姐啊？」

「什麼意思？啊！你是說來栖？這有必要現在提嗎？他只是跟著小柊一起叫罷了。」

「那傢伙也是男人，妳可別太寵他，還是要好好教導他。」

現在不是為這種事起口角的時候，但兩人都處於緊繃狀態，實在很難心平氣和溝通。

「必須趕快去櫃臺登記入內，不然會遲到。」

被大森這麼一喊，心存疙瘩的結衣才跟在晃太郎身後走進大樓。

餐宴場地位於大樓的地下室，是一間十分寬敞的多功能廳，平常這裡好像是開朝會、公司的柔道社用來練習的場地。

地上鋪著榻榻米，擺了一整排外賣的和食。白色牆上繪著水墨畫，像是用力潑上去的許多黑點中，用粗獷線條勾勒出像是蛇的圖案。

「雖然是現代畫風，不過畫的應該是松樹吧。」昆恩喃喃自語。

「因為日本人喜歡松樹。」昆恩又說。結衣也望著黑松，松樹象徵長生不老，這是祈願舊事物能一直長存於世而描繪的植物。

結衣一行人抵達後不久，一大群FORCE員工也走進會場。

除了武士三人行之外，負責網站的人員也有出席，那位「研究員」也在其中，還有一群看起來剛進公司不久的新人，甘露寺、櫻宮、昆恩坐在他們對面。

只有「恐龍」沒出席，職位應該還沒正式異動才對，八成是被踢出這場聚會吧。

「東山小姐，這裡。」大森指著最裡面的位子。猜到誰會坐自己旁邊的結衣一坐下，晃太郎便湊向她，悄聲說：「我坐妳旁邊，萬一發生什麼狀況，跟著我就對了。放心吧。」

這句話讓結衣吃了定心丸。反正今天由我負責應付，不會讓這男人當擋箭牌。這麼想的結衣偷偷做了個深呼吸。

微笑、微笑。對方就算再怎麼爛，好歹任職大公司，應該不是那種連話都不能好好講的人。

拉門一開，黑武士們一齊站起來。結衣也跟著起身，瞧見那位董事走進來。就是那位帶領FORCE廣宣部門的董事，很討厭結衣的傢伙。

結衣初次近距離看他，比想像中年輕。可能是因為身體有練過的緣故吧。襯衫底下的胸膛十分厚實，而且高個子的他很適合穿西裝；雖然被晒黑的臉上有些皺紋，卻有一股能擔綱時代劇主角的不凡氣場。

「反正大家都來了，先開始也沒關係啊！」

只見他露出親切笑容，脫掉西裝外套；實在很難想像他曾在比稿時說出那麼歧視意味的言詞。

晃太郎用手肘頂了一下結衣，嚇一跳的她趕緊往前一步，跪坐在董事面前。

「您好，初次見面。我是製作部副部長——」

只見盤腿坐下來的董事回了句「是喔」，打斷結衣的自我介紹，連正眼都不瞧一眼，還將她的名片隨手擱在擺著料理的小桌子上。

「彩奈！」他突然大喊，「妳怎麼坐在角落啊？哦！我知道了，因為妳長得可愛，被排擠是吧？女人的嫉妒心可真是醜陋啊！妳過來！」

櫻宮馬上起身，說了句「我幫您斟酒！」走到董事面前。結衣一直跪坐著等待她幫董事斟滿啤酒。

「大家乾杯吧！」董事又高呼一次，「你來致詞！」他用下巴指了指武士三人行。

「是！」只見「機車男」馬上跳起來，露出快活笑容，高舉杯子。

「嗯嗯，無論是平時做好準備的成果，還是客訴風波，我們都克服了！我們要朝著讓所有日本民眾都穿上武士魂的崇高目標，全速奔馳！」

「鍛鍊身體就能提升工作效率，無論怎麼工作都不會覺得疲累，我們要讓ＧＤＰ不斷飆升！」這麼說的董事大笑著。

「很期待 NET HEROES 的各位能提出好案子。讓我們全力以赴！」

致詞順利結束，「機車男」回座。結衣看著他悄聲嘆氣的模樣，覺得胸口好悶。看來

FORCE的員工也很緊張。

「對了，『不忠者』這次被貶了，是吧？那傢伙叫什麼名字來著？」董事問。

無人回應，「無腦男」和「臭屁男」也默不作聲。

「幹麼啊？大家放輕鬆一點啊！彩奈，妳過來！來我這裡！」

「是！」櫻宮要坐下時有點重心不穩，只見董事伸手摟住她的纖腰，還說了句「好危險喔！」讓她坐在自己的膝上。櫻宮微笑地說：「嚇一跳呢！」

結衣看向晃太郎。晃太郎似乎猶豫著該不該出面阻止，還沒有任何動作。

「那個！」結衣出聲，拿起酒瓶，說了句「我幫您斟酒」。

「是誰叫年紀這麼大的女人過來啊？」董事問坐在他膝上的櫻宮。

也許他本來想徹底無視結衣，卻又想測試她會如何出招。

「來！我敬您。」結衣高舉酒瓶，將啤酒注入放在小桌子上的玻璃杯。「妳在搞什麼鬼啊?!」董事大聲喝斥，將櫻宮往旁邊一推，整個人往後退。沒想到一向行事小心，不像甘露寺那麼粗枝大葉的結衣竟然將酒倒在董事身上。

結衣看到櫻宮逃出狼爪，趕緊低頭道歉：「真的很抱歉！因為我們公司沒有什麼和客戶應酬的機會，所以我不習慣做這種事……」結衣一邊偷瞄櫻宮，一邊這麼說。

「機車男」可能察覺這是結衣的無言抗議，深感情況不妙的他對董事說：「今天畢竟是雙方聚會的場合，您剛剛那番話似乎不太妥當……」

結衣頓時虛脫。此刻的她試圖將自己的意思傳達給身後臉色應該很難看的晃太郎。你放心，我不會做什麼忤逆他的事，我不會亂來的，但真的無法容忍他對櫻宮性騷擾。

可能是同情連酒也倒不好的女人吧。情緒平復許多的董事說：「算了。沒關係啦！」

「本來想說三十幾歲的女主管可能是什麼難搞的老女人，沒想到挺年輕嘛！」他可能真的一直沒把結衣放在眼裡吧。只見他露出好奇眼神，瞅了一眼結衣，笑著說：「長得挺可愛啊！」

「別怕成那樣啦！我會好好調教妳的。」

調教？什麼意思？就在結衣這麼想時，感覺到坐在斜後方的晃太郎似乎站起來。果不其然，晃太郎敏捷地走到董事前面，端坐下來說道：「託您的福，讓我們再次參加比稿，由衷感謝。」

「你就是那個打棒球的吧。聽說去過甲子園，是讀哪所高中？」

「您過獎了。不是什麼有名的學校……」晃太郎儘量放低身段。

「可惜啊！能不能去甲子園可是決定男人的身價呢！看你這張臉，應該是投手吧？感覺性子挺頑固。不過啊，人一出生就有高低之分囉。」

董事伸手撐著小桌子，身子前傾，摸著晃太郎的手臂與肩膀。

「哦！身材不錯。我一直到四十歲還在打業餘，也曾站上投手丘和前職棒選手交手。你也試試打業餘的吧。」

「可能沒辦法，因為肩傷，所以沒辦法練習投球，只能跑步。」

「是喔。那我們合作後，你可以來我們的健身房練跑。」

結衣瞄到大森露出鬆了一口氣的表情。這個人果然很欣賞晃太郎，看來結衣的低姿態策略也奏效，再來只要準備好提案就行了。

董事看向部屬們，「喂」地使了個暗號。只見「臭屁男」板著一張臉，跪著湊近晃太郎，不知在耳語些什麼，只隱約聽到 BASIC 這字眼。

怎麼了？結衣有點不安，總覺得「臭屁男」好像刻意避著她似的。

晃太郎隨即走到結衣身旁，說道：「再次參加比稿有附帶條件。他們已經跟 BASIC 說了。想說餐宴開始前也跟我們說一聲。因為這裡有點吵，所以要去走廊談一下。結衣……」

晃太郎又壓低聲音：「我馬上回來，妳要相信我，千萬不要輕舉妄動。」

晃太郎和「臭屁男」一離開，董事便高呼：「開始吧！」

開始什麼？就在結衣一頭霧水時，有一位 FORCE 新進員工站起來，只見他脫去上衣，裸著上半身。坐在宴會廳角落的昆恩瞠大眼，結衣也很錯愕。

聽說從前的上班族常在宴席上裸身，想說應該是很久以前的事了。沒想到現在還有公司這麼做？

「在宴席上檢驗新人的體能是我們公司的傳統。哦，肌肉練得不錯哦！」

「因為家父猝死在公司，所以我也有為公司鞠躬盡瘁的覺悟！」

莫非……這個頭髮倒豎的年輕人，就是回鍋肉大叔的……

董事一臉滿意地說：「這就是武士道精神。」接著又有好幾個人脫掉上衣，幾個老鳥摸著他們的肌肉線條，稱讚著。

「喂！你也一樣。」董事看向坐在最旁邊那群看起來就不太常運動的年輕人。

被點名的來栖臉頰抽動了一下，露出「這些人正常嗎？」的疑惑眼神看向結衣。

「他是我們公司的同仁。」結衣挺起上半身，說道。

「不是想和我們合作嗎？既然如此，我也可以調教你們公司的新人。」

「他已經有兩年資歷，不是新人——」結衣脫口而出後，才察覺不妙。

「那他呢？」果然董事注意到昆恩，「那個外國人。」

昆恩剎時怔住。必須設法阻止才行，可是又不能忤逆他，到底該怎麼辦呢？就在結衣絞盡腦汁思索時，「哎呀！這就是超酷的日式宴會啊！」

有個身形矮小圓滾的男人站起來。結衣心想，慘了，甘露寺幹麼這時候跳出來啊！

「我來炒熱一下氣氛吧！」

「別說了。快點坐下來！」無奈和他隔了一段距離，結衣勸阻無效。

只見甘露寺挺起胸膛，朗朗唱起歌來，那是耳熟能詳的歌詞與旋律——〈螢之光〉。

這可是不少店家關門時會播放的歌曲，所以場面剎時冷掉。

「別唱了！」大森出聲制止，甘露寺卻像喝醉似地繼續哼唱。

當現場開始飄出準備散會的氣氛時，只見董事怒吼：「喂，那個不識相的廢物！」

「你也是新人吧？別唱了，難聽死了。過來這邊脫衣服。快啊！脫啊！」還不耐地拍手催促，「幹麼？不敢脫嗎？難不成你是女的？」

甘露寺呵笑回應，但隨著掌聲越來越熱烈，他臉上的從容表情頓時消失。脫！脫！結衣覺得被震耳欲聾的掌聲包覆的甘露寺看起來就像被眾人圍毆。他代替了結衣，挺身保護昆恩。

「夠了！」結衣大吼，猶如暴風雨般的掌聲頓時停歇。

我馬上回來，妳要相信我，千萬不要輕舉妄動。晃太郎這麼交代，可是——

結衣怒火中燒。不一會兒，熊熊怒火便燒紅她的心。

絕對不讓他們被羞辱！無論是櫻宮、來栖、昆恩、還是甘露寺，絕對不讓他們被羞辱。

結衣一回神，發現自己已站起來，走向那位董事。

「我脫，」從她的喉嚨迸出如火般的話語，「我代替他脫。」

既不能忤逆客戶的意思，又必須保護新人的她只想到這方法。

「哦，很有膽識嘛！」董事臉上浮現笑意，「妳的拿手絕活就是脫嗎？」

結衣聽不懂這是什麼意思。掌聲停歇，一片靜寂。

「那個被貶職的傢伙可是我的左右手。妳肯定也用這招，唆使他背叛吧？給我老實說！」董事繃著臉，「妳和那傢伙睡過了吧？」

結衣吐不出半句話，他是從哪裡迸出如此莫名奇妙的想像力？

「多虧他的忠誠，」結衣勉強擠出這句話，「你才不用開記者會道歉，不是嗎？」

「根本沒必要道歉，」董事蹙眉，「我們又沒做錯什麼。」

「你想讓公司進軍世界吧？既然如此，性別歧視這種落伍的事——」

「不是性別歧視，而是基於現實考量的責任分擔。」董事一派理直氣壯。

「我說妳啊，還是醒醒吧！女人根本無法和男人相提並論。都已經是這麼大的人了。怎麼還不明白這種事啊！」

結衣總覺得在哪裡見過這表情。沒錯，就是小學的訓導主任，訓誡小孩子要遵守道德規範，一副神聖不可侵犯的嘴臉。

「應酬這種事啊！」董事看向所有部屬，「可是從以前就有啦！也是上班族的分內工作。我年輕時待過廣告公司，從早到晚都得待命，客戶的話就像聖旨，這就是男人的戰鬥。妳沒辦法做到，對吧？FORCE也招募過女員工，但幾乎都走光啦！誰叫她們完全跟不上我們男人的工作速度和持久力。」

董事起身，走到結衣面前。「聽說妳不加班，是吧？」

只見他像是在模仿結衣，嘟起嘴說了句「我要準時下班！」然後哈哈大笑。

我明白了。原來他打從一開始就鎖定我，還刻意叫人引開晃太郎。

要是忤逆他，下場可就慘了。只能任憑他羞辱，因為這個封建到不行的公司一向都是這樣解決事情。

「你們公司還真敢僱用這種半調子的女人啊！我在雜誌上看過你們社長，批評責任制很沒效率什麼的，講得天花亂墜，看起來卻沒什麼膽識的娘砲傢伙，就是人家說的那種宅男吧？反正搞ＩＴ的傢伙都是那德性啦！」

灰原的確沒那麼強勢，但他不會逼員工脫衣服，而且為了不讓員工過勞，他一邊承受壓力，一邊奮戰，一心帶領大家邁向新時代。

沒理由被這個活在封建時代的男人如此羞辱。

「妳要是認清現實，就別再來啦！如果想和男人並肩工作，至少要幫忙解決我們這裡人手不足的問題。」

董事伸出他那粗壯的手，輕輕摸了一下結衣的肚子，半開玩笑說：「現在早就超過下班時間囉。妳這個半調子上班族。」

結衣望著董事身後那一面白牆，用黑點繪成的松樹占滿整個視野。

「我說你啊！」結衣忍不住回擊，「實在太過分了。押田陽義。」

董事名叫押田陽義。結衣來之前曾看過大森給的名片，畢竟要拉近彼此的關係，也為了日後共事順利。

此刻的結衣早就顧不得這些事了。

「來栖。」結衣回頭。「我有拍，從大家高喊『脫、脫』那時就開始拍了。」來栖回道。

果然是時下年輕人，3C產品不離手。

結衣摘下手錶，放在榻榻米上，接著準備脫上衣。

「這樣不太好啦！」「無腦男」說，「要是拿影片去告發我們，這下子公司就——」

「就怎樣？喂，就怎樣？你說啊！」董事怒嗆。

「無腦男」噤聲。結衣一邊脫去上衣，一邊看著回鍋肉大叔的大兒子，他一臉呆怔，「機車男」和「臭屁男」則是一副快要哭出來的樣子。

明明如此，卻沒人出聲；明明覺得大事不妙，卻沒人敢說什麼。

什麼武士啊！結衣開始解開襯衫鈕扣。

「不會吧？妳當真？」押田語帶嘲諷，「我可沒叫女人脫衣服，上床就另當別論囉。」

結衣沒有停手的意思。反正現在無論投入什麼樣的火，這間公司都會因此燃燒殆盡。

《忠臣藏》的淺野為何那麼耐不住性子？再一天，只要再過一天就結束了。為何就是耐不住呢？但是，現在的結衣終於明白。

脫去襯衫後，就是背心了。要是就此停手的話，只會失去自我。

「她以為我是誰？區區一個承包商的女人怎麼可能告得了我？你們說，是不是？」

結衣瞪著向部屬們張狂大喊的押田，忿忿地說：「承包商、承包商！」

「請你尊重一起工作的人！」

昆恩在看我。結衣感受到他的強烈視線。

「我叫東山結衣。雖然和你的工作方式不一樣，但同樣是日本上班族。」

再脫掉背心，一切就結束了。就在結衣將背心拉至肚臍一帶時，突然想起一件事，那就是和FORCE會商時，曾拿出自己的體脂肪表。

那是和晃太郎論及婚嫁時，在家電量販店測量的東西。晃太郎看到上頭「百分之二十八」這數字時，還笑著說「妳喝太多啤酒囉」。後來那天晚上兩人去居酒屋小酌時，晃太郎看到為了減肥，只點烏龍茶的結衣，可能覺得自己不該取笑未婚妻吧，還出聲安慰。

——不用減啦！結衣這樣子就行了。

為什麼現在會想起這種事呢？最後的最後，結衣轉著眼珠，躊躇不已。

櫻宮站在押田身後，結衣瞧見她臉上掛著微笑。

額頭上的傷疤好痛。有什麼好笑？胸口灼熱。這是為了守護妳而戰啊！有什麼好笑？

結衣整個人快燒起來似地緊抓著背心下襬，就在她準備脫掉時，有人用力攫住她的肩膀，兩人就這樣跌趴在榻榻米上，還發出東西的碎裂聲。

「妳在幹什麼啊！笨蛋！」晃太郎將自己的上衣披在結衣身上，怒吼著。

擋箭牌回來了。FORCE的員工們無不露出總算鬆了一口氣的表情。

「這女的！」押田也露出危機總算解除似的表情，指著結衣，「她居然還想害我們被輿論圍剿！」

晃太郎發現來栖正在拍攝，大聲喝斥：「不准拍！」

「放手！」結衣掙扎。不能在這裡功虧一簣。「放手！種田先生。」

無奈結衣敵不過晃太郎的力氣，根本掙脫不了。

「為什麼不相信我？」

「你們在說什麼悄悄話啊？難不成你也和這女人有一腿？」

晃太郎用力攫住結衣的肩膀，「怎麼可能。」口氣漠然地回道。

押田拿起小桌子上的玻璃杯，一口喝光杯子裡的啤酒，「哦？沒嗎？」露出爽快表情，「那種女人我才抱不下去呢！剛才摸了一下，還有小腹呢！」

押田的這番話讓結衣頓時虛脫。晃太郎鬆開攫住結衣的手，雙手撐在榻榻米上，頭低到幾乎快碰到榻榻米，「我為部屬的無禮行為向您道歉。」這麼說道。

「就算要我代她罰酒、打赤膊，要怎麼賠罪都行，還請您別計較今天的事。」

「算了，」押田滿足似地說，「不過，我不想再看到那女的，知道嗎？」

晃太郎一動也不動，沉默好幾秒。想說他會回說「是」的結衣緩緩抬頭，瞧見晃太郎的表情，胸口緊揪了一下。

那是從未見過的表情，晃太郎目不轉睛地看著押田。

「你那是什麼眼神？」押田也察覺不對勁。

就在氣氛再次凝結時，「到此為止。」傳來應該不在場之人的聲音。跟在「恐龍」身後走進來的是那位「研究員」，應該就是他去叫晃太郎回來的吧。

「你是誰啊？」

押田故意這麼說，「恐龍」卻無視上司的質疑，走到結衣面前蹲下來。

「請妳千萬不要告發，」他拚命擠出聲音似地說，「還請妳高抬貴手。自從那件風波以來，大家已經好幾個禮拜都沒辦法好好回家休息，甚至很久沒看到家人。大家的壓力都很大，再這樣下去，只怕人都要走光了。」

「你這傢伙居然當著新人面前，向承包商低頭，真是丟臉！」

「我受夠這種階級觀念了！」「恐龍」咆哮，「你常說運動界的男人是有排名的，如果照這說法，該跪在這裡的人是你。種田先生可是在甲子園打過準決賽，可是這種事在職場一點意義也沒有，毫無意義可言。」

押田看向晃太郎，喃喃地說了句「種田」後，又說了句「種田？」

「我女兒明年就要步入職場了。」「恐龍」的那雙大眼看著結衣，又看向櫻宮，「這麼過分的事就到此為止吧。一味順從上意是我的錯，我應該早點逼著你改革才對。」

「恐龍」遞出辭呈，用堅決無比的口氣說：「人沒有上下之分，只有訓練時才有立場之分。這一點對你、對部屬來說，都一樣。」

會場剎時一片騷然，FORCE 的員工們無不一臉憂慮。

晃太郎快步走著，結衣好不容易才跟上。走到竹橋車站入口時，晃太郎停下腳步，叫來栖出示剛才的影片。只見他確認是自己不在時發生的事之後，什麼也沒說就刪除影片。

「為什麼刪除？」來栖反問，「結衣姐可是有所覺悟，要公開這段影片——」

「什麼覺悟？讓一直以來的努力化為烏有的覺悟嗎？」

晃太郎怒目瞪視的對象不是來栖，而是結衣。

「可是……」結衣一時語塞。

「這種事很常見，只是妳不知道罷了。所以我才叫妳千萬不要輕舉妄動，妳也答應我會忍住，不是嗎？為什麼又——」

「這種事很常見？才怪！」來栖反駁，「被羞辱成那樣，還不許反抗，這不是很怪嗎？種田先生就這麼想達成業績嗎？」

「只會躲在女人身後的男人給我閉嘴！」

「沒力氣就不是男人，是吧？種田先生果然和他們站在同一邊。」

「我不是！」晃太郎的吼聲震動了春夜的溫暖氣息。

「那……為什麼責備結衣姐？種田先生最氣的不是那個董事，而是自己，對吧？因為沒有守護好前未婚妻，還斷不了這份情，是吧？其實大家都看在眼裡！」

原來如此啊！身後的那群新人傳來這樣的聲音。看來他們這時才曉得兩人的過去。

「我明白了，是我錯了。」晃太郎賭氣地說，圓瞪的雙眼再次看向結衣，「也許吧，說我不帶半點私情是騙人的，不過這次不一樣，幸好沒尊重東山小姐的意見。」

結衣別過臉，看向以往曾是江戶城的地方。月亮高掛夜空。

「趁此機會，有些事情必須告知你們，」晃太郎對著所有新人說，「董事會正在商議是否要採責任制。」

「什麼?!」來栖驚呼。

「為了抵禦董事會這麼做，上頭命令我負責幫一向準時下班的小主管當擋箭牌，所以我扛起她必須加班才能完成的工作，也是我替她承受來自上頭的壓力，可是東山小姐還是不相信我，無論我怎麼做，她都不相信，結果搞成這樣。客戶對我們的印象糟透了，還有可能讓我們再參與比稿嗎？可是我絕不放棄，一定要達成業績，無論如何都要拿下這案子。你們應該知道什麼是友善的職場環境吧？所有人給我拚死命地工作！櫻宮，妳別再自己胡來，不准私下和FORCE那邊接觸。」

「我只是——」櫻宮眼眶泛淚，雙手摀著嘴。

「所有人從明天開始，一分一秒都不准休息，給我死命幹活！」

晃太郎撂下這番話後，便獨自走下通往竹橋車站的樓梯。結衣發現大家向她行注目禮，勉強擠出笑容，「可怕，還真是火山爆發啊！」這麼說。

結衣瞧了一眼手錶，錶面的玻璃裂了。可能是剛才一陣騷動中，不曉得被誰踩到吧。

「時間不早了，大家回去休息吧。」

眾人默默散去，連甘露寺也不發一語地走了。只剩下昆恩還留在原地。

「我沒辦法待下去了，」昆恩的嘴脣顫抖，「FORCE 也就算了，居然連種田先生都變成那樣，太可怕了。」

「是喔……」結衣頷首。她沒立場勸阻，也沒力氣安慰昆恩，畢竟一切他都看在眼裡。

「是我沒用，」結衣說，「昆恩就做自己吧。畢竟我連你都沒辦法保護。」

「別這麼說……」昆恩喃喃道，「那……我走了。」行禮道別。

就在這時，結衣瞧見有個男人從通往竹橋車站的樓梯走上來，感覺那身影很熟悉，原來是背著背包的吾妻。結衣吃驚地問他怎麼會跑來這裡。

只見氣喘吁吁的他說：「我在電車上看到來棲傳來的郵件，看到 FORCE 的新人居然在餐宴上打赤膊，還有幫男人斟酒的照片！」

「你該不會是因為擔心才趕過來的吧？」昆恩一臉驚訝地問。

「怎……怎麼說呢？昨天我是有點口不擇言啦！其實也是為了昆恩著想，才說了那些話。而且啊，聽到連甘露寺都過得了ＡＩ那一關，多少安心囉。總之，我昨天情緒有點失控。」吾妻用袖口拭汗後，這麼說。

「你是那種覺得不合理就會說出來的人，是吧？日本人最喜歡修理這種傢伙啦！我見多了。況且昆恩是外國人，更容易成為箭靶。」吾妻又說。

「這是給我的建議嗎？如果我要留在日本工作的話。」

昆恩看起來不是很高興。吾妻可能察覺他不太領情吧，有點尷尬地說：「不是啦！不過，我也不曉得有什麼方法可以幫你就是了。」吾妻看著手機。

「我在前一家公司時也做過像這張照片一樣的蠢事，脫衣服什麼的，卻不敢反抗。想說日本公司就是這樣，也就死心了。反正領人家薪水也只能聽命行事囉。」

這種事很常見，只是妳不知道罷了。結衣想起晃太郎剛才說的話。昆恩垂著眼，「可是啊。」吾妻又說。

「我一想到昆恩也得做同樣的事，就覺得一定要阻止這種事發生，所以才過來。但就算我來了，也無能為力吧。我到底在說什麼啊……」

昆恩凝望著這麼說的吾妻，伸手拭了一下眼角。

「我跟吾妻先生說過我為什麼來日本吧？」昆恩深吸一口氣，壓抑顫抖的聲音說。

「《忠臣藏》裡頭，我最喜歡田村府邸這個橋段。松之廊下事件之後，右京大夫田村建顯覺得成了大罪人的淺野很可憐，於是一向很照顧淺野的他便安排準備切腹謝罪的淺野和家臣們在田村府邸見最後一面。田村可是抱著勢必會被上頭怪罪的覺悟。」

「咦？為什麼扯到這個？」吾妻交相看著昆恩與結衣。

「後人普遍認為這個橋段是編出來的。可是日本人在松之廊下這起悲慘事件的背後，加了這麼一個故事，讓我覺得很感動。就算不敢忤逆上意，也想對堅持武士道精神的男人伸出友誼之手，相信日本人就是如此溫情的我決定來到這國家，為了賺研究所的學費，我在便利商店打工……」

「便利商店打工？」吾妻詫異地睜大眼，「我也在便利商店打過工，那時一直無法找到正職。怎麼不早說啊！我們的遭遇挺像的嘛！」

吾妻似乎一下對昆恩有了親切感，只見他扭捏地說：「要不要一起去吃飯？走吧。」

驚訝不已的昆恩趕緊回了句「好」，隨即向結衣行禮說道：「那……我們去吃飯囉。」跟著吾妻離去。

所以……要多虧吾妻幫忙，讓昆恩因此改變想法嗎？不曉得。因為短時間內發生太多事，結衣的腦子打結了。

結衣凝望平川門。據說這是一扇將違背武士道精神的罪人拖到城外的不淨之門。

被晃太郎緊緊攫住的肩膀還是很痛。那時，要是真的脫掉最後一件衣物，也許會讓公司和同事們陷入莫大風波，幸好晃太郎及時出面制止。

腦子能夠理解，心裡的怒火卻無法熄滅，激烈的憎惡支配著自己的身體。

結衣現在才明白，就算再怎麼被要求不合理的加班，被愚弄到不行，自己還是沒辦法在職場拔刀。應該能更完善地處理這件事才對，她是這麼想的。可是——

結衣喃喃低語熟到不能再熟的松之廊下那一幕的臺詞。

「淺野我之所以不顧五萬三千石身家，對吉良上野介拔刀相向，是為了斬除這個身披將軍家的威光，卻圖謀私利私欲的奸佞之徒！梶川大人！放手！我要斬了他！」

結衣能夠體會淺野當時的心情。

明明是為了自己拔刀，明明對同事們說，要懂得珍重自己，那時的結衣卻被憤怒的情緒驅使，被想教訓那個董事的欲望支配，顧不得自己會變成怎樣。

不能再這麼衝動行事了。頓時虛脫的她就這樣蹲在路上。

——結果，我失去了晃太郎。

結衣不相信晃太郎會守護自己。說到底，不是別人，就是自己用這雙手將他送往「那一邊」。

緊抓著結衣的肩膀，試圖阻止她的那雙手如火般熾熱，還是第一次看到他那麼憤怒。

結衣就這樣怔怔凝視地面有好一會兒。

不知過了多久，手機突然震動，原來是收到一封郵件。是灰原忍傳來的，就是正在和董事們苦戰，NET HEROES的社長。

「想和妳談談今晚在FORCE發生的事，週一九點來我的辦公室一趟。」

唉！結衣嘆了一口氣，站起來。誰打小報告啊？她已經沒力氣想了。

必須好好向社長說明才行。

結衣仰望夜空。就在她望著和松之廊下事件發生那晚，一樣閃耀生輝的月亮時，突然覺得視線模糊。

別哭。身為小主管的妳沒有哭泣的權利。

結衣起身，步下通往竹橋車站的樓梯。

第四章

反烏托邦之人

拔刀揮斬吉良，從自己的臉頰淌落的不是淚，而是噴濺的血。再次揮刀，卻無法對大叫「淺野大人瘋了！」的老武士揮刀。

吉良還活著，沒被究責，還是存活在這社會。

週末早上，結衣遲遲爬不出被窩，也沒食慾，星期日也是昏睡一整天。

每次閉上眼，就做同樣的夢，吉良被砍的夢。但不管砍多少次，他依舊毫髮無傷。「半調子的上班族！」那傢伙訕笑著。

我到底哪裡做錯了？因為提出如何平息那場風波的方法嗎？批評那支網路廣告？還是不管怎麼樣，都堅持準時下班？

晃太郎說，這種事很常見，只是妳不知道罷了。

既然如此……週一早上六點半，結衣醒來的同時，打從心底這麼想。

真不想上班，真的很不想。

自己也覺得這樣很糟糕。心想還是再休息一天，待心情平復比較好。

就在這時，手機的鬧鐘響起。唉。結衣嘆氣。看來我還是沒辦法好好休息啊！結衣打開手機的通訊錄搜尋。

「早啊，甘露寺。天亮囉！喂，你起來了嗎？」

話筒彼端傳來「嗯」的一聲。過了一會兒，傳來鼻息聲。

「快點起來！拉開窗簾！」

這是結衣的習慣，所以她自己也起來了。當結衣坐在床上，拉開窗簾時，感受到帶著夏日氣息的陽光照在她臉上，白雲緩緩流動。

「今天的天空也很藍哦！看來是清爽的一天呢！」

「師傅還真是樂天啊！」聲音聽起來剛睡醒的甘露寺，發出有點吵的鼻息聲，「我這週末啊，思考了所謂藝術家的孤獨。果然對一般人來說，〈螢之光〉不好懂啊！」

「現在沒空聊這個啦！快去洗臉刷牙，今天有我擔任講師的課哦！」

必須趕快出門上班才行。結衣總算離開被窩。她一下樓，母親便驚訝地問：「妳要去公司？」

母親看到結衣的早餐只吃了一半，又問了一次：「妳該不會得了升官憂鬱症吧？當主管的確壓力比較大，電視上常演呢！」

「哼！這麼軟弱的傢伙當不了主管啦！」父親用海苔將飯包起來，開始說教。

「大石內藏助啊！聽到主君切腹自殺後，還是照睡不誤。畢竟他是代理藩主，必須代替主君保護領地，所以不管再怎麼生氣、再怎麼悲痛，都只能往肚子裡吞，一切都是為了安撫家臣們的心，為了重振家業……」

「我吃飽了。」結衣將餐盤拿到廚房，今天也閒閒無事的父親跟過來。

「凡事戒急用忍，什麼都得忍，這就是身為主管的宿命。」

「你也沒忍啊！壓力都往家人身上發洩，不是嗎？」結衣一回頭，瞧見父親那張因為打高爾夫而晒黑的臉。「別湊那麼近啦！」結衣不由得大吼。

父親一臉難堪地說：「妳從禮拜五晚上開始就變得怪怪的。」不由得後退一步。

「我沒事……對了，你要是再不向哥哥道歉，父子關係恐怕不保哦！」

「哼！那小子已經被老婆洗腦了。明明小時候那麼可愛，現在卻變成妻管嚴，真沒用！」

「你覺得是大嫂的錯？」結衣不由得拉高聲調，「是爸爸你不對吧！突然罵孩子，我覺得敢回嗆你的老哥真了不起。」

結衣也得為了保護新人而奮戰，所以一直告訴自己餐宴那天的所作所為並沒錯。

「可是講那種話，真的很傷老人家的心。」

「為什麼是你受傷？被罵的孩子更受傷吧。他才三歲耶！」

「講話應該要尊重、體諒一下長輩的心情吧。」

「尊重？」結衣的聲音有點嘶啞，「明明氣得想殺人，還要尊重？」

父親沉默不語。結衣心想，糟了！

「……我不是在說爸啦！是講工作。」結衣趕緊解釋。

「是那個客戶嗎？案子談得不太順利嗎？還是被晃太郎說了什麼？」

「他應該不想看到我吧。」

「怎麼會這樣？難不成妳對客戶拔刀？妳別亂來哦！公司絕對不允許這種事發生。」

結衣沒回應，回到自己的房間，戴上出門必戴的手錶。

父親送這只手錶祝賀結衣找到工作時，曾說：「雖然現在大環境不景氣，但日本是經濟大國，日本企業受到世界各國的尊敬。妳現在也身為其中一員了。好好幹吧！」

結衣看著錶面有裂痕的這只日本製手錶。

今天要是再休息一天，就會更不想去上班了。結衣心想。

出了電梯，進辦公室前刷卡，一旦記錄了出勤時間，就會立刻傳至管理部。原本禮拜一都要拿那東西給石黑，但他出差還沒回來。結衣嘆了一口氣，走向最裡面的社長辦公室。門開著，結衣打聲招呼後走進去。

社長室不大，只有四張榻榻米大小，訂製的書架上除了與科技相關的書籍之外，還放著哲學、ＩＴ創業家的傳記、空拍機相關的書等等，很有灰原的宅男風格。高爾夫球具包隨意擺在房間一隅，飄散一股老派上班族氛圍。

敲著鍵盤的灰原說了句「好，寄出去了」，抬起頭的他揉揉眼頭，說道：「禮拜五辛苦啦！我很討厭應酬，這下子更討厭了。」

「是聚餐。」

「其實是應酬吧。有差嗎？」

無法反駁的結衣，問道：「是誰那麼快就向社長打小報告？」

灰原將筆電螢幕轉向結衣，原來是來栖拍攝的影片。他將手機遞給晃太郎之前，早就存到雲端了吧，並在散會後將影片傳給灰原。ＩＴ技術還真是年輕人的好夥伴。

「他傳了封郵件給我，說想讓我了解有這樣的情況。現在的年輕人都是用這種方式表達意見，不會像妳那樣直接跑到高爾夫球場堵人。」

「是我管教無方，很抱歉。」結衣說。灰原輕嘆一口氣。

「不過也多虧這影片，才知道妳的想法。東山小姐，妳實在有些思慮不周啊！」

他不是要告訴我，妳沒做錯？結衣以為灰原應該會這麼說。

「我為自己過於衝動一事，深切反省。」客套話只能到此為止了。

「可是——」結衣原本想繼續說下去，灰原卻用眼神制止，說了句：「我們可以聊一下嗎？」

「如果無法控制脾氣，可是無法勝任主管哦！」

「既然如此，請把我降職吧。我覺得自己不適合當主管。」

「我也不適合當社長，要是能辭，我也想辭，所以別在我面前發這種牢騷。」灰原又揉揉眼頭，「就長話短說吧。妳為什麼控制不了自己的脾氣？」

結衣思索。是因為自己被輕蔑？新人被嘲弄？還是受不了對方歧視女人的態度？不，雖然這些行為都很卑劣，但不是因為這樣。

結衣凝視自己的心，回道：「我想，是因為受不了他侮辱上班族。」

那位董事，也就是押田，衝著結衣喊：「妳這個半調子的上班族！」這句話讓她忍無可忍。

「為什麼覺得自己被侮辱？」灰原擱在桌上的手指動個不停。

「因為我不贊同他們，也不配合他們的工作方式。」

「嗯，也許吧。為什麼他們硬要妳配合？不妨想想最根本的問題吧。」

灰原看著押田那張映在電腦螢幕上的臉，說了句「我是這麼想啦」。

「FORCE的責任制已經行不太通了。所以妳的存在對他們來說是一大威脅。」

「威脅？」結衣怔怔地看著電腦螢幕上的押田，「我？」

「人在攻擊別人時，往往會無意識狙擊自己不想被別人攻擊的地方。這個董事曾說我是那種看起來沒什麼氣勢的人，我想他大概是那種比我更沒氣勢、更自卑，很在意別人怎麼看他的人。大概是因為發現部屬的心開始背離他吧。」

結衣思忖片刻後，回道：「為什麼社長知道這種事呢？」

「因為我也曾經這樣。」灰原看向擺在架子上，創業時期的照片。

「這間公司實施責任制時，熱愛工作的我總覺得再大的困難都能克服，也相信只有自己才能辦到。所以當我聽到有新人說，與其待在這麼沒效率的地方，不如辭職時，我真的打擊很大，覺得他怎麼能說出如此過分的話，質疑對方根本不想為公司盡心盡力。」

結衣初次聽到灰原這麼說，搞不好連石黑也沒聽他說過。

「我要求那個新人的主管好好管教他，覺得這麼做是為他好。當時公司的股價不斷飆漲，所以沒人敢跟我唱反調。我讓二十歲的年輕人背負龐大工作量，強迫無法忍受的新人和我們一樣長時間工作，也沒有好好請人從旁管理協助，只是一味讓這個新人咬牙苦撐，一個人扛下所有工作量……那小子今天應該也請假吧。他不是出差，而是住院檢查，因為春天那時的健檢報告不太妙。」

「社長說的新人就是小黑……石黑先生吧？」

結衣摸著上衣口袋，糖包發出喀沙聲。

「石黑先生現在很支持社長改革工作方式。」

「就是這樣才讓我覺得很有壓力啊！」灰原微笑說道。

「從那之後，我變得不相信自己，成了很脆弱的人，害怕自己哪天又重蹈覆轍。剛好那時妳來應徵，明明沒什麼工作經歷，卻說想打造一間能準時下班的公司，所以我決定錄取妳。」

說了這番話的灰原露出承受莫大壓力的痛苦神情。

「只要有像妳這種麻煩的員工在，我就會告訴自己，下班後的時間是屬於員工自己的。為了守護同仁的權利，我必須絞盡腦汁，想辦法創造最有效率、最好的利益。」

這麼說的灰原抬眼。

「問題是，就算跟那些董事說破嘴，他們也聽不懂，因為在大企業這個保護傘下長大的他們根本不曉得責任制有多可怕，以為年輕人就該吃點苦。他們相信在這不論是氣候還是地殼都在大變動的時代，唯有身居高位才能高枕無憂。」

結衣循著神情嚴肅的灰原的視線望向牆面，發現好像不太對勁。

「咦？日本史年表不見了……記得以前不是貼在那裡嗎？」

「我丟了。」

「咦？什麼時候？」

「看了那段影片後，覺得這個狹窄島國爭來爭去的歷史實在很蠢。」

「那、那社長下次想讀什麼？世界史嗎？」

「不是，思維必須再開闊些，否則無法在這麼混沌迷惘的時代活下去，所以我想讀些關於地球生命的歷史，今天早上看了探討恐龍為何滅絕的書。」

「恐龍……」結衣喃喃低語。該不會是因為看到影片中，「恐龍」的那張臉而受到影響吧？

「巨大隕石墜落地球後，只剩下哺乳類。正因為又小又弱，所以想辦法守護下一代的牠們才能在巨變中存活下來；雖然一開始只有百分之一，卻發展到現在的十分之一，而且支配這世界。」

社長到底在說什麼啊？結衣聽得一頭霧水。

「所以遊戲規則一定會改變，」灰原鼓勵自己似地說，「只有愛護員工的管理者才能存活下來。」

也就是說，大多數董事都贊成改為責任制囉？不管以後遇到任何阻難，我還是能夠相信作風不夠強勢的社長嗎？

這時，從電腦響起收到郵件的通知聲。可能是很緊急的事吧？只見灰原迅速看過後，皺眉說了句「東山小姐」。

「妳想打造準時下班的公司，這個志向沒變吧？」

結衣猶豫片刻後，回道：「是的……」不想輸給押田。

「既然如此，」灰原似乎在思索什麼，「FORCE這案子就交給種田，妳退出吧。」

「咦？可、可是我到底是為了什麼——」

「這是社長的命令。現在不能犧牲掉妳，所以請妳自重，療癒好傷口。」

「傷口？我沒受傷啊！只是一想到要來公司就提不起勁。」

「妳要是身心沒有保持良好狀態就傷腦筋了。」

「我很好，我沒事，」結衣強調，「只是覺得氣不過。」

「一般遇到這種情況，都會想說乾脆辭職算了。說來不怕見笑，你們團隊必須有絕佳表現，我才能在董事會上打贏這場苦仗，所以無論如何，非管理職的加班時間一個月不超過二十小時，還能達成業績目標的成果一定要做出來。」

「既然如此，就不能什麼責任都丟給種田先生扛，難道讓他像小黑一樣倒下去也沒關係嗎？」

「那時的小黑還是個毛頭小子，但種田是成熟大人了，而且經歷豐富。這是小黑為了護妳周全而擬定的策略，他說要是種田的話，一定能扛下來。」

如果是種田的話，一定能扛下來。

灰原看結衣默不作聲，問道：「妳不相信自己的頂頭上司？」

結衣坦然承認：「一想到萬一又阻止不了他，就覺得很害怕。」

「也是啦！」灰原苦笑說，「畢竟他一開始待的是那種被教育成凡事都得聽命行事的公司。我也曾在面試時問過他是為了什麼而工作。」

這麼說的灰原又重播那支影片。只見衝進會場的晃太郎像要替結衣擋住一切似的，將自己的上衣披在露出肩膀的結衣身上。

「他想了一會兒，才回了句不知道。」

「不知道？」結衣蹙眉，「社長怎麼回應呢？」

「怎麼回應啊……不過啊，我真的很驚訝。他的經歷如此完美，腦筋又好，甚至進軍過甲子園，這樣的男人卻不知道為了什麼而工作。不過啊……」

灰原看著在影片裡身段放得非常低的晃太郎，說道：「當我看著這影片時，就覺得當初僱用他是對的。也許在妳看來，覺得他是那種老派的熱血運動男，但也因為這樣，他才能平息風波，保護妳。那時我們公司沒有這樣的人，至少我就做不到。」

「明明是對方侮辱人，為什麼要這麼忍氣吞聲——」

「剛才收到業務部寄來的郵件，FORCE 通知我們照預定參加第二次比稿，因為那位董事好像很欣賞種田，希望再見到他。」

結衣想起押田摸晃太郎身體時的那張嘴臉，心裡很不希望他們碰面。

「我想相信他，就算妳不相信他，但也只有他能守護妳。好了，我該說的都說了。接下來還要跟種田談談。」

「……方便打擾嗎？」

結衣回頭，瞧見身穿短袖白襯衫的晃太郎站在敞開的門外。

他是哪時出現的？點了一下頭，走進來的晃太郎連瞧都沒瞧結衣一眼。

結衣回到製作部，打開筆電準備工作時，賤岳走過來。

「東山，我聽說禮拜五那天超誇張的？不好意思啦，我才剛來上班，可是因為小朋友發燒，得馬上趕回去。」

「我了解。」賤岳伸手搭著點頭這麼說的結衣肩頭，說了句「對不起」。

「還有一件事要拜託妳……加藤今天又遲到，說什麼身體不舒服。」

「又來了？」賤岳合掌對這麼說的結衣說了句「麻煩妳了」之後，便提早下班。

加藤一馬，今年二十二歲。他和野澤一樣都是由賤岳負責帶領的新人。加藤的文筆佳又嚴謹，氣質也很好，就連抽屜也整理得很整齊；面試分數還不錯，研習時的表現也不賴，算是今年男性新人中值得期待的人才。

可是加藤經常遲到，因為還在研習階段，所以沒有有薪假，只能視為缺勤，勢必會影響個人的表現評價。

——怎麼說呢？從他身上感受不到什麼活力。

因為一進入六月就得開始處理網路架設作業，所以在這之前要是無法在上班時間火力全開工作的話，勢必會耽誤其他人的下班時間。

「對了，要趕快確認會議室有哪些時段可以使用。」結衣回頭問坐在身後的甘露寺。

不在。跑哪兒去了？就在結衣東張西望時，昆恩走過來。

「我來聯繫會議室吧。對了，有件事，」昆恩的漆黑眼瞳凝視著結衣，「我還是想留在日本，待在這間公司。」

「這樣啊，」結衣看向昆恩，「聽你這麼說，好高興喔。可是這樣真的好嗎？也許又會遇到那樣的事。」

「沒想到東山小姐會這麼說。放心，因為這國家有田村右京大夫，」昆恩看向坐在對面的吾妻，「還有大石內藏助。」

結衣對「大石內藏助」這名字很陌生，因為無論是電影或三波春夫的歌謠曲都只描寫到松之廊下這一段，大石這角色後來才登場。

「大石是赤穗藩的當家家臣，因為平時沒什麼表現，是個很平庸的人物，還被取了個

『白天的座燈』（即二愣子之意）的綽號呢！直到發生松之廊下事件，赤穗藩遭逢巨變。」

是因為心情輕鬆許多了嗎？昆恩滔滔不絕說明。

「主君切腹，赤穗藩也瓦解，家臣們成了孑然一身的浪人。大石得知吉良居然沒受到任何懲處，還受到將軍的慰問，於是集結想要和幕府一戰的家臣們，默默守護他們的家園。貌似恭順的大石其實暗中進行著討伐吉良的計畫，可說是個超級主管。若是東山小姐的話，應該可以成為二十一世紀的大石內藏助。」

「我怎麼可能成為那麼厲害的人啊！昆恩也看到啦！我根本沒辦法聽命行事，一衝動就拔刀。」

後果雖然不至於切腹，但結衣被踢出FORCE的案子。

結衣請昆恩聯繫會議室之後，接著為新人上研習課。野澤勤快做筆記，昆恩也很積極提問，只有甘露寺頻頻打瞌睡。他啊，八成又要說什麼沒時間、沒做好準備吧。

櫻宮也好不到哪兒去，一直發呆，可能是還沒走出被晃太郎責備的陰影吧。過了一會兒，加藤也入座，只見他楞楞地望著投影片。

研修課程結束後，結衣叫住準備離開的加藤，問道：「身體還好嗎？」

「有去看醫師嗎？醫師怎麼說？」結衣問。

「我沒去看病，只是早上起來有點累。」

「該不會是不想來上班？公司有聘請諮商師提供心理諮詢服務，要不要去諮商一下？」

「不是不想上班，我沒事。」

「既然如此，那沒有理由就慣性遲到，可是會影響個人的表現評價哦！也無法如願分發到自己想去的部門。」

「我沒有特別想去的部門。我去做賤岳小姐交代的工作了。」

加藤點了一下頭，回到自己的座位。結衣覺得加藤對工作好像沒什麼熱情，讓她很不安，簡直和野澤完全相反。

「在煩惱如何教育新人嗎？」

突然傳來這麼一句話。結衣一看，原來是甘露寺。

「嗯，是有點煩。」

尤其是你。結衣差點脫口而出。

「這是加藤在社群平臺的暱稱。」

甘露寺用手機出示名為「睡男」的帳號。

「這是他私下用的帳號吧。我剛剛在洗手間搜尋〈螢之光〉時發現的。」

「你在上班時間做這種事？」

「加藤昨晚好像很沮喪的樣子，可能是因為看到我在新人ＬＩＮＥ群組分享的週五餐宴的事吧。」

現在的年輕人還真是什麼都分享啊！這麼想的結衣看著「睡男」帳號的一則貼文寫道：

「忤逆客戶是最愚蠢的事。」

這是加藤的貼文嗎？結衣深受打擊。她是那麼努力對抗押田，看在新人眼裡卻成了愚蠢的事。

還有像是「明哲保身最重要」、「順利找到工作，再來就能好好玩囉！」之類的貼文。下午三點還發了「餐宴表演上沒有螢光」這則最新貼文。

「燕雀安知鴻鵠之志，一般人無法認同革新者啊！」

甘露寺拍了一下結衣的肩膀，步出會議室。

接著走進來的是人事部女職員，只見她面無表情地說：「東山小姐。這是要請妳填寫的升遷手續資料，請下班之前提交。」

「咦？升遷？什麼意思？」

「已經發了郵件給妳。」結衣聽到對方這麼說，趕緊滑手機，三分鐘前收到一封來自人事部的郵件。

「幾天前，我們人事部收到一封匿名告發信，寄信人應該是今年進來的某位新人吧。舉發某位新人在下班時間遭到來自FORCE的性剝削，所以我們人事部必須處理這件事。」女職員神情嚴肅地說。

結衣不由得問：「那個新人……該不會是櫻宮小姐……」

「嗯。因為擔心要是外洩會影響我們公司的徵才活動，所以必須調查。不過除了社群網站上的往來之外，並沒有發現其他證據。總之，今天早上九點已經找當事人談過了。」

「應該沒有做出什麼越軌的行為吧？」

結衣祈求千萬不要。

「沒有，只是在社群網站上往來而已。不過，她也有出席週五的餐宴，還負責接待對方的高層人士。」

結衣無法否認。「可是怎麼說呢？與其說是對方強迫她那麼做……」

「她本人沒有否認。我們問她是不是上司的意思，她說是。」

「什麼?!」結衣驚呼。櫻宮為什麼這麼說？

「總之，我們趕緊向社長報告這件事，所以社長九點半和種田先生面談，確定事情的真假。」

原來灰原和結衣談到一半，看到的那封郵件是發自人事部。

「種田先生好像承認櫻宮小姐都是按照他的指示行事。」

「承認……」結衣只覺得腦子一片混亂。為什麼？晃太郎只是叫她一起出席餐宴，其他都和他無關啊！

「總之，事情就是這樣。我們考慮將櫻宮小姐調去別組，但她還是希望留下來。」

人事部女職員又說：「不過一切還是要由社長裁決，所以櫻宮小姐暫時不異動，種田先生則是降職為副部長，由東山小姐暫代部長一職。」

「暫代部長一職？」

結衣的腦子更為紊亂。灰原不是說FORCE一案交給種田嗎？為什麼還要降他的職？難不成改變方針了？

「社長還在公司嗎？」

「已經出差去深圳了。他說已經跟東山小姐談過了。」

所以，沒有改變方針囉？到底是怎麼回事？

「那個檔案匣放著管理研習資料，」女職員又說，「裡面有種田先生參與的衛生委員會、阻止公司獨斷的企劃促進委員會，還有之後會加入的企業社會責任活動委員會的資料。」

原來晃太郎也有出席這些活動啊！結衣之所以不知道，是因為這些活動都是利用非上班時間集會。

「不過社長特別交代，務必讓東山小姐暫代部長一職的同時，還是能夠準時下班。確實就徵才方面來說，要是公司這個對外形象不保的話，可就傷腦筋了。所以趁此機會，我通知所有委員會的活動都要在上班時間進行。」

「可是其他部門的主管能配合嗎？不會反過來指責我嗎？」

「應該會吧。畢竟不少部門主管都抱怨根本不可能讓部屬每天準時下班，公司乾脆採責任制算了。也有人說像這樣絞盡腦汁，減少加班的壓力根本就是變相加班。」

「要是採責任制，勢必要花更多心力管理、掌握每個人的工作狀況，不是嗎？」

「沒人這麼認真想過吧？反正大家只知道社長一心一意就是要守住上班時間固定的制度，所以只能私下發發牢騷囉。不過啊……」

人事部女職員突然噤口。她看了一眼敞開的會議室大門，才說：「因為我知道十年前沒有人性的灰原先生是什麼模樣，所以一想到那個人被一把叫『準時下班』的鎖給縛住，就覺得有點恐怖，所以我希望東山小姐一定要讓社長打贏這場仗。」

——我想幫助灰原忍這個軟弱傢伙打贏這場仗。

石黑也這麼說。莫非那個管理之鬼又想縛住灰原嗎？灰原自己也說過不相信自己。只剩下自己一個人時，頓覺疲累的結衣癱坐在會議室的椅子上。

我不想當主管。明明這麼想，兩個月內卻升遷了兩次。

「代理部長。」

有人直呼她的新職位。結衣抬頭一瞧，原來是晃太郎。他將筆電放在桌上。

「為什麼？」結衣問，「為什麼要說一切都是你的指示？」

「麻煩召開緊急會議，我會向大家說明這件事。」

晃太郎一派向上司報告的口吻。所有人隨即到會議室集合，最後一個走進來的櫻宮戰戰兢兢地坐在靠近門口的椅子。

大家聽到晃太郎被降職，無不驚愕。

「我只有在第一次比稿時，指示櫻宮負責緩和會場氣氛。」晃太郎只澄清這一點，「可是，要說我之後有沒有讓她覺得必須還要這麼做，只能說她也許感受到必須這麼做的壓力。」他承認櫻宮的陳述是真的。

沒有人覺得驚訝，大家似乎覺得這男人就是會二話不說地扛責。

只有一個人，只有櫻宮驚訝得一直喃喃自語「降職」。

「櫻宮小姐，妳真的覺得繼續留在這一組好嗎？」結衣為求慎重起見，這麼問。

「不、那個、不是的，」櫻宮脹紅著臉，怯怯地說，「人事部問我是否感受到來自種田先生的壓力，我只是想說不能說謊，所以回答是的，沒想到事情竟然變成這樣……」

事情果然不太對勁，沒有先指示改善，便直接降職，未免過於嚴苛。晃太郎對陷入沉思的結衣說：「櫻宮小姐今後就由東山小姐負責教導，這是人事部的指示。」

「請多指教。」聽到一臉緊張的櫻宮這麼說，無法理解的結衣只能頷首。就在這時，會議室的門開啟，來栖走進來。

「是我叫他來的，想說職務變動的事也要知會他一聲。」

晃太郎動動下巴示意來栖坐下。來栖神情警戒地坐下來，「東山小姐退出所有案子的第一線工作。」聽到晃太郎這番話的他雙眼圓瞠。

「不只FORCE，是所有案子？」結衣也很錯愕。

「東山小姐要適應不是很熟悉的部長一職，要是還得參與第一線的工作，勢必得加班，所以所有第一線的工作由我負責，努力守住東山小姐堅持準時下班的形象。」

真是令人不爽的說法。看大家的表情，就知道在場眾人都很不滿為何只有結衣升遷。這下子，結衣總算慢慢瞧見隱藏在檯面下的事。

這恐怕也是小黑擬定的策略吧。櫻宮這件事只是個藉口，就算沒發生這件事，結衣也會被澈底從第一線拉下來。

「東山小姐真的不參與FORCE這案子嗎？」來栖不死心地追問。

「是的，」晃太郎冷冷回道，「拜某人將影片分享出去，被社長看到之賜。」

「我以為社長會支持結衣姐反擊。」來栖說。

「你覺得社長會傻到惹惱案子還沒到手的客戶，落個把柄給那個董事抓嗎？只是分享影片而已，還真是輕鬆的策略啊！」

來栖看向結衣，結衣搖頭。晃太郎說的沒錯。

「其他人也別想得太天真啦！只要我擔任副部長一天，就給我死命地做。雖然我被降職，拿不到MVP獎了。但我們還是有望拿到最佳團隊獎。」

晃太郎只是假裝向「另一邊」靠攏嗎？

他之所以對結衣很冷淡，是為了不讓那位董事疑心兩人的關係嗎？不想重蹈「恐龍」因為採納結衣的提議而遭貶職的覆轍，所以必須先欺瞞隊友才行，也許這也是一種策略，可是──

吾妻看著結衣，結衣知道他想說什麼。晃太郎的眼裡又燃起惡火。

真的只是欺瞞隊友嗎？

「你們知道什麼是友善職場環境嗎？」晃太郎說。

「不要一副好像在聽別人家的事，」晃太郎環視新人們，「要想打造這樣的環境，只能將團隊的表現提升到最佳狀態。總之，所有新人從明天開始都要成為隨時都能上場的一股戰力。」

「從明天開始？可是正式的在職訓練不是六月才開始嗎？」結衣說。

「除了準備第二次比稿之外，其他案子也要開始進行啊！如果想和其他團隊齊頭並進的話，就得確實掌控所有案子的進度。明天我會分配工作給每一位新人，負責帶他們的人也要確實盯好。還有，加藤不准再遲到了。」

低著頭的加藤倏地抬眼，趕緊回道：「啊，可是我今天是因為身體不舒服。」

「公司不是學校，要是不想做就辭職走人。」

加藤的表情像是被別人賞了一記耳光。

「以上就是我要交代的事。」晃太郎站起來。明明結衣才是團隊的頭頭，從頭到尾卻都由晃太郎主導，果然薑是老的辣。

「還有一件事，」晃太郎看向結衣，「下午我會去FORCE賠罪，希望能在第二次比稿之前，盡快修復與對方的關係。」

晃太郎又要向那個惡劣的傢伙低頭？結衣一想到就很氣。

「我也去。」

「不行，」馬上被晃太郎打回票，「他們不想再看到妳。」

「可是禍是我闖的，身為公司一員理當切腹——不是啦！由我出面賠罪應該最有效果，不是嗎？」

結衣還以「一切都是為了達到業績目標」這句話，堵住試圖反駁的晃太郎。

「之後就全由種田先生負責，我這次一定會遵守約定。」結衣說。

自己闖出來的禍，自己收拾。至少這是結衣的一種反抗。

一站在有著耀眼黑色頭盔商標的FORCE總公司門口，結衣雙腳就動不了。直到被晃太郎問「要打退堂鼓嗎？」結衣才回了句「沒事」，做了個深呼吸。

「機車男」早就等在大廳。晃太郎深深行禮。

「您百忙之中還抽空，真是不好意思。」

「哪裡，你們也辛苦了。」「機車男」露出有氣無力的笑。趁晃太郎去櫃臺換證件時，「機車男」遞了個小紙袋給結衣。

「託妳的福，才能平息那場網路廣告風波。這週末我帶著太太和兒子回奈良的老家，真的好久沒休假了。這個送給東山小姐。」

結衣瞧了一眼紙袋，裡頭有個裝著和三盆菓子的小盒子。「送我？」結衣問。「機車男」

不好意思地點頭，悄聲說「快點收起來」，好像不想讓晃太郎知道的樣子。

「好高興喔。您是……」結衣趕緊從記憶匣子找出他的名字，「竹中先生。」

「其實我幾乎不太記得東山小姐你們來會商時的情形，因為那時我們的壓力還真不是普通大，我想那時一定很失禮，不好意思。」竹中難為情地說。

結衣和晃太郎被帶到一間牆上並排著許多獎盃、獎牌的會客室，這些應該是參加社內運動比賽贏來的。

結衣想起種田家的二樓走廊也有很多這種東西。

「喲！來啦！」押田走進來，「就是在等你呢！種田。」

結衣光聽到這聲音，就渾身僵硬。

「謝謝您讓我們有機會再次比稿，感謝您的寬宏大量。」晃太郎說。

終究還是要面對這一刻啊！結衣盯著押田那張晒黑的臉。

「週五的酒席風波是我有欠思慮。」結衣說不下去了。

「無腦男」也走進來，一臉擔憂地看著結衣。記得他名叫吉川。

「我沒有謹守承包商的分際，行為十分無禮，深感抱歉。」

結衣語畢，行禮致歉時，押田的臉上突然漾起難為情的笑容。

「真可愛啊！妳很害怕嗎？」他先是看了一下部屬們，又窺看結衣。

「放輕鬆啦！我是那種事情過了，就馬上忘記的人。不過妳酒品那麼差，可是很難嫁掉的哦！」

「這麼說也會被視為性騷擾。」吉川勉強擠出笑容，這麼說。

「知道啦！最近做什麼都會被說是性騷擾，要是被告發可就麻煩啦！我才有被騷擾的感覺。」

「那麼，」晃太郎拉高音量說，「今天就先告辭了。」

「等等，我想起來了。這個、這個。」

押田從長桌拿出一本舊雜誌，攤開給晃太郎看。

「這是十四年前，在東京六所大學棒球聯盟賽事中，成為熱門話題的種田選手相關報導。我居然找得到，很厲害吧？」押田說。

晃太郎的臉頰抽動了一下，眼神銳利地看著報導標題。

「種田選手的完投讓人見識到什麼叫不屈不撓之魂。總教練表示：『犧牲自我的精神，這就是日本男兒！』」

結衣看著標題下方的照片，不禁倒抽一口氣。第一次看到大學時代的晃太郎，因為裝飾在種田家走廊上的照片只到高中為止。

「這表情和那天餐宴最後的表情一樣。」

照片上的晃太郎神情剽悍，臉頰和下顎線條卻像小柊一樣纖細，看起來不像學生，流露令人驚豔的成熟眼神。

「我有到球場觀看這場比賽，」押田向結衣炫耀，「遞補投手沒辦法上場，儘管種田比賽到一半就因為肩傷而露出痛苦表情，他始終忍著痛，站在投手丘上，最後所有觀眾都在幫他加油，那時的氣氛真的好震撼、好感動。」

感動這字眼讓結衣覺得有點怪怪的。學生居然能讓大人感動萬分，總覺得有股莫名的寒意。

「你果然和我們一樣，」押田一臉感動地說，「都是擁有武士魂的人。」

氣氛倒是相當融洽。約莫三十分鐘後，晃太郎與結衣離開會客室。

「東山小姐真的不參與這案子嗎？」榊原，也就是「臭屁男」陪他們走到大廳，不安地問。

「東山小姐不會參與第一線的工作，不過會從旁協助。」晃太郎回應。

「至少第二次比稿時，可以讓東山小姐出席嗎？我們公司沒人敢在押田面前提意見，因為他是創社元老，在運動界人面又廣，講話很有分量。啊，其實他人不壞啦！心情好的時候也是很照顧底下的人。東山小姐的長相是押田的菜，應該是他最喜歡的型吧。」

「不行，」晃太郎口氣堅決，「不能再出任何意外了。」

晃太郎走向櫃臺歸還證件時，「那傢伙八成也會成為押田的看門狗。」榊原喃喃自語。

「看來面對強者只有低頭的分吧。」他又說。

從他偷偷告訴結衣的這番牢騷聽來，也許押田和部屬們的關係並不好。

「BASIC的業務風間也一樣，不但常常來我們公司的健身房，還說要是他們公司也改成責任制就好了。活脫脫就是押田的應聲蟲。掀起風波的那支網路廣告也是，明明我們看了也覺得不行，請他們別上那支廣告，但風間堅決不肯，因為要是忤逆押田的意思，他們就別想和我們合作了。」

「既然大家都這麼討厭押田的作風，一起反抗他，不就得了嗎？」

「要是身為下屬的我們敢提出什麼意見，馬上就會被貶職。廣宣部長很有實力，只要他願意，去哪兒都不是問題，所以他才敢那麼強硬。可是我們不一樣，押田每天都對我們說，除了我們公司以外，沒有哪一家會僱用你們。」

榊原說完後，露出黯然眼神。

「其實我正和妻子協議離婚，可能會因此失去女兒的撫養權。我常常沒回家，所以有家庭也形同沒家庭，我們公司多的是這樣的傢伙。」榊原的口氣很無奈。

結衣和晃太郎步出FORCE後，瞥見「研究員」迎面走來，好像剛拜訪完客戶，要回公司的樣子。他看到結衣，驚呼一聲「啊」。晃太郎則是點頭，說了句「你好」，便加快腳步離去，還不忘叮囑結衣：「妳可別私下跟他聯絡哦！」

就算晃太郎沒交代，結衣也沒這意思。

餐宴那晚，「研究員」趕緊向晃太郎和「恐龍」求救，自己卻沒有出面奮戰，應該是不想惹上麻煩吧。其他FORCE員工也是。

沒有人願意挺身而戰，只會叫別人當替死鬼。

不願意讓晃太郎獨自低頭賠罪，所以才鼓起勇氣來這裡。可是現在的結衣只想趕快遠離這裡，不想再來。她覺得身體好重、喘不過氣。

「我要從這裡走到有樂町。」

結衣聽到晃太郎這麼說，不由得停下腳步。不知不覺間，已經來到竹橋車站。

「對了……有件重要的事，忘了告訴晃太郎。」

晃太郎一聽到是小柊託結衣傳話，便別過臉，這是他不想聽別人說話時慣有的動作。

「對不起，這時候還跟你說這種事。可是你為什麼不去看看你爸呢？至少也聯絡一下吧。小柊真的很擔心。」

「不要干涉部屬的私事。我想明天的管理研習課程應該會提到這一點。」

又被晃太郎吐槽。結衣覺得心裡好難受，忍不住開口：「是我差點讓一切的努力都白費，讓你覺得很有壓力，是我不對。可是算我求你了，可以像以前一樣，和我好好說話嗎？……不要丟下我一個人。」

晃太郎沉默片刻後，才說：「不要再叫我『晃太郎』。」

「直呼部下名字的人，是妳，東山小姐。」

晃太郎撂下這句話，便頭也不回地離去。

即便沒食慾，還是得吃。父親坐在硬是吞下米飯的結衣對面，一邊看著晨間新聞，忿忿地說：「怎麼都是一些負面新聞啊！」

「新聞本來就很負面啊！」結衣說，最後一顆飯粒哽在喉嚨。

結衣出門，搭著一路搖晃的電車到公司，瞧見加藤已經坐在位子上工作。自從被晃太郎責備後，他就沒再遲到了。看來是自己太放縱下面的人了，結衣有種被擊敗的感覺。

去FORCE賠罪，已經是九天前的事了。

部長一職的工作量超乎結衣的想像，光是處理研習與委員會的事、管理預算與進度，

一眨眼便到了下班時間。何況，晃太郎還有第一線的工作要忙，實在很難想像他到底是怎麼消化這些工作。不知不覺間，已經過了下班時間。

另一方面，對於其他組員來說，著實深感絕望。

「種田先生的高壓管理才過了九天而已。」

晃太郎和人事部交涉，新人的在職訓練提早開始。

所謂在職訓練（OJT），就是「On the Job Training」，亦即讓新人站上第一線，累積實務經驗，也是一種培養新人擁有應戰力的員工訓練方法。無論是哪個職場，新人都必須通過這一關。

「突然要新人幫忙比稿，而且還是鬧了那麼大風波的案子。」從營運部帶來資料的來栖一臉同情地看著昆恩，這麼說。

昆恩那敲著鍵盤的手指之所以微微顫抖，恐怕是因為昨天他做好的資料被晃太郎狠狠打槍的緣故吧。

縱然如此，僅僅三天便培養出應戰力的昆恩還是很厲害。

「要是早點請昆恩幫忙就好了。」吾妻聽到晃太郎這麼說，壓力更大了。

野澤雖然想辦法弄出東西，卻被晃太郎毫不留情地數落：「數字也弄錯太多了吧。拿薪水做事，怎麼會做成這樣？」結果她忍不住找賤岳哭訴的樣子。

晃太郎並未開口要求大家加班，因為人事部規定「新人不准加班」，所以大家背負著必須在上班時間內做完的壓力。

還不熟悉工作流程的新人們毫無喘息空間。結衣的工作就是要把因為遲遲弄不好，而一副快要哭出來似的新人們扒離電腦，讓他們準時下班。

但是沒人抱怨，因為大家都知道晃太郎比誰都辛苦。

忙碌不已的他幾乎每個鐘頭都要外出洽公，還要利用空檔時間回公司，確認部屬們的工作狀況、檢討問題、盯進度，沒人知道他到底有沒有回家。不過，放在辦公桌底下的慢跑鞋倒是會換位置，看來他每天晚上都會跑步。

「你週末假日應該會休息吧？」結衣趁晃太郎開完會，準備回座時，這麼問他。

「一個人要當好幾個人用的吃緊情況下，還能休息嗎？」

這就是晃太郎的答案。結衣回到位子時，櫻宮走過來。

「對不起，什麼都做不好的我給大家添了不少麻煩。」

確實如當事人所言，結衣又負責指導櫻宮後，發現她的工作能力真的很差。不曉得她是不是無法專注工作，頻頻出錯；而且一被糾正，她就更害怕，也就更容易出錯，讓人很難不懷疑她之前都是靠撒嬌那套，請男同事幫忙。不過，結衣還是鼓勵她。

「別急，好好做一定沒問題，一步步確實做好就行了。資料拿給種田先生過目之前，我會做最後檢查。」

只是再過五分鐘，福委會的會議就要開始。為了讓結衣能夠準時下班，所以會議提早到下午一點。就在結衣有點焦慮地看著正在影印資料的櫻宮時，「我幫忙照看她吧。只是我得晚一點才能午休囉。」碰巧走過來的來栖這麼說。

「謝啦！可是拜託剛調到其他部門的同事幫忙照看，這樣好嗎？」

果然身後傳來一聲「我來」。晃太郎稍微轉一下椅子，對站在結衣面前的櫻宮說：「做好的資料用郵件寄給我。」

櫻宮趕緊回應「是、好的」，一臉焦慮地操作電腦。晃太郎看向來栖。

「有時間幫忙別人，不如多磨練自己的能力。記得我進公司第二年，可是連午餐都沒吃，拚命工作。」

「是指待在福永先生開的那間黑心公司時的事吧。」來栖盡顯敵意。

「我來這裡也是這樣，因為要是不這麼做的話，根本無法達到業績目標。話說回來，那種手腳慢的傢伙，沒午休可休也是自己造成的吧。」

董事會正在考慮是否要採用責任制。可能是想到這件事吧，來栖沒回應。

「不管多麼忙，還是要午休。」

結衣對晃太郎這麼說之後，又對來栖說：「謝啦。我自己會處理，你還是好好去休息一下吧。」

不想讓晃太郎獨自承擔所有事情的結衣也只能這麼回應了。一想到其他人可能覺得自己只是徒有代理部長之名，便覺得有點沮喪。這麼想的結衣又偷偷看了加藤的推特。

「既然已經決定採責任制，看來得找個能混水摸魚、明哲保身的方法才行。」

這是幾分鐘前才發表的貼文，結衣看向坐在位子上的加藤。原來他有這種心態啊！不行，不能坐視不管。結衣顧不得等會兒要開會，走向加藤，站在他身後說：「我看到你的推特了。」

加藤的肩膀顫了一下，怯怯地看著結衣。

「抱歉，我知道加藤的匿名帳號，也看到你對我有意見。」

結衣要他出去聊一下，兩人走向走廊盡頭。來到自動販賣機前，結衣問他要喝什麼，買了一罐他想喝的可樂。

「在社群平臺上要說什麼是個人自由，雖然是匿名帳戶，還是要鎖一下權限吧。不然總有一天會被當事人看到囉。你應該知道我們公司也有提供危機管理機制的諮詢服務吧？」

加藤沉默不語，握著手上的可樂罐。

「為什麼只想明哲保身呢？加藤還年輕，明明還有很多可以發揮的機會啊！」

加藤看著結衣那只錶面有裂痕的手錶，說道：「才沒有機會。」

聽得一頭霧水的結衣反問：「為什麼這麼想？」

「我爸說的，他說這國家已經沒救了。他每天早上都會這麼說。」

「……為什麼這麼悲觀呢？令尊應該還很年輕吧。應該還在工作吧？」

「沒有，因為我爸媽很晚才生我，所以我爸已經退休了，一整天都窩在家裡。」

啊！結衣怔了一下。

「莫非令尊以前也是個工作狂？除了公司同事以外，沒什麼朋友？」

「是啊。反正他沒事做，所以成天用手機搜尋關於美國總統川普或是中國對我們的威脅，然後我一回家就跟我大講特講這些事，說什麼世界變得越來越糟。我要是不想聽，他就會很沮喪、情緒變得很暴躁。」

「唉……我懂。真的很煩。」我家就有個這樣的男人，原來他家也有啊！

「不過我爸說的話也不無道理。這國家已經不行了。幸好東山小姐沒有舉發那天餐宴上發生的事，因為這國家會淩遲遭受霸凌或是性騷擾的受害者，日本是個讓人活得很辛苦的國家。」

加藤的口氣淡然，卻一句句刺進結衣的心裡。

「這也是沒辦法的事囉。誰叫我們就是活在這麼險峻的時代，一切都將走向盡頭，所以還是別抱什麼希望比較好過。」

是不是該等他心情平靜些，再好好聊聊呢？可是福委會的會議已經開始。

「你這種得過且過的心態遲早會被種田先生察覺哦！」心焦的結衣只能這麼勸說。

就在結衣急著回座位拿筆電時，被晃太郎攔住。

「甘露寺去哪了？」他的右肩扛著看起來很重的文件匣。

「甘露寺？呃……去哪兒？他不是在處理你派給他的工作嗎？」

「這裡不是托兒所，六月開始新人的人事費用也要算入各案子的成本。要是他的產值是零，可是會影響整體利益……我看是時候了吧。」

「什麼意思？」

「把他調去比較閒的部門。東山小姐要是說不出口的話，我去跟人事部——」

「我、我先去開會了。要是再不去的話，八成會被砲轟吧。」

「好吧。FORCE的比稿結束前，必須做個決定。」晃太郎說完便走了。

下週一就要比稿了。今天是週三，只剩兩天上班日可以拚一下了。

總之，先去開會吧。就在結衣打開手機查詢是在哪間會議室時，碰巧收到王丹傳來的手機訊息，寫道：「有話要說。今天過來一趟。」

結果，結衣整整晚了十五分鐘才走進會議室，飽受冷眼對待。

結衣喝了一口啤酒後，趴在桌上嘀咕：「真是的！我不想當什麼代理部長啦！」

「每天都有開不完的會，今天已經開了六次耶！」結衣抱怨。

「因為日本人喜歡開會。」愛吃餃子的大叔不知為何，笑嘻嘻地說。

「沒錯！像是福委會的會就開了一個小時，還是沒決定什麼時候要開員工懇談會。」

「沒人敢下結論啊！我懂、我懂，呵呵！」

「結衣，不續杯嗎？」王丹走過來，「趕快喝，可以點餐了。」

結衣看了一眼杯子，根本沒喝幾口。她努力又喝了一口，將杯子放在桌上時，王丹拿出一封信。

「王子給妳的。我有點猶豫，還是決定轉交給妳。」

「什麼？」結衣抬頭。「看了就知道。」王丹拿著空盤子，走進廚房。

打開信，密密麻麻的英文字。結衣的英文不太好，就算看了也似懂非懂，就在她疑惑地偏著頭時，信被人從旁搶去。

「這不是在獵人頭嗎？」餃子大叔戴上老花眼鏡，「其實我啊，曾在北美住過一段時間。我沒說過嗎？因為我在貿易公司工作，不過現在待的是分公司啦！嗯……這間叫 BLACK SHIPS 的中國新創公司想挖角結衣呢！」

「我？不是小柊？不是說要找年輕人嗎？」

「結衣還很年輕啊！況且要是沒有一些經歷的話，人家也不可能挖角啊！原來如此，他們也是要進軍日本這塊網路市場行銷的大餅啊！中國現在也是ＩＴ大國，算是矽谷的競爭對手吧。」

「不會吧，你說中國是ＩＴ大國？」愛吃辣的大叔露出不以為然的笑，「應該是剽竊大國吧？」

「拜託！這是幾百年前的說法囉。他們可是很積極向日本網路界的強人招手呢！聽說年薪是日本的兩倍。」

大叔看著雙眼圓瞠的結衣，笑著說：「應該是吧。」

信封裡頭還塞著一張用日文寫的信，附上聯絡用的郵件。

「沒有直接跟妳說，不好意思。還請務必來上海找我。」

明明上次見面時什麼都沒說。結衣這麼想時，王丹端來一杯水。

「結衣還是離開日本比較好，沒必要為了工作，傷成那樣。」

「我沒受傷。對了，這件事是王丹拜託的吧。因為我之前來的時候一直抱怨FORCE的事，所以妳出於同情……」

「同情又怎樣！我說妳啊，一定又會遇到什麼不好的事啦！讓自己連啤酒都沒辦法喝，也沒辦法好好吃一頓。妳身邊那些日本人為什麼不幫幫妳啊！」

王丹眼眶泛淚。也許是想起她那位在上海過世的青梅竹馬吧。

「我有回家吃飯，冰箱裡也有啤酒，純粹只是因為沒錢，想省一點而已啦！好了，我要走了。」

結衣硬是喝光剩下的啤酒，站了起來。她想退還劉王子的信，王丹卻不肯收下。結衣只好把信塞進包包，步出店門。

我回來了。結衣才剛打開玄關大門，突然現身的父親便對她說：「爸爸我想了一下，覺得那不是『山科的離別』。」

「你沒頭沒腦地在說什麼啊？山科是什麼？」結衣邊脫鞋子，邊問。

「妳不曉得山科？就是赤穗藩被擊潰後，大石內藏助住的地方啊！」

「可不可以不要再聊《忠臣藏》啦！」

「妳和晃太郎的關係還是不太好嗎？爸爸覺得他還是很在意妳。」

「就算關係不好，工作還是進行得很順利，不勞擔心。」

「吃了嗎？」母親走過來，這麼問。「在外面吃了。」結衣回道，準備上樓。

「要是不回來吃，就打電話說一聲啊！」

結衣回頭，瞧見母親瞪著她。一旁的父親突然笑出來。

「因為宗介從那天之後就一直沒聯絡，妳媽很焦慮。」

「我的下半輩子要怎麼辦啊！」母親用手上拿的健康雜誌敲牆壁，「就這樣和連燒開水都不會的老公，跑回老家的女兒過完這輩子嗎？我才不想過著這樣的人生！」

「怎麼連媽都突然鬧脾氣呀！我不是週末假日都會幫忙打掃、買東西嗎？什麼都不做的是爸爸吧！他明明比我閒多了。」

結衣本來想安慰母親，結果父親聽到最後一句，眉毛往上挑。

「我才沒空，」父親很不高興地反駁，「我還有幾個版本的《忠臣藏》還沒看，也得關注世界情勢才行，川普亂來又蠻幹，中國又很強勢自私，害我每天神經都繃得很緊！妳這個幾乎每天準時下班的人，有資格對我說教嗎？」

「緊張也沒用啊！你能做什麼？我可是用我的方式在搏鬥——」

「哼！稍微被權力霸凌就沮喪到吃不下飯，就是因為有妳這麼軟弱的女人當主管，我看日本快完蛋啦！」

父親這番話，讓父女倆之間緊繃的線剎時斷掉。

「啊！夠了！……真是受夠了！」結衣大叫，「我要離開這個家。」

「不行啦！這樣只剩我和你爸，我不要。」母親說。「先聽我說！」父親說。

果然如王丹說的，這裡沒有真心關心結衣的人。

大家只會叫她繼續奮戰、當個工作方式改革的先鋒，卻沒人願意出頭。

就連父親也沒站在結衣這一邊，儘管女兒遭受權力霸凌，他也沒有為女兒打抱不平。

「我要去上海。」

「去上海幹麼？買假名牌包嗎？」

「我離開就不回來了。」

「妳說什麼？」

結衣奔上二樓，無視兩老在樓下大喊。她從包包掏出那封信，發了封郵件給劉王子，沒想到對方火速回信。

「我們約週五下午一點碰面，如何？我會幫妳訂飯店。」

後天碰面。結衣用手機連上公司的線上系統，申請有薪假。週五雖然有五場會議要參加，但都是不用出席也無所謂的議題。結衣猛然想起自己那少得可憐的存款，但顧不了這麼多的她還是刷卡買了機票。

反正待在這國家也沒啥希望囉。加藤說。太好了，剛好有機會逃出困境。結衣打開壁櫃，翻找不知塞在哪個衣物箱的護照。

隔天一早結衣就到公司，將行李箱放在更衣室。就在她準備發一封郵件給賤岳，請她幫忙關照新人時，一邊忙著工作的晃太郎問結衣：「妳禮拜五請假，是吧？我那天一早要去監督羽鳥總研的拍攝工作，所以也不在。」

「是去哪裡拍攝？」結衣問。晃太郎正專注工作，結衣又大聲問了一次：「禮拜一的FORCE比稿準備得如何了？」

「都弄好了。」晃太郎回道。

他的下巴冒出一點鬍鬚，看來昨天也沒回去。

「麻煩妳就算放假中，也要打電話叫醒甘露寺，因為我沒辦法打給他。」

這麼說的晃太郎拿著電動刮鬍刀，步出辦公室。他從九點開始就要外出洽公的樣子。

那口氣讓人聽了很不舒服。要是我真的跳槽到上海，一切都是那男人造成的，是他迫使我逃往遙遠國度。

「說是遙遠國度……其實從羽田機場過去只要三個鐘頭而已。」

就在結衣自言自語時，「妳請有薪假，是要特地飛去上海和帥哥社長面談嗎？」結衣身後傳來這樣的聲音。

一回頭，瞧見來栖在瞪她。結衣趕緊用食指抵著他的嘴脣，推著他那纖瘦的背，一起來到走廊。

「你怎麼知道？」結衣問。

「小柊告訴我的。我心想怎麼可能，沒想到還真的看到妳拉著行李箱來上班。」來栖的眼瞳蘊著怒氣。

「我知道妳受了不少苦，但結衣姐不是說過對我的將來有所責任嗎？難道這只是在唬弄人嗎？」

「我的確說過，可是……」結衣不想對來栖說謊，「對不起。」

來栖壓抑情緒似地緊抿著脣，聲音顫抖著說：「我絕對不允許妳這麼做。」

「請妳一定要回來。我會繼續做便當，一直待在這間公司！」

來栖怒吼，轉身走掉。幹麼突然這麼激動啊？被來栖這麼一鬧，覺得有點頭暈的結衣正要進辦公室時，瞧見加藤站在門口，頓時心跳加速。

「妳要去上海？」

「別說出去，尤其是種田先生。」

「我不會說。想離開這裡也是理所當然，畢竟待在這國家也沒什麼好事囉。」

加藤有氣無力地走掉，結果還是沒和他好好談談。心生罪惡感的結衣悄悄嘆氣後，打電話給小柊。

對於自己沒有勸說晃太郎成功，結衣深感抱歉，而且因為這陣子太忙，忘了跟小柊說一聲。

「我就知道會這樣。我爸現在的情況還算安穩，回家療養中。」

「是喔。那我就放心了……對了，你怎麼知道獵人頭的事？」

「那天看到劉先生，就覺得他想挖角的對象是結衣姐，果然沒錯。」

所以你才報馬給來栖知道？每天從事諜報工作的小柊保證：「妳放心，我絕對不會跟我哥說。」

「可是你不是告訴來栖了嗎？我被他罵慘了。」

「因為他是為了妳而工作，請理解他的愛戀心情。」

「愛戀心情？」結衣想起剛才來栖那副反應過度的模樣，「只是想向上司討拍罷了。」

這是將想得到異性上司讚美的心情，錯覺是愛戀的現象，職場上屢見不鮮。若是這樣的話，還是別太關心來栖比較好。

想說離上班還有一點點時間，結衣想去一趟更衣室，因為「異性上司」這詞讓她想起有個東西必須拿給那個變態才行。

「小結，幹麼盯著我看啊？」

石黑現身安全梯。兩人好久不見了，因為他出院回家休息一天後，又馬上出差。

「該不會愛上我了吧？」

「拜託！什麼向上司討拍，我完全不可能啦！」

「妳在說什麼啊？」眼神銳利的石黑坐在結衣身旁，「我快忙死了。找我幹麼？」

「想說下個禮拜肯定忙翻了。所以得將這東西拿給你才行。對了，檢查結果如何？」

「還好啦。」石黑沒再多說什麼，「我看到那支影片了。我還在住院，阿忍那傢伙什麼也沒先告知就傳給我看。那傢伙真的很氣呢！」

「因為那個董事批評他是弱弱的宅男吧。」

「笨蛋！不是啦！」石黑難得板起臉孔，「是因為又沒辦法阻止妳受傷啦！那傢伙覺得是自己把妳推到鋒頭上。」
「真是的……怎麼大家都這麼說。我不覺得自己受傷啊！」
就在結衣這麼說時，石黑卻故意朝她肚子捶了一拳，說道：「不要逞強啦！」
結衣頓時渾身起雞皮疙瘩，後退大喊「住手！」背部冷不防撞到牆壁。
「妳看！還說沒事，這不就得了懼男症嘛！」
「對不起……」結衣自己也不明白怎麼會這樣，居然連對方是石黑，都怕成這樣。
「不要小看被那傢伙殘害的傷哦！」石黑一副上司的口吻，「小結啊……」隨即又回復平常最佳損友的口氣。
「不只阿忍，那天晚上我看到影片，也是血壓飆高到睡不著啊！看到那種影片還不生氣的傢伙根本不是人吧！」
聽到這番話的結衣有點想哭。同時也想起不是對押田生氣，而是對她氣到極點的晃太郎。那男的果然不是正常人吧。
「所以我只能盡自己的能力讓妳當上代理部長，退出那件案子，至於接下來就交給種田了。」
深受石黑信賴的晃太郎真的可靠嗎？結衣怎麼也無法相信。看來直到最後，還是無法相信他。結衣站起來。
「我得趕快回去工作囉！對了，要遵守用量服用哦！」

結衣將紙袋擱在地上。看著一堆糖包的石黑抬頭。

「妳明天請假，是吧？我是不知道妳要去哪裡啦！但不許給我落跑哦！」

結衣像要逃離第六感莫名強烈的管理之鬼般地快步離去，回到製作部的她開始埋首於工作之中。

晃太郎遲遲未歸。結衣一直等到晚上六點十五分，還是沒看到他。

是希望他阻止我去上海嗎？結衣心裡浮現這樣的想法。看來我也是個笨蛋啊！結衣拉著行李箱步出公司。那天晚上，她住在羽田機場附近的商務旅館，準備搭隔天一早的飛機。結衣望著窗外抹上薄雪的富士山，喃喃自語——

再見了，日本。

隔天，結衣真的來到上海。

站在虹橋機場的結衣率先看到的是設在機場大廳的工作區，以及坐在那裡忙著用筆電工作的白領菁英。

和十年前來旅行時的感覺完全不一樣啊！這是她對上海的第一印象。看不到那種大聲說話、嘈雜不已的人們，就連搭乘市區地鐵的乘客們的衣著也頗講究，一時之間讓人錯覺來到六本木。結衣試著開啟推特，發現竟然連不上，看來這裡真的是中國啊！

搭地鐵不到三十分鐘便來到繁華市區。一步出車站，路上觸目所及盡是電動汽車，比東京還先進。結衣一坐上計程車，瞧見駕駛座前方擺著手機，司機對著手機報出地點，隨即顯示路徑圖，比裝設衛星導航的日本計程車更有效率，總之一切是那麼舒適便捷。

兩人約好下午一點碰面。結衣在現代藝術風格的飯店大廳辦妥入住手續，將行李放在房間後便步出飯店。眼前除了住宿的這棟飯店之外，四周還有好幾棟高聳入雲的摩天大樓，予人無與倫比的魄力感。

不知不覺間，這國家竟然發展成這樣啊！劉王子的公司要是進軍日本，我們公司招架得住嗎？

——不行，忘了吧。忘掉所有在日本發生的事。

結衣的內心起了一股刺痛感。那男的現在也在東京某處和客戶洽商吧。不行，別再想了。不要再回想過去的事，現在是該朝未來前進的時候。

結衣在飯店門口熙來攘往的觀光客人潮中，瞧見一個身穿西裝的熟悉身影，剎時怔住，只覺得汗毛倒豎。

他為什麼會在這裡？

就在結衣準備往未來前進時，那男人——種田晃太郎竟然在這比平常壞上百倍的時刻出現，阻擋她的去路。

說時遲，那時快，有個小個頭男人闖進錯愕不已的結衣的視野中。

「妳好！哎呀！沒想到這麼順利啊！」他一臉滿足似地雙臂交叉。

結衣很想衝向晃太郎，問他「你怎麼會在這裡？」但是身為主管，又負責帶領新人的她必須先問這個問題。

「甘露寺，你怎麼會在這裡？」

「也算是來工作吧。」自詡是超強新人的他蠻不在乎地說。

晃太郎則是神情凝重地走過來。

「我也是剛剛在那裡遇到他，他說再過五分鐘，東山小姐就會現身，叫我等一下。我還在想這傢伙在胡說什麼啊！沒想到妳真的出現了。」

「我來說明一下吧，」甘露寺用主播般好聽的聲音說道，「種田長官是為了拍攝羽鳥總研上海分公司辦公室而來，剛剛在飯店大廳和客戶開完會。至於師傅嘛——」

別說！結衣正想阻止，無奈制止不了甘露寺的長舌。

「王丹的弟弟，劉王子開設的公司想挖角她，所以師傅來上海面試。」

「挖角？」晃太郎露出狐疑的眼神，「妳？等一下要面試？」

「不是面試，只是來看看而已。」結衣趕緊搪塞。

一臉愕然的晃太郎仰望著高聳入雲的大樓，「居然住在這麼高檔的飯店？妳付得起嗎？」問道。

「住宿費由劉王子買單，豪華客房一晚要價十五萬日圓。」甘露寺說。

這麼貴?!難怪房間那麼寬敞。結衣不禁頻冒冷汗。

「妳還敢說只是來看看？還有，甘露寺怎麼會知道？」晃太郎不解。

「你們倆每天忙昏頭，寫滿工作排程的手機大剌剌地擺在桌上，就這樣離開位子，連列印出來的飯店預約單都直接放在桌上，真是太疏忽了。」

「你的好奇心要是用在工作就好了。」結衣忍不住數落。

「師傅曾說信得過我，」甘露寺低著頭，「卻好像不太相信種田長官。只有我得到師傅的寵愛，種田長官卻被冷落，讓我覺得很不好意思。」

「你在胡說什麼啊？什麼冷不冷落的。」晃太郎反駁。

「說出來後，心情輕鬆多囉！」

甘露寺根本沒在聽。只見他挺直背脊，攫住晃太郎和結衣的肩頭，拉近兩人的距離。

「呵呵呵！接下來就是兩個老大不小之人的時光囉。」甘露寺從包包拿出旅遊書，一邊忙著翻頁，這麼說。

「對了。我還沒預約飯店，今晚就去種田長官那裡打擾了。」

「拜託！別來找我。」

甘露寺朝一口拒絕的晃太郎揮揮手，嚷嚷著「我要去觀光了」，隨即一溜煙跑掉。

結衣不希望甘露寺就這麼走掉。打圓場的角色沒了，兩人陷入沉默。

「沒聽你說要來上海出差。」結衣說。

「突然決定的，我有告知，也寫了出差申請單。」

結衣不記得，恐怕只是當作例行公文批閱吧。

「真的嗎？」晃太郎自言自語，「妳真的被挖角？」

「不是說了嗎？只是來見個面而已。」結衣又用這藉口搪塞。

「好想抽菸，」晃太郎摀嘴，「雖然和妳交往之前戒掉了，但其實一直很想抽。妳真的被挖角？還跑到上海來……糟了……好想吐。」

也是，基於社長的命令，被迫捨命守護別人的他也會有受不了的一天吧。

突然，有輛黑色保時捷停在他們面前。車門開啟，擁有一雙長腿的劉王子走下車。

「歡迎來上海！」他張開雙手，走向結衣他們，「覺得上海如何？」

結衣趕緊擠出笑容。「老實說，真的嚇一跳呢！機場是採指紋通關，雖然有一種被監視的感覺，但感覺這裡比日本還先進，簡直和十年前完全不一樣。」

「這就是新中國，」劉王子誇耀地說，「哦，還跟著一位表情很恐怖的保鏢啊！」

晃太郎面露敵意地掏出名片，說道：「敝姓種田。」

「我聽姐姐提過你，不過都是說你的壞話啦！哈哈哈！對了，我是Eason Lau。你要不要來看看我們公司？」

「方便嗎？」晃太郎很驚訝，「我們可是競爭對手。」

「我不介意這種事。」劉王子一派從容地指著車子。

三人坐上後座，車子發動。「那是紅旗。」坐在右邊的晃太郎不屑地湊向結衣，悄聲說。

結衣聽得一頭霧水，晃太郎不耐煩地指著車窗外。

「中國生產的高級車，一輛要價一億日圓。」

「一億！」

坐在左邊的劉王子對瞠目結舌的結衣說：「總有一天，我也要買一輛。」

BLACK SHIPS位於全是ＩＴ新創公司進駐的大樓。空間非常寬敞，與NET HEROES不相上下；不一樣的是，他們用玻璃隔成一間間個室。想說在中國，可能裝潢多採紅色系，沒想到連牆壁、辦公家具都是純白色的。

「哇！好漂亮，」結衣感嘆，「還有廚房啊！」

「中午會有廚師來烹調午餐，喜歡做菜的我有時也會下廚。」劉王子一邊帶著他們四處參觀，一邊說明，「要是熟悉日本企業的結衣小姐能加入我們的業務團隊，肯定能成為一大助力。我們這裡有日文說得非常流利的同事，妳也可以再加強英文。」

「怎麼說得一副她已經決定進你們公司啊！」晃太郎趕緊出聲牽制。

就在這時，從最裡面的個室衝出一位約莫三十幾歲的男子。晃太郎似乎察覺氣氛不太對勁，一個箭步擋在結衣前面，一旁的劉王子卻沒什麼反應。男子一看到劉王子，就用中文不知在抱怨什麼，隨即出現兩名保全人員。

保全人員抓住男子的兩側腋下，硬是將他拖到外面。

「那個人是這裡的員工嗎？」結衣問。劉王子回道：「嗯，一直到剛才都還是。」

「因為他的部屬提出他權力霸凌的證據，所以他被解僱了。」

「解僱！」結衣驚呼，「只是因為權力霸凌就馬上解僱？」

「我們公司不需要那種會給公司惹來訴訟麻煩的愚蠢傢伙，所以越是居上位者，越容易位子不保。對了，他的辦公室剛好空下來，結衣小姐要是肯加入我們就太好了。那間辦公室視野非常棒，還看得到東方明珠塔哦！」

結衣沒回應。當她心想這是這國家的一貫作風嗎？劉王子說：「中國也有各式各樣的企業。」

「我在美國念大學時，曾在矽谷工作，我們公司的作風比較像美國的『白領免時限[6]』吧。中國是採不定時工時制，相當於日本的責任制，對吧？」

這時，另一間個室走出一位黑髮美女，從走廊搬走一個紙箱。

「她的上司昨天也被解僱了。他把工作全丟給乍看很乖順的她，讓她趁機偷學不少東西，不對，是吸收。」

劉王子伸手比了個在脖子上劃刀的動作。

「所以他的上司就沒有留下來的必要啦！如何？很夢幻吧。中國也有很多女性高層主管哦！」

瞧見結衣他們的黑髮美女嫣然一笑，畫著眼尾上揚的眼線，讓她的雙眼看起來格外炯炯有神。

「當然，員工也可以直接找我溝通工作上的事。」劉王子故意加了這麼一句。

環境確實不錯，也的確頗夢幻，但總覺得……

結衣想起NET HEROES的同事。要是這裡有像營運部的三谷那麼一板一眼的人，肯定會被踢掉吧。

「日本企業還真能包容沒能力的人啊！」似乎看穿結衣心思的劉王子這麼說，「所以那種古板保守的傢伙永遠都能占著茅坑不拉屎，我說的沒錯吧？」

結衣想起FORCE的事。一支性別歧視的網路廣告引起軒然大波，甚至危及企業形象，高層卻依舊安然無事，反而是解救公司危機的優秀員工遭貶職。

「放心，結衣小姐很適合我們公司，」劉王子說，「雖然是受姐姐之託，但妳要是沒實力，我也不會找妳。結衣小姐應該是屬於我們這邊的人，打從我們第一次碰面時，我就這麼覺得，沒有任何理由，就是一股直覺。」

「這個嘛……我沒你說的那麼好。對吧？」結衣探問晃太郎，晃太郎卻默不作聲。

「我們公司可以準時下班，因為中國人講求合理，只要做出成果，一天三小時沒進公司，也不會有人說閒話。總之，妳考慮看看。」

---

6 即美國「白領特別法案」（White Collar Exemption）制度，企業並非按照工作時間，而是按照員工的勞動成果來支付薪資。

結衣一步出大樓，便不由得伸了伸懶腰。明明只待了一個鐘頭，卻因為一連串的文化差異而搞得身心俱疲。「你接下來要幹麼？」結衣問晃太郎。

「下午三點開始還要拍攝。拍完後，要和客戶一起吃晚餐。」

「是喔……那我們就在這裡分道揚鑣吧。這就是人家說的『上海離別』吧。」

結衣沒看過山科離別那場戲，但這時要是不說點玩笑話，氣氛會有點尷尬。

「晚一點……可以見面嗎？」晃太郎一臉難為情地說，「只有我們。」

結衣感覺腹部深處有股灼熱感。不行，不能見面，必須忘掉才行。

「知道了，等你傳訊息囉。」結衣回道。

「那我先回飯店了。對了，我一直很在意妳那支手錶的錶面裂了。其實是被我不小心踩到的。」

「原來犯人是晃太郎啊！沒關係啦！我在這裡找家錶店修理就行了。」

「我先借妳一支手錶吧。晚一點拿給妳。」

可能是快來不及了吧。只見晃太郎迅速說完後，攔了一輛計程車揚長而去。

晚上見面又如何呢？結衣內心湧起悔意。

我沒有自信待在劉王子的公司。一想到如果晃太郎硬是要我回日本，我可能會想也不想地答應他，就覺得很害怕。

結果晃太郎直到深夜一點，才走進結衣住的飯店大廳。

「甘露寺一直不睡，但他要是不睡就會跟來。」晃太郎神情疲憊。結束和客戶的飯局後，先回飯店的他在大廳被甘露寺逮到的樣子。

「那傢伙怎麼都不會流汗啊！」晃太郎的額頭冒汗，「我問他怎麼都不會流汗？他就突然脫衣服——算了，不說那傢伙的事了。已經很晚了，我們去樓上的酒吧如何？記得那裡營業到凌晨二點。」

「你約我見面，想幹麼？」結衣問。

晃太郎驚訝地說：「欸？妳在警戒什麼？又不是去妳的房間，除了講話，還能幹麼？」

「那我們去外面吧，」結衣拿出兩罐青島啤酒，「我剛去酒吧看了一下，放的是年輕人聽的那種吵死人的音樂。這國家的消費主力是年輕人，真是羨慕啊！」

是啊。晃太郎頷首，旋即別過臉。兩人就這樣並肩走著，找到一處能夠坐下來的地方。

晃太郎拿出一個純白盒子，冷冷地說了句：「拿去吧。」

「哇！Apple Watch？這不是很貴嗎？我就算戴這個，看起來也不像科技人吧。」

「這有附心率APP功能，可以計算運動時每分鐘的心跳次數，有助於鍛鍊身體。」

晃太郎熱心說明。問題是，結衣會使用這功能嗎？

沉默片刻後，晃太郎下定決心似地喝了一口啤酒。

「我想跟妳說說自己打球時的事。」

結衣嚇了一跳，因為他從沒提過。就在她心想為什麼這麼突然時，「甲子園準決賽輸掉那時，我想說就此放棄棒球。」晃太郎開始說。

「可是你不是因為喜歡才打球的嗎？」

「其實是我爸希望我打棒球。我小時候很愛哭，總是被他罵。我爸想鍛鍊我，便讓我參加家裡附近一支以管理嚴格出名的少年球隊。教練動不動就罵人，我好幾次求我爸讓我退出球隊，但他還是每個禮拜把我拖去打球。他說男人一旦開始做一件事，就不能隨便放棄，否則就沒什麼前途可言了。」

「可是，你又不是真心喜歡打球啊！」

「我向我媽哭訴，可惜沒用。我媽是保險業務員，個性很要強，她也贊同我爸的看法，所以連我媽都很積極參與球隊的管理工作。」

街燈照耀下，晃太郎的額頭冒出汗珠。

「我的運動神經很好，」晃太郎的側臉顯得有點痛苦，「大家都很看好我，結果就這樣一直打球打到高中。也不是不快樂，也有很多美好回憶，可是我的內心深處一直有個潛意識，那就是我和其他真正喜歡棒球的朋友不同，我要是放棄這條路的話，一輩子就完了，可以說是出於一種恐懼的動力。所以甲子園輸球時，我反而鬆了一口氣，因為這下子我就不必再勉強自己了。」

結衣想起很久以前，曾聽小柊說晃太郎每次輸球時，他爸爸就氣得不和他講話，這也是一種暴力，不是嗎？

「可是我爸卻叫我大學繼續打球，而且要以成為職棒選手為目標。要是我不聽他的話，乾脆放棄就好了。就像結衣只參加三天網球社就退社。可是我想得到爸爸的誇讚。希望工作壓力大，總是擺臭臉給我媽看的爸爸能笑一笑。」

結衣聽到晃太郎這番話，不禁仰望面前燈火輝煌的摩天大樓。

一模一樣。年幼的結衣抱著正在繫領帶的父親雙腳時，也許過同樣的願望，害怕得不到強大之人的愛，自己就沒了存在意義。

「我大學時加入的球隊，每次輸球都有個懲罰訓練，那就是除非所有球員在規定時間內跑完一定的圈數，否則不能回家。」

「什麼意思……」結衣思索著，「總覺得怪怪的。」

「是啊。要是有一個人跑得太慢，大家就要跑越多圈，問題是當然會越跑越累，越跑越慢，所以除非倒下去，不然不會結束。」

「不覺得很不合理嗎？」

「大家都覺得很不合理吧。卻沒人敢忤逆教練，只能想辦法完成懲罰訓練，因為這樣還比較輕鬆，只是沒想到竟然有個學弟倒下去就起不來了……於是，四年都擔任隊長的我終於忍不住向教練抗議。幸好那位學弟沒事，這就是一切的開端。」

「一切的開端？什麼意思？」

「後來教練把我打入冷宮，因為他覺得我一心反抗他，對我有所警戒。要是沒出場比賽，就沒機會成為職棒選手，所以被冷凍的我一直很不安，於是在最後一場比賽的前一天，我揍了喝水的一年級傢伙，讓他退社。」

「欸？」結衣倒抽一口氣，「不好意思，我聽不太懂，為什麼打人？」

「球隊規定就算天氣再怎麼熱，一年級的隊員也不能喝水，那傢伙那天卻打破這規矩。他和我一樣都是投手，很有潛力，是個比我更有可能成為職棒選手的傢伙。」

「只因為對方喝水就揍他……無法想像晃太郎會做這種事。」

「教練找我談事情。因為我們一個多月沒講過話了，所以我很緊張。他叫我要管管那個喝水的一年級學弟。」

這番話讓結衣怔住，因為和 FORCE 應酬那晚，押田也向晃太郎說過同樣的話。

「雖然他沒有叫我揍人，但對我來說，『管管那個人』這句話就是這意思。不管是國中還是高中，揍那種不聽學長說話的傢伙是理所當然的事，儘管那時已經倡導學校不能體罰，但背地裡還是照做不誤。一旦違反規定就得挨揍，我就是在這樣的環境中長大。」

晃太郎痛苦似地吐了一口氣。

「其實我沒有要動手的意思，想說訓誡一番就行了。可是那傢伙卻說忍受這種沒效率的練習，根本當不了選手，也不想變成像我這樣的人，所以我一時氣不過就動手了。」

結衣吐不出半句話。

「這件事就這樣被壓下來，畢竟要是傳出去，我們就會被禁止出賽。我覺得自己沒資格成為職棒選手，明知肩膀有一定的負荷度，還是決定獨自扛起隔天的比賽，至少要為整個團隊竭盡全力。」

「這是晃太郎一個人的責任嗎？教練難道不必負責嗎？」

「教練並沒有命令我那麼做，這是事實，」晃太郎強調，「是我自己太衝動了。」

結衣突然覺得眼前的男人就像個大學生。

「後來，有個人願意接納失去所有的我，就是我的學長福永先生。」

於是，晃太郎才會在一個沒有加班費，也沒有什麼新人訓練制度的公司，一味聽從福永的指示囉？而福永只灌輸他要死命工作的觀念。

「最後一場比賽的九局下半，我竟然覺得肩膀不痛了。」看起來像是大學生的晃太郎微笑著。

「大家不准教練換掉我，所有觀眾都在幫我加油。可能是為了忍痛而腎上腺素飆升吧。心情爽快到就算就這麼死了也無所謂。」

結衣的內心湧起一股熱熱的東西，還來不及摀臉，淚水就沿著臉頰淌落。

「妳幹麼哭啊？」晃太郎慌了。

「我一直在想，」結衣的聲音顫抖，哽咽語塞，「為什麼晃太郎會聽從那麼不合理的命令呢？為什麼比起我，晃太郎更看重工作？我想了幾百回、幾千回，可是我還是想不出個所以然。」

「這些事我一直沒告訴任何人，尤其是結衣妳。因為我比妳年長，又是男人，所以更說不出口。都是我的錯。」

「不是你的錯，」抽咽不停的結衣勉強吐出這句話，「要是比賽前一天，我也在場就好了。」

結衣難過到再也說不出話來。試圖安慰她的晃太郎想伸手按著她的肩，卻又猶豫地縮回來。

過了一會兒，晃太郎說：「那天晚上我沒能守護妳。雖然是社長要我守護妳，但我是出於真心想這麼做。沒想到關鍵時刻我卻不在場，所以看到那段影片後，腦子一片混亂，才會氣得對妳發飆。毆打學弟那時也是這樣。我沒有反抗押田，沒有站在妳這邊，是因為我心裡的那根針偏向FORCE。我總是這樣，覺得都是無法忍受的一方的錯。」

原來他不是為了虛應對方，才對我發脾氣，所以他果然屬於「那一邊」嗎？結衣無法忍受。

「不管是福永先生辭職的事，還是星印工場的案子，我好幾次都想改變，卻怎麼也改變不了。因為害怕要是反抗了，只會遭受更大的打擊，結果又傷害了妳。」

「我沒受到任何傷害。」

「那妳為什麼來上海?!」

晃太郎大聲質問，結衣一時語塞。晃太郎看著結衣額頭上的傷。

「我最清楚結衣一直以來是為了什麼而戰。看到妳被那種男人愚弄，我真的很想殺了他。」口氣激動的晃太郎緩緩捏扁手上的啤酒罐。

「我每天晚上都邊跑步邊想有什麼方法可以反擊，但我想自己一定不會違抗吧。因為我的身體和心靈都無法自由，所以結衣，妳去劉王子的公司吧。」

「你這麼說是出於真心嗎？」

「雖然感覺那間公司也不太好待，但他是王丹的弟弟，應該不會待妳不好。所以只要想妳自己的事就好，不要顧慮我們公司。」

「可是如果公司真的要採責任制，那甘露寺、野澤——」

「妳回日本後，肯定又會成為箭靶，一定又會遭遇那樣的事，什麼都無法反抗，就像我一樣。我不容許妳變成這樣，反正之後的事，我會想辦法。」

就算我們不再見面也沒關係嗎？說不出口的結衣只能沉默以對。

晃太郎送結衣回飯店後，說了句「走囉」便離去。

和兩人初次在博多相遇時一樣。兩人喝著啤酒，坐在路邊聊了一整晚，然後說了句「走囉」便分道揚鑣。隔天，想再見晃太郎一面的結衣鼓起勇氣去找他，兩人才開始交往。

但是今晚不一樣，晃太郎決定在這裡道別，這次是真的說再見。

豪華客房的床非常高級，枕頭的彈性也很強，遲遲無法入眠的結衣只好滑手機，發現房間內可以上推特。看來高級飯店比較沒有網路限制。

結衣偷看「睡男」的推特帳號。

「我的上司去中國了。大概不會回來吧。也是啦！這才是正確選擇。」

正當結衣心想這小子還是這麼有氣無力，準備下線時，突然跳出一句「不甘心」的推文，接著又跳出「為什麼要說這國家沒救了？」、「我也不想啊！明明什麼都還沒開始，不甘心就這樣結束了」一連串的推文。

一旦發表貼文，當事人總有一天肯定會看到。結衣對手機裡的反烏托邦之人這麼說。

結衣下了床，坐在窗邊。燈火通明的不夜城上海，夜景和東京還真像，這片美景將始終存在著；只是前者是即將開始，後者是已經結束，而且有人選擇放棄，離開這裡。

我也打算放棄，不想再耗費心思抵抗食古不化的社會秩序，甚至逃到別的國家。可是，為什麼我每天晚上都會做那個夢呢？夢見吉良被斬的夢。

我也很不甘心吧。

結衣伸手撐著窗戶。小時候，大人都說中國是落後國家。可是，現在又如何呢？中國不但成為全球最大的代工國，還不斷吸收技術，儼然成為世界的中心。或許自己也能像白天見到的黑髮美女那般反擊，不必當個只會乖乖聽命的應聲蟲。

日本只有淪為輸家的分兒，狹窄島國要是不改保守作風，只會被其他國家迎頭趕上。

這種事真叫人不甘心，可是……

結衣用手機搜尋中國的工作情形，當中出現「過勞死」一詞，而且「一年有六十萬人死於過勞」，還提到是因為人們拚命想往上爬的關係。

劉王子只說些正面的事，其實這世界根本沒有所謂的烏托邦。

年輕人的煩惱與苦楚，在每個國家都一樣。

結衣打開影音平臺，觀看長谷川一夫主演的《忠臣藏》。

自從通報淺野切腹一事的快轎從江戶來到赤穗藩之後，赤穗城便一片騷然。當時是誰來安撫因為這起不公平的裁決，誓言要為主君報仇的眾家臣呢？那就是綽號「白天的座燈」，成為赤穗城代理城主的大石內藏助。

向幕府投誠降伏，移居京都山科的大石整日耽溺玩樂，赤穗浪士們懷疑他「早已沒了復仇之意」。大石甚至還要求妻子理玖和他離婚，結果被岳母罵個狗血淋頭，唯獨長年攜手相伴的妻子明白他的心思。

大石之所以耽溺酒色是為了欺敵，一切都是為了討伐吉良，為主君報仇。理玖不想成為丈夫的絆腳石，遂帶著孩子回娘家。

這就是世人口中的「山科離別」，武士之妻的典範故事，可是……

我是活在二十一世紀的女人。

晃太郎叫結衣逃離日本。甚至說出塵封在心底深處十三年的往事，只為了守護結衣。

既然如此，更不能讓那男人獨自待在依舊崇尚封建主義的國家，自己卻逃掉。

況且，結衣想打造的不是一間只有自己才能準時下班的公司。

雖然一個人的力量很微薄，但是集結眾人之力，便能做出成果，打造一個無論是誰都能準時下班，就算能力不是很強的人也能逐漸成長，安心上班，找到歸屬感的地方。不需要犧牲任何人。哪怕這是一場慘烈的戰鬥，我也想奮戰。

結衣發訊息給劉王子。

「我還是想留在現在這間公司。」

馬上收到他的回訊：「是出於對公司的忠誠？還是愛國心？」

這個嘛……結衣思忖片刻，回訊。

「第一次發現自己原來始終忘不了真心喜歡的人。」

「哈哈哈！」

收到附上笑容貼圖的回訊，不過接下來的文字可就讓結衣皺眉了。

「那間飯店的住宿費不便宜哦！總有一天一定要向妳討回來。」

結衣趕緊刪除「我想再住一晚，逛逛上海」的簡訊，自行預約別家飯店，就這樣在上海待到週日晚上。

結衣搭乘的桃子航空於週一凌晨五點抵達羽田機場，早上八點五十八分進公司。當結衣衝進電梯時，去年得到最佳團隊獎的某部門副部長看到結衣，驚訝得瞪大眼。

「妳不是被上海的公司挖角嗎？大家都在傳妳要離職了。」

「沒啦！我還是不適合那種沒有準時下班這回事的公司啦！對了，這是伴手禮。」

結衣從上頭寫著中文字的提袋拿出烏龍茶口味的餅乾，遞給對方。當她拉著行李箱走向辦公室時，來栖從營運部辦公室走出來。

「早啊！」結衣停下腳步，打招呼。

「妳回來了？」來栖瞠目結舌。

「嗯，我回來了。」結衣這麼說，隨即走進製作部辦公室。

結衣先走到坐了好幾位新人的辦公區域。

「我回來了。加藤。」她這一聲，讓「睡男」嚇得抬頭。

「東山小姐……咦？妳怎麼會在這裡？」

「想說沒有和你好好說過話。」

「也許就像令尊說的，這國家快完蛋了。我去看了新的中國，的確有一種完全被打敗的感覺。可是慘敗也無所謂，至少你還有得救。」

必須讓這個反烏托邦的傢伙好好待在這間公司才行。

結衣這番話泰半是說給自己聽，所以說得鏗鏘有力。

「你還年輕，要是有此體悟，就沒有你辦不到的事囉。」

「可是我爸說……」加藤的眼神依舊猶疑，看來縛住他的咒語十分強大。

「令尊是因為退休後沒事做，才會這麼悲觀。他沒察覺沒希望的不是這國家，而是他自己。」

「可是……」

結衣的手撐在欲言又止的加藤桌上，「你的上司回來了！」口氣十分堅決。

「這下子，就去掉一個悲觀的未來預測了。今後也會一一去掉，不管是川普、還是來自中國的威脅，只要我們每天抱持樂觀態度工作，情況一定會逐漸好轉！」

真的會好轉嗎？結衣雖然聽到昆恩的喃喃自語，卻還是態度堅定地說：「你的將來充滿希望，只要認知到這一點，就能打造嶄新的日本。令尊做不到的事，你做得到！」

「我……」加藤突然抬起頭，迸出這句話，「我想讓日本的經濟復甦。」

結衣微笑。無論是哪個國家的年輕人都有描繪未來夢想的權利。

「好！我們一起努力！首先，我希望加藤能馬上成為我們團隊的戰力！」

結衣環視新人們，說道：「讓大家擔心了。我的傷已經痊癒了。去吃了道地的上海菜、登上東方明珠塔、還拍了穿著中國皇家服飾的照片，玩得很開心呢！來，這是給大家的伴手禮。」

「我來分給大家。」櫻宮走過來，結衣的臉色馬上變得很難看。

結衣回頭，瞧見晃太郎一臉錯愕地看著她。

「早啊！種田先生，」結衣看了一眼在上海換了新錶面的手錶，「十點要去FORCE

比稿，對吧？我已經準備好了。你快去刮鬍子吧。」

「為什麼回來？」晃太郎的臉色很難看，卻又浮現一絲安心的表情。

「當然是為了贏啊！順利拿到FORCE的案子，守護準時下班的生活。對了，櫻宮小姐，伴手禮放在公用桌上就行了。」

晃太郎趁新人開心吃著伴手禮時，湊近結衣，悄聲說：「妳沒聽到我跟妳說的話嗎？」

「聽到了啊！但我還是決定回來。雖然很不甘心，但我想待在這國家貫徹自己的工作方式。」

「妳在說什麼蠢話！社長要妳別碰FORCE這案子。」

「這次我決定無視他的命令。讓這間公司的人能夠準時下班，才是我的第一要務。」

「別逞強了，」晃太郎低聲喝斥，「妳受的傷不可能輕易痊癒。」

「覺得它痊癒就痊癒啦！」結衣面露微笑，「好了，我不想再和你說了。種田先生可別忘了，我才是上司哦！」

這句話馬上鎮住晃太郎。「妳到底想怎麼做？」晃太郎悄聲問道。

「還在想。」結衣回道。

結衣只想到一個策略，那就是守護這男人性命的方法。結衣看著放在那群新人面前的行李箱，裡頭放著Apple Watch的白色盒子。

「什麼叫還在想？再過一小時就要比稿了。」

「和福永先生纏鬥那時，也是臨時才想到要怎麼說服他啊！所以總會有辦法囉！這次也一樣。」

「妳還記得那時壓力有多大嗎？」晃太郎搔了搔手臂。結衣看到他這動作，鬆了一口氣的同時也悄聲驚呼一聲「慘了」。她察覺自己犯了一個大錯。

「又怎麼了？」晃太郎驟然變臉。

「我忘了叫甘露寺起床，明明每天都記得叫啊！」

「這種事現在最不重要了，好嗎?!」晃太郎怒吼。

這是晃太郎今年發出的最大吼聲。呵呵呵！結衣總覺得好像從哪裡傳來熟悉的笑聲。

第五章 害群之馬

結衣從更衣室的置物櫃拿出一套因應臨時洽公的套裝，隨即換上，回到辦公室。晃太郎一邊繫領帶，一邊問結衣：「來栖呢？」

「已經來了。」

只見斜背著肩包的來栖走過來，悄聲對結衣說：「禮拜五我被好多人問喔。大家都在問東山小姐是不是辭職了？還說什麼推動工作方式改革的掌旗人落跑，看來公司不可能準時下班了。也有人說妳只是假裝落跑，目的是要讓公司重視準時下班這件事。還有人傳郵件說什麼種田先生碰巧也在上海，是他勸妳回來的。」

是這樣嗎？晃太郎隻字未提。那男人應該是擔心結衣為了守住準時下班這原則，又要被推上浪頭吧。結衣也明白晃太郎的憂慮，才一時起了打退堂鼓的念頭。

大石內藏助也一樣吧？後人編撰一個他終日耽溺遊樂，是為了欺敵的故事。眾人眼中十分平庸的他還有個「白天的座燈」的綽號，這種人真的能強大到成為帶領眾家臣復仇的頭頭嗎？難道不會想逃走？結衣越想，思緒越混亂。

大石後來的確回到江戶，成了反抗江戶幕府的帶頭者，還策劃攻打吉良邸。

為什麼大石願意扛起這樣的責任呢？結衣不明白三百多年前的武士到底在想什麼。不過，這樣的她也選擇回來面對現實。

「其實啊，」結衣告訴抱持過度期待的年輕人，「我不是假裝逃跑，而是真的逃了。撇下你們的將來，拋下一切，就這麼逃了。」

「咦……」來栖臉上的笑容不見了。

「沒有逃掉的是種田先生。他要我去王丹弟弟的公司，只要考慮自己的事就好，一切由他來扛。」

「妳該不會是為了種田先生回來吧？為了FORCE那些人？」

你能奮戰二十四小時嗎？無論是晃太郎還是結衣，都是在這麼歌頌工作的上班族壓力下長大，背負著同樣的苦痛走過來。

「就像來栖說的，人不可能完美，任誰都會害怕忤逆上意。」

「妳這麼做，只是忘不了那個男人罷了。我對東山小姐很失望。我先下樓了。」

來栖撂下這番話後，轉身離開辦公室。結衣嘆了一口氣，從包包拿出文具。難道身為改革的領頭羊就不能有一絲缺憾嗎？

「好歹是個男人吧。」結衣的身後傳來這樣的聲音，還聞到一股花香。

結衣回頭一瞧，抱著公文匣的櫻宮盯著來栖的背影。

「妳那句話是什麼意思？」

「因為公司是男人的天下啊！我不是指東山小姐，是說來栖先生要更努力才行。」

結衣一時語塞。公司是男人的天下，父親也說過同樣的話。

「公司是屬於所有在這裡工作的人。畢竟來栖進來才第二年，有點依賴身為主管的我也是人之常情，只是這樣而已。」

「女性主管只是裝飾品罷了，只是公司的宣傳品……」

怎麼會這樣？每次和這個年輕後輩在一起，感覺一直以來累積的東西都瞬間化為烏有。

「這次的比稿可以帶我一起去嗎？」櫻宮換了個話題。

「我說妳啊，」結衣口氣變得強硬，「因為妳說自己是被強迫的，害得種田先生被貶職。都發生這種事了，還能帶妳去嗎？」

「我是在人事部的人逼問下，才那麼說的。種田先生為了護著我，承擔責任，所以我希望比稿能贏。」

這女孩只會在男人面前裝可愛嗎？把一切推給男人，自己逃掉了。等到事情一過，又故態復萌。

「只要我是上司，就不會讓妳再出席那種場合，況且妳應該先把手邊的工作做好。」

結衣步出辦公室，一邊走進電梯，一邊心想自己剛才那麼說好像有點過分，就像在數落她沒有半點才幹似的。

結衣一步出電梯，就被先一步下樓的晃太郎叨念「好慢」。

「不好意思，因為櫻宮小姐叫住我，說她想跟來。」

「要是她能來，就能幫上忙吧。反正萬一出了什麼問題，再想辦法解決就行了。」

「幫忙？她害你被貶職耶。你還真是信得過她。」

「那件事已經解決了。她雖然沒什麼能耐，至少會以自己的方式努力學習。」

結衣很驚訝。難不成晃太郎真的喜歡這個沒什麼工作實力的女孩嗎？

來栖在大樓外面等著。他用責備的眼神瞅了一眼和晃太郎並肩走出來的結衣，旋即往前走。

地鐵東西線的車廂空蕩蕩的。結衣坐下後，翻看待會要簡報的資料。

「厲害，」結衣用力點頭，「不虧是種田先生，準備得太完美了。」

內心燃燒著運動魂的男性將以奧運為目標的宣傳策略，闡述得鉅細靡遺，肯定會打動FORCE那些人的心吧。

結衣又走到應該是為了避開晃太郎，刻意坐到對面的來栖身旁。

「讓我看一下營運部的簡報資料。」結衣說。

來栖瞥了一眼晃太郎，拿出資料。

「因為FORCE很難搞，所以對於派駐那裡的員工預算，我設定得稍微高一點。我和三谷小姐討論過，這麼做才能留住能夠應付這種客戶的人才。」

「嗯，做得很好。我進公司第二年也沒辦法做出這樣的資料。」

結衣指出幾個需要補充說明的地方後，將資料還給來栖。

「妳沒像誇讚種田先生那樣誇我。」來栖嘆氣。

「你們的工作經歷有差啊！他可是有十三年的資歷呢！」

「要是我像種田先生那麼強，妳會給我更高的評價嗎？」

來栖這番話衝擊著結衣的心，使她實在無法笑著回應。怎麼又說這種話啊！

晃太郎是那種要是得不到強者的認同，便無法存活的人，結果就是賭命工作。結衣不希望來栖步上晃太郎的後塵，即便能成為什麼工作都難不倒他的強者。

就在結衣煩惱著該如何回應時，電車駛進竹橋車站。

登上通往地面的樓梯時，晃太郎湊近結衣身旁，悄聲問：「想到對策了嗎？」

「還沒。光是應付來栖和櫻宮就夠我忙了。」

「那就按照預定進行，我做了充分的準備。」

既然如此，不是叫妳不必來嗎？一邊這麼碎念的晃太郎快步上樓。

結衣抬頭看著FORCE總公司大樓的頭盔商標，覺得額頭上的傷疤痛得更厲害了。

「妳別逞強哦！」晃太郎回頭，悄聲對結衣說。

「你才是，別被FORCE那邊的人牽著鼻子走。」

結衣沒好氣地回敬一句。一走進大廳，聽到「必當鞠躬盡瘁！」這句口號，結衣就覺得自己快不行了。晃太郎還沒走到櫃臺辦理訪客登記，結衣就衝進大廳最裡面的洗手間。

結衣衝進隔間，雙手掩面。果然不行，我不想來這裡。

在上海時，吃什麼都覺得美味，可是一抵達羽田機場，看到身穿灰色西裝的人群，瞬間就覺得胃好痛，整個人無法動彈。

就在結衣心想得趕快出去時，傳來好幾聲高跟鞋叩擊地面的腳步聲。

「又要陪著去應酬了嗎？」傳來嬌滴滴的聲音。

「對啊！看來又要買新衣服了吧？」

「要買那種端莊又有女人味的衣服吧？就是風間先生說的那種衣服。」

風間這名字好耳熟。她們是BASIC業務部的新人嗎？現在出去好像有點尷尬。結衣瞄了一眼手錶。

「是叫我們向彩奈看齊嗎？」

另一個新人這麼說，結衣倒抽一口氣。她們在說櫻宮的事。

「明明都已經離職了。但是櫻宮小姐在風間先生心中還是第一名囉。」

什麼意思？結衣問櫻宮是否認識風間時，她回說「不是很熟」。

「她不是已經跳槽到NET HEROES嗎？聽說那裡規定新人一定要準時下班。」

「絕對是騙人的啦！風間先生說千萬別被這種噱頭給騙了。還不是為了招募新血而耍的花招。」

結衣蹙眉。被騙？

「風間先生不是常說嗎？週末假日也出勤是上班族的義務。」

風間這麼說？結衣不由得打開隔間的門。正在補妝的女孩們看到結衣氣勢洶洶的模樣，無不驚訝地回頭。結衣看著她們，急忙說道：「我是NET HEROES櫻宮小姐的上司，敝姓東山。」

已經沒時間了。結衣拿出名片，像發牌似地逐一遞給她們。

「我們公司真的是準時下班，世上的確有這樣的公司。」

其中一位看著手上的名片，喃喃自語：「騙人的吧。」

「不是騙人的！我們也很歡迎中途想跳槽的人，有興趣的話，可以和我聯絡。」

就在結衣說完，準備步出洗手間時，「那個！」有人喚住她。

「櫻宮小姐還會出席FORCE的飯局嗎？」

結衣看著那有如結晶體般純粹的眼瞳，搖搖頭。

「不會。我們不會再讓她遭受那麼可怕的事。」

「可是風間先生說，我們要是不出席接待就搶不到這案子。」

「我們公司不會讓員工做這種事，我們要證明不靠這種手段，也能成為業界龍頭。」

結衣推開門，走了出去。那個風間到底是怎麼教育剛步入社會的年輕孩子們啊？越想越生氣的結衣走回大廳，營業部的大森也到了。

「BASIC排在我們前面嗎？」

「剛才他們的業務走出來，那個人應該是風間吧。怎麼說呢？他的臉臭到不行。」

看來FORCE那邊的負責人又提出那種要求吧。結衣說出剛才在洗手間聽到的對話。

「什麼叫做端莊又有女人味的衣服？好噁心喔。」來栖皺眉。

她們說這是風間的指示，所以櫻宮也是被那種男人這樣教育嗎？

「不過啊，」大森壓低聲音，「不肯承認自己和風間很熟的櫻宮小姐也很怪，不是嗎？而且啊，聽說她還有個『碎石機』的綽號，意思就是故意洩漏情報、討對方歡心。」

「那只是謠傳吧。」結衣也很在意櫻宮為何說謊。

「妳是不是對 BASIC 那些人說，我們公司沒有什麼應酬文化？」晃太郎很不高興。

「我只是想告訴她們，那種上司真的很奇怪，就忍不住說啦！」

「現在還有閒情管別人家的事嗎？況且妳說的那些話都會傳進風間耳裡。」

「我只是想告訴她們真的有公司可以準時下班。」

晃太郎沉默。其實這男人一直都不相信有這種公司，但他還是向福永遞了辭呈，接受石黑的邀請，因為結衣一直堅信能讓 NET HEROES 成為可以準時下班的公司。

後來公司經營不善的福永像要追隨晃太郎的腳步，也進了 NET HEROES，還迫使晃太郎差點過勞死。晃太郎曾對福永說：「其實我心裡一直希望結衣能阻止我這樣。」

也許 BASIC 的新人也是這麼想。

「我必須告訴她們，那種上司真的很奇怪。」結衣說。

「她們要是知道我們公司沒有應酬這回事，就會更加拚命討好 FORCE 吧。」

「要是沒拿到這案子，我們公司可就沒準時下班這回事囉。結衣姐。」

大森和來栖也忍不住叨念，「知道啦！」結衣回道。

「我努力想個不用應酬，也能贏的方法，這樣總行了吧？今年是我成為社會人士的第十一個年頭。總之，簡報結束前，我會絞盡腦汁想個更高招的策略。」

「之前也是這麼說，結果反被對方將了一軍。」大森喃喃自語。

就在這時，FORCE的人走過來。「東山小姐，妳也來啦！」竹中露出總算鬆了一口氣的表情，晃太郎的臉色卻很難看。

「就算沒想到對策，我們憑簡報也能贏。」晃太郎像要鼓勵自己似地說。他用熱血的眼神看著來栖，說道：「我們一定要贏！聽到沒？」

來栖被晃太郎這股氣勢震懾，不由得頷首。

下班後是屬於員工的私人時間。這是灰原對結衣說過的話。

結衣一直守護著不想再次失去人心的灰原社長的決心，那就是「準時下班」這件事。灰原社長一直很護著她，也很包容她。

多動腦吧。灰原這麼說。必須想想對策才行。

要是像BASIC那樣一味迎合，只會被FORCE牽著鼻子走。一旦出了什麼問題，他們肯定會推得一乾二淨，有沒有什麼能讓雙方對等往來的方法呢？

結衣一看到皺眉聽著簡報的押田，就覺得胃沉甸甸的，好不舒服。

——妳在作夢吧！女人不可能和男人平起平坐。

思考能力彷彿被奪走，想要抵抗，卻又想起被撫摸肚子的痛苦記憶，都是因為我那時沒有立即反抗，才會傷得那麼深……現在懊惱也沒用，一切都太遲了。

結衣還沒想出對策，晃太郎就已經報告完了。換來栖說明營運計畫。第一次上場的來栖表現得落落大方，看來他天生就是個不會怯場的人。

「以上就是我們公司的提案內容，請問有什麼要提問的嗎？」

押田聽到晃太郎這麼說，突然神情輕鬆許多地問部屬：「覺得如何？」

「我覺得比 BASIC 的提案好。」榊原回應。

坐在結衣身旁的大森悄悄比了個勝利的姿勢。沒想到吉川馬上提問：「對了，有可能引進行銷自動化系統嗎？」

「當然，敝社目前正致力開發這領域。」

「你們公司有擅長分析數據資料的工程師嗎？」

「關於這一點，」晃太郎一時語塞，「目前是採外包方式，但完全沒問題。」

「BASIC 有這方面的人才，就是專門分析數據資料的工程師。」大森湊向結衣悄聲說。也許風間在剛才的簡報上有強調這一點。只見押田又皺眉。

「是喔，是外包啊！看來好像 BASIC 比較好喔？」

不知如何回應的竹中和吉川窺看押田的臉色。只要是第一線的人員都知道，就算採外包方式也沒問題，只是他們不敢在長官面前隨便發表意見。

「好了，接下來就看我們的決定了。你們就等候通知吧。我快忍不住了。」押田難耐菸癮，「我出去一下。」

押田這麼說後，便步出會議室。竹中目送頂頭上司離去後，說道：「我們社長正在出差，最快這週末可以確定結果，到時再通知你們。」

大森沉著臉。還要等五天啊……明明催著我們趕快比稿。

「週末也沒關係，那就等你們通知結果。」晃太郎說。

押田遲遲未歸。「抽菸的地方離這裡有段距離。」吉川苦笑著說。

就這樣過了十五分鐘。「可以去喝個水嗎？」結衣問。武士三人行露出微妙表情，回道：「可是押田回來時，所有人都要在場。」

「等一下，忍耐一下。」晃太郎斜睨了結衣一眼。

「不管，我要去喝水，」結衣站起來，「記得走廊那邊有飲水機。」

連喝個水都不行，實在太誇張了。結衣步出會議室，走在走廊上。結果什麼也沒改變，就連之前曾說「想殺了那傢伙」的晃太郎剛才也在押田面前笑得很快活。

一味聽從上位者命令，犧牲休假，連家也沒回，就這樣結束上班族人生。如果他們覺得這樣才算忠於公司，恐怕今後也不會有任何改變。

結衣喝了些水，讓水分流進空空的胃裡後，將紙杯扔進垃圾桶。

只要拿下這案子，就能守住準時下班的原則，所以今天就全力以赴吧。可是，結衣有點擔心。不僅資料分析這一點輸給BASIC，加上他們用新人展現美色這一招，我們極有可能因此敗北。

「居然跑來這裡偷懶，果然很會摸魚啊！」

傳來這番訕笑的話語，抬起臉的結衣剎時僵住。

是押田，一聲不響地站在結衣身旁。

「幹麼怕成這樣，我也是個很害羞的人啊！只是性子急了一點。」

無法動彈的結衣不自覺地回了句「是」。「那個，關於資料分析，我們有長期合作，值得信賴的承包商——」

「我會疼愛妳的。」押田說。

「欸？」結衣腦子混亂。是我聽錯嗎？

「老實說，還真不曉得二十幾歲的女孩子在想什麼，也許她們在心裡偷偷不屑我吧。像妳這樣敢直言衝撞我的，還比較合我的意。」

他在開玩笑嗎？應該是吧。應該不會有人在公司這種地方，而且是在來開會的外部人員面前開這種已經是性騷擾等級的玩笑吧。就在結衣這麼思忖時，說時遲，那時快——那雙被晒得黝黑的大手伸向結衣，一把摟住她的頭。

「我比種田強多了。我會好好疼愛妳的。」

結衣無法思考，完全反應不過來。

從他那雙大手感受到現在還在球場上奔馳的男人，心中那股強烈意志。

「你們拿到案子後，妳就派駐我們公司吧。這樣我們每天都能見面啦！」

押田像是在哄小孩似地說，隨即鬆手，走向會議室。就在這時，心想結衣怎麼還沒回來的晃太郎步出會議室。

「喲，種田。下次來我關照的球隊玩玩吧。讓他們見識你投球的英姿。」

「我已經不打球……」

結衣避開他們的目光，趕緊整理有點凌亂的頭髮。待押田走進會議室，晃太郎一臉狐疑地問結衣：「你們在談什麼？」

「我向他補充說明關於資料分析的事。」

結衣拚命壓抑顫抖的聲音，告訴自己這種事常有，不想再給不敢違抗客戶的晃太郎添麻煩了。但是一想到押田居然在教孩子們打棒球，就覺得心頭發毛，他還邀請晃太郎一起打球——就在這時，結衣想到一件事。

「他叫你去他關照的球隊玩玩，是吧？」結衣看著晃太郎，「多虧他，讓我想到一招。也許我們不用應酬也能贏 BASIC 哦！」

結衣無視訝異不已的晃太郎，搶先一步走進會議室，然後儘量擠出開朗的聲音。

「冒昧問一下，大家學生時代玩過什麼球類運動？棒球嗎？」

「這些傢伙？」押田一副不置可否樣，「他們根本不碰棒球吧。」

「我念書那時候日本職業足球聯賽剛成立，所以我是踢足球。」竹中說。

「所以只有押田先生打棒球囉？」

「上一代有不少人會打棒球，加上部門間也有交流活動，所以我也有打業餘的。」

遲了一步走進會議室的晃太郎，一臉好奇地環視眾人。

「這樣啊！」結衣說，「我們來一場友誼賽，如何？我們公司和貴社。」

「什麼？」晃太郎驚呼，「妳在說什麼啊？我們公司的人沒這種運動細胞啦！」

「我們有王牌啊！打過甲子園的種田囉！」

友誼賽能促進彼此的對等關係，還能和 BASIC 祭出的美人計相抗衡，這是結衣想出來的招數。

「不行、不行，」晃太郎慌張拒絕，「那已經是很久以前的事了。況且我們公司都是那種宅在家的人，跑一下子就會喘到不行。」

「要是人數不夠的話，我們這邊派幾個人借你們。」

FORCE 員工們倒是樂見其成，押田也很開心地說：「有什麼關係，就來比一場吧！我和種田當隊長，各帶一隊。」

「是！」吉川用力頷首，「那就訂這個禮拜天比賽，如何？」

不行，太遲了。必須在結果出來前辦這場友誼賽才行，不然就失了意義。

「雖說是友誼賽，但也是業務一環，所以訂週四或週五的早上，如何？」

「平日嗎？」吉川蹙眉。可能是覺得由承包商指定日期，有點怪吧。

「我覺得訂在禮拜四不錯，」押田有點不好意思地附和結衣，「反正我們公司沒什麼週休二日，所以隨時都ＯＫ。不過還要等到三天後啊！真想趕快組隊打球。」

同聲應好的武士三人行，不以為然地看著晃太郎。

幹麼那樣看晃太郎啊？不久後便在大廳揭曉這疑問。晃太郎走到櫃臺歸還訪客證時，榊原悄聲說：「種田那傢伙怕是會慘敗吧。」

「不會吧？種田在甲子園的表現不是很厲害嗎？」

這可是晃太郎學生時代的光榮印記，況且這公司不是一向講究階級制度嗎？

「那是以前的事囉。現在的種田應該不是一直都在打球的押田的對手吧。況且種田先生也三十五歲了吧？以選手來說，不年輕囉。何況空白了那麼多年。」

難不成晃太郎會輸嗎？結衣的心裡覆著烏雲。

「我看啊，這也是押田的目的吧。要是能打贏曾出賽甲子園準決賽的選手，肯定更能提升他在公司的地位。為了炫耀自己，當然覺得你們公司的人常駐這裡比較好。」榊原說。

榊原看結衣沉默不語，趕緊說：「放心啦！押田會要求年輕孩子比賽時不能喝水，我看種田應該也是那種比賽時不喝水的傢伙吧。所以對於勝負這種事也沒在怕囉。」

結衣想起晃太郎在上海時說的事，莫名覺得口渴。

「我以前是田徑隊的，所以比賽時不可能不喝水。聽人家說，有人會偷偷喝水桶裡的水，雖然有股生鏽味真的很噁心，可是大熱天下，身體發熱、頭暈目眩，要是不喝水真的會死啊！」

雖然榊原笑笑地說，聽起來卻叫人頭皮發麻。榊原還問走過來的晃太郎有沒有偷偷喝過水桶裡的水，只見晃太郎蹙眉回道：「沒有，我不會做這種事。」

榊原竊笑地說：「我就知道。」知道晃太郎那段塵封往事的結衣卻笑不出來。

只見榊原一臉難為情地笑著說：「其實我們一直就像在偷偷喝水桶裡的水，大家私底下對工作根本提不起勁，要是上頭沒有要求，都想說能混一天是一天吧。但種田先生不一樣，對吧？每次打電話給你，你一定會接，再怎麼不合理的要求，你也會做到，真的是自我犧牲得很澈底啊！難怪押田這麼中意你。」

晃太郎皺眉，不發一語。看來他自己也這麼覺得吧。只見榊原像要結束話題似的，說了句「很期待友誼賽」之後便離去。

一行人步出 FORCE 總公司，結衣趕緊向大家道歉。

「不好意思啦！明明對棒球一竅不通，還敢提出這種事。我只是想說，來一場立場對等的比賽。」

「是嗎？」晃太郎果然生氣了，「妳就不能事先和我商量一下嗎？」

那時根本沒時間商量這種事啊！

「我還要去別的地方開會。妳調查一下製作部有多少人會打棒球。」

結衣對著快步離去的晃太郎背影喃喃自語「對不起」。

「這提議是不錯啦！」大森說，「可是不用打，也知道會輸吧。」

這不是為了讓押田把晃太郎打得落花流水的提案，只是想求個立場對等。這是結衣的想法，但顯然判斷有誤。

就在這時，結衣的手機震動，小柊傳來簡訊。「我先走囉。」結衣向來栖和大森這麼說。

結衣接起電話，小柊語帶歉意地說：「不好意思，結衣姐。我媽有話想和妳說。」

「咦？伯母嗎？」電話那頭的聲音隨即變了。

「結衣？可以請妳說服晃太郎回家向他爸爸道歉嗎？我先生出院後，身體狀況一直很不好，可是那孩子連電話都不接，自從那天他們父子吵架後就斷絕聯絡了。」

「這我知道。他們為什麼吵架呢？」

「那孩子連假回來時，好像問他爸為何逼他打球，說他明明一直哭著說教練好可怕，卻還是被拖著去練球。」

這是連假時發生的事……那就是和FORCE會談後不久的事囉。是因為接觸到久違的舊體制習氣，喚醒兒時的痛苦回憶嗎？

「沒想到那孩子會提起那麼久以前的事，他父親很驚訝呢！他說是晃太郎自己想打球，所以才支持他。」

「不會吧？」結衣懷疑自己聽錯，「可是晃太郎……先生說他一直都很想放棄。」

「那年紀的男孩子比女孩子幼稚多了。做什麼事都是三分鐘熱度，所以要是不盯緊一點的話，以後工作遇到什麼挫折，很容易就放棄。他父親會那麼要求他，也是出於對孩子的關愛，希望晃太郎變得更好、更強。」

「可是要晃太郎先生低頭認錯，不是很奇怪嗎？」

「一直以來都是那孩子讓步，我們家才不至於鬧得雞飛狗跳。他父親很好面子，所以長子沒來醫院探病讓他覺得很丟臉。」

「就算是這樣，但要以往深感痛苦的一方道歉，真的沒道理。」

對於晃太郎來說，那並非過往之事，即便他父親早已忘了。

「我覺得沒必要道歉。」結衣說完，掛斷電話，內心卻湧起深深的罪惡感。

還敢說得那麼冠冕堂皇，其實讓那男人覺得打棒球能彰顯自我存在感的人，不是別人，正是自己。看來為了拿到FORCE這案子，又要犧牲晃太郎了。

結衣回到公司，走進製作部辦公室時，午休時間剛好結束。

她走到自己的位子，發現桌上放著用方巾包著的午餐盒，來栖又把自己的午餐給了結衣。結衣打開蓋子，今天也是色彩繽紛，看起來色香味俱全的菜色，她卻一點食慾也沒有。

「咦？你們住同一間房？」昆恩的聲音聽起來頗興奮。

「甘露寺先生和種田先生共度一晚？」野澤還故意抬高聲調。

「魔都上海，充滿叫人汗流浹背的活力，當然什麼事都會發生囉！不過啊，要是給的太多也會死哦！」

這個因為結衣忘了Morning Call，所以很晚才進公司，自詡是超強新人的傢伙，正閉上眼，按著胸口說：「大家聽我說。只有我和種田長官兩個人時，他超溫柔，還幫我蓋好被子呢。」

野澤雙手掩面，「哇」地驚呼一聲。

「他早上還敲敲我的肩，叫我起床，我已經愛上他了。」

這傢伙明明說著噁心的話，卻笑得那麼燦爛。晃太郎就像甘露寺說的，其實非常體貼，所以才會為了父親的期望，硬著頭皮打球，接受結衣提議的友誼賽。

「甘露寺，」結衣招手，「你要跟我分食嗎？」

「喔喔！那不是料理達人的特製午餐嗎？我就不客氣啦！」

菜色有玉子燒、小蕃茄、涼拌菠菜、鱈魚子飯糰，都是顏色鮮豔的料理。甘露寺迅速大快朵頤後，只剩下一些配菜。多虧他的好食慾，結衣也多少吃了一點，感覺好久沒吃和食了。

「好吃！啊！我忍不住想把這份感動告訴來栖先生。」

「那你幫我把這個拿去還他。對了，還有這個。幫我跟他說，這是連同上一次便當的謝禮。」

結衣看著邊用牙籤剔牙，邊抱著空餐盒和上海限定的星巴克馬克杯，前往營運部的甘露寺背影，眼眶不禁溼潤。要是這光景能一直持續該多好。

「開始工作囉！希望今天能不挨種田先生的罵，開心回家！」

加藤一邊這麼說，一邊比了個充滿幹勁的姿勢，走回自己的位子。希望他能挾著誓言復興日本經濟的這股氣勢，逐漸掙脫反烏托邦的殼。

不能被人看見我掉淚。結衣一邊假裝有睫毛掉進眼睛似地揉著，一邊打開團隊的工作進度表。

結衣檢視她不在公司的這段期間，新人們到底消化了多少工作。可想而知，週五跑到上海的甘露寺當然掛零，不過……結衣的視線停留在一處地方。

「真的馬上成為一大戰力，是吧？」身後傳來賤岳的聲音，「野澤、昆恩、加藤，他們三個進步很多呢！」

「這是怎麼回事？」結衣這麼說之後，才想起晃太郎去上海前，盯他們盯得很緊。

「雖然妳不認同種田先生的做法，但不可否認真的很有效。」

「可是……」結衣還是無法認同，「那根本是恐怖教育啊！」

「妳還敢說啊！將那些孩子推入恐怖深淵的人，就是逃去上海的妳。大家都覺得要是妳不在的話，就沒人制得了種田先生。」

結衣無法反駁，因為賤岳說得沒錯。大家肯定很不安吧。

「人要是沒有危機感，是不會改變的。」賤岳雙臂交叉看著工作進度表。

「我比妳早一年進公司，那時和石黑同一個團隊。老實說，那傢伙健康出狀況時，我真的想說要是不逃掉可就慘了。妳覺得我為什麼還會留下來呢？是因為社長決定錄取妳啊。」賤岳一臉懷念地說。

「嚇一跳吧？妳明明沒什麼工作能力，又堅持準時下班，可見社長是真心想改變公司，才會錄取妳。」

「呃，那個，我那時應該沒那麼糟吧。」

「妳不是還在我的研習課上打瞌睡，被旁邊的石黑敲頭敲醒嗎？」

結衣記得這件事。重返工作崗位的石黑和比他大兩歲、卻是後輩的結衣一起上勞動基準法課。「幹麼敲我的頭啊！」結衣的這聲抗議是他們交談的第一句話。

「十年過去了。總算能獨當一面的妳負責帶甘露寺時，元老級同事們都很好奇妳會怎麼教化他呢！」

「你們這些人還真是壞心啊！我總覺得社長應該是基於什麼理由，才會讓甘露寺進我們公司。」

「這就不曉得了。畢竟社長也有看走眼的時候，像那個福永就是囉。」

福永。結衣一聽到這名字，額頭上的傷疤就隱隱作痛。

福永並未辭職。聽人事部的人說，他現在固定去精神科接受治療。雖然有人懷疑他裝病，結衣倒是覺得他應該是真的生病了。

我會等你回來的。結衣向福永這麼約定，還發誓自己當上主管後絕對不會讓慘事重演，所以她不想讓福永看到自己這副狼狽樣。

「女人果然沒什麼工作能力嗎？」結衣沮喪地說。

「說妳沒什麼工作能力是十年前的事了。沒必要在意這種事吧？聽聽就算了。努力往上爬吧。」

我有這能耐嗎？明明連友誼賽都上不了場。

賤岳離開後，結衣又盯著工作進度表。她看著唯一沒有進步的新人名字，嘆了一口氣。

「櫻宮小姐，禮拜四要妳測試國立印刷網站的結果如何？」

櫻宮嬌聲回應一聲「是」，走向結衣。

結衣讓她坐在外出洽公的晃太郎位子上，接過測試結果資料，指出幾處錯誤。雖然櫻宮做的測試資料依舊錯誤百出，「嗯，完成度比上次好多了。」結衣還是鼓勵她。

只見櫻宮一副心不在焉樣，她似乎很在意擱在膝上的手機有好幾個未讀訊息。結衣瞄了一眼她的手機畫面，瞧見一個「風」字。

「難不成妳和BASIC的風間先生還有聯絡？」結衣問。

櫻宮剎時怔住，趕緊遮住手機。

「啊，不好意思，突然這麼問妳。因為我今天去FORCE時，遇到幾位BASIC的新人，聽她們說妳和風間先生很要好。」

「我才沒有跟他很要好。」

既然她都這麼說了，結衣也沒再追問。就在結衣想說可以向阿巧打探時，櫻宮說：「東山小姐和種田先生處得不太好吧？無論是上司、部屬，還是男女關係。」

「欸？」結衣不解地偏著頭，「櫻宮小姐，為什麼突然說這種事？」

「為什麼啊……總覺得能夠理解。」櫻宮低著頭。

結衣總覺得心裡有疙瘩，又問：「什麼意思？」

「我和風間先生才沒那麼好，也沒有私下往來。」

好恐怖。她好像能看穿我的心思。結衣勉為其難地點點頭，回了句「是喔」。

「妳不相信，對吧？」

這麼說的櫻宮臉上抹著一層陰鬱。

「妳對種田先生也是這樣吧。東山小姐不可能完全相信男人，真是一點也不可愛啊！難怪妳和種田先生處得不太好。」

不可愛這幾個字，讓結衣覺得額頭上的傷疤又疼了。痛楚甚至喚醒那時討厭的觸感，耳朵深處響起「我會疼愛妳」的聲音。

櫻宮一臉不甘心地咬唇，說道：「種田先生也不曉得自己能待在東山小姐身邊多久。」

結衣不由得惱火，卻必須設法壓抑這股怒氣。她將資料還給櫻宮。

「是啊，我也覺得我是個一無是處的女人。不過，如果工作上有什麼問題，還是可以來問我。要是妳無法專注工作的話，不妨找我談談，我們一起想辦法吧。」

櫻宮低頭，悄聲道謝，回到自己的座位。

結衣忙著審閱待批的估價單和報告書，回了幾封重要郵件後，不知不覺已經下午兩點了。為了活絡思緒不怎麼靈敏的腦子，先是打了幾通電話，又花了十五分鐘寫了一份企劃書，再趕去參加福委會的會議。

一走進會議室，便聽到其他部門主管在閒聊。

「大家知道可可亞加鹽，很好喝嗎？想喝的人，舉手！」

說這話的是比結衣早兩年升任部長的同期男同事，他正將熱水倒入馬克杯。結衣悄悄做了個深呼吸，走到他面前，將企劃書放在桌上。

「你曉得這附近有一間壽司店有鮪魚解體秀嗎？只要打電話聯絡，就能請他們來公司表演。只要總務部允許午休時間辦這活動的話，就沒問題。還有人有其他提議嗎？」

結衣上次出席時，發現這場會議是男性部長，和以助理身分參與會議的女性副部長可以忙裡偷閒，稍微喘口氣的場合。

「要是沒有其他提議的話，那就花個五分鐘來分配工作囉！」

結衣邊詢問大家的意見，邊在白板上寫下分工項目，用手機拍下來後，回頭說道：「好了，大家要不要回去工作啦！」只見眾人露出為難的表情。

「那個，我們想再待一下。」

「東山小姐要準時下班，是吧？妳先回去沒關係。」

步出會議室的結衣卻突然停下腳步。以前也曾感受過這樣的氣氛。

那是結衣參加新人研習課，擔任組長時的事。一心想在一定時間內提升產能的結衣，卻遭同期夥伴拒絕配合。聽聞此事的晃太郎安慰結衣：「那是因為妳知道自己還有改善空間，但很多傢伙都怕麻煩。」

我得趕快回去工作才行。就在結衣邁出步伐時，從會議室傳來幾個男人的聲音。

「她啊，只會依賴已經分手的男人啦！明明就是代理別人的工作才冒出頭。」

「說要跳槽的事也是騙人的吧？該不會想藉這一招抬高身價？」

「『自詡是超級新人』的傢伙和『碎石機』，感覺東山就是會教出那樣的新人啊！」

「可是來栖也是東山帶出來的啊！該不會她嫉妒來栖，才讓他去別的部門？」這次是女人的聲音。

另一個女的反駁：「來栖去東山那裡之前是我帶他的，那孩子的表現一直都很好。」

「也是啦！要是沒有女主管，公司會被批評吧。所以東山那傢伙只是運氣好。」有個男人這麼說。之後便沒再傳出任何聲音，看來會議室裡的氣氛很尷尬吧。

結衣快步離去。好想找個地方躲起來，找個可以讓自己安心的地方躲起來。

結衣回到辦公室，發現甘露寺不在位子上。一心想要調教不成材的新人給大家看看的她張望四周時，瞧見眾人公認的優等生來栖臭著一張臉走過來。
「我做便當可不是為了給甘露寺吃。」
「對不起啦！只是分他一半而已也不行嗎？因為我沒什麼食慾，想說肯定吃不完。」
「聽說妳每天早上打電話叫他起床，是真的嗎？」來栖不聽結衣的解釋，「那傢伙每天早上都聽著妳的聲音起床嗎？妳從來沒對我這麼做過！」來栖忿忿吐出這番話後，轉身離去。
為什麼偏偏是現在……那小子總是在我一個頭兩個大時討拍。是我太寵他了嗎？還是女人果然沒什麼能耐呢？試圖重振精神的結衣只好敲著鍵盤，繼續工作。
隨著一聲刷卡嗶嗶聲，晃太郎走進空蕩蕩的辦公室時，已經晚上十一點多了。一邊鬆開領帶，一邊走到位子的他瞧見結衣，驚訝地問：「妳怎麼還在？」
「因為週五請假，一堆工作沒弄。」
「我來弄就行了。這份聯絡報告，還有那份申請單，其他還有什麼嗎？妳用郵件全部傳給我，趕快回去吧。妳爸媽也會擔心吧。」
「沒有人會擔心我，」結衣忍不住這麼說，連自己都覺得可笑，「怎麼說呢？東山家和種田家一樣，起了些爭執，所以我不想回去。」

晃太郎聽聞，沉默片刻才開口：「我聽小柊說了。我媽打電話給妳，給妳添麻煩了。不好意思啦！小柊說妳說了好幾遍『晃太郎先生沒必要道歉』。」
看來結衣和晃太郎的母親通完電話後，小柊馬上就聯絡晃太郎。
「我不應該這麼回應，只會火上加油，對吧？」
「不……」晃太郎平靜地說，「只有結衣站在我這邊。」
晃太郎從口袋掏出什麼。「拿去吧。」他有點難為情地遞給結衣，原來是他住所的鑰匙。
「也許會讓妳想起什麼討厭的事，但總比睡在公司好。」
「不用啦！」結衣頑強拒絕，「不過還是謝謝你。別擔心，我會回老家的。」
結衣說了句「對了」，起身打開放在桌子旁邊的行李箱。從盒子取出一只全新的Apple Watch，遞向晃太郎。
「種田副部長請用這個吧。」結衣對一臉疑惑的晃太郎這麼說。
「我查了一下那個記錄心跳的ＡＰＰ，不只運動時可用，靜下來時也能用，要是心搏太快，還會提醒呢！」
「我知道這功能，可是靜下來時測什麼心搏啊！我又不是老人家。」
「壓力過大也會緊張，血壓上升、心跳也會加快，呈現興奮狀態，所以情緒太嗨可是很傷腦子和心臟，好像還會突然血管爆裂哦！」
「難不成連心跳數也要向上司報告嗎？這是很隱私的事吧。」

「我只是想請你做好自主管理。因為這支錶也有萬一突然暈倒，可以打緊急電話求救的偵測功能。不過搞了老半天……給你過度壓力的人是我吧。」

晃太郎看著這只 Apple Watch，沒想到他竟然乖乖戴上，也許他本來就很想要一只這種手錶吧。因為那眼神就像看到有趣的新玩具。

「妳不必在意比賽的事啦！我曾和我爸同事打過幾次業餘棒球，也故意放水過。反正這次沒必要認真打，放輕鬆就行了。」

「製作部除了你之外，沒人打過棒球。」

「不必勉強叫他們上場，反正 FORCE 會派人給我。」

「對了，還有甘露寺的事，」結衣終於說出這件她一直在思索的事，「可以讓他再待在我們部門訓練一陣子嗎？他的工作能力的確不怎麼樣，可是有他在……怎麼說呢？哪怕我心煩意亂時，也能突然振作起來。」

「我和他在一起，只會瘋掉吧，」晃太郎一臉狐疑地雙手抱胸，「不過既然是代理部長的指示，也只有聽從的分囉。反正我會扛起他負責的部分。」

「我不希望只有你犧牲。」結衣做了個深呼吸後，下定決心似地說。

「要是順利拿下 FORCE 這案子，就由我派駐他們那裡。」

「欸？怎麼能讓代理部長常駐別家公司？」

「一週去三次就沒問題，反正也有前例可循。」

「那時是非常大的案子，都是些大型銀行、證券公司的案子。」

「押田先生對我說，要是我願意派駐他們公司，他就會把案子給我們。」

晃太郎怔住，驚呼一聲「什麼?!」

「想到我們會贏，就覺得這樣的條件也沒什麼不好。」

「他什麼時候說的？」晃太郎的眼神有些猶疑，似乎想起那時結衣和押田站在飲水機那邊，「是那時候嗎？可是為什麼是妳？」

「那是因為……」結衣無法說出自己冷不防被押田抱住的事。

「妳說啊！」晃太郎的聲音近似怒吼，「是不是瞞著我什麼事？」

東山小姐無法相信男人，將一切託付給對方。結衣想起櫻宮這番話。也許吧。畢竟要說出被押田硬是抱住的事，需要莫大勇氣。

結衣平復一下心緒後，說道：「他抱住我，弄亂我的頭髮，就只是這樣。」

只見晃太郎臉色驟變。

「這種事常有，」在被晃太郎責備之前，結衣先丟出這句，「對吧？」

結衣也希望自己這麼想，不能因為這種事受傷。

晃太郎動也不動，目不轉睛地看著結衣。明明平常要是有人頂嘴，他就會反射性斥責，現在卻怔住，感覺隨時會做出什麼不理性的行為。不知道過了多久，只見晃太郎大步走向門口。

「你要去哪裡？」
「FORCE，押田應該還在。」
「你要去幹麼？」結衣趕緊追上。
「殺了他。」這麼回應的晃太郎用力刷門卡。
「我要把那傢伙拖出來！碎屍萬段！」
怒吼聲響遍整間辦公室。可能是晃太郎刷得太用力，機器沒反應。
「不要這樣！」結衣伸手，一把搶下門卡，「冷靜點！」
「這種事能忍嗎?!」晃太郎看向結衣，眼瞳閃現激烈光芒。
「我再也無法忍受！我要殺了那個糟老頭！」
「不能用暴力解決！」
「是他先施暴！」晃太郎搶回門卡。
「是沒錯，」結衣抓著晃太郎的手，「我又還沒死，今後也得努力活下去，所以我想拿到這案子，守住準時下班的原則。」
「我不會讓妳過去的！絕對不允許！」晃太郎揮掉結衣的手，一臉痛苦地呻吟著，「我受夠了！真的受夠了！再也不想忍受了！」
晃太郎雙手掩面。結衣瞧見晃太郎的肩膀抖個不停。
「忍耐根本沒有任何好處。」

晃太郎將累積幾十年的想法，一口氣宣洩出來。對不起，讓你這麼難過……結衣好想撫著晃太郎的背，無奈她現在是他的上司。

「謝謝你為我發那麼大的火，」結衣壓抑情感這麼說，「因為我被那樣對待時，當下並沒有生氣。可是晃太郎替我發了這麼大的脾氣，我覺得一切都無所謂了。」

「都是我不好！都是我！」

也許三百多年前，赤穗藩的首席家臣也把一切的錯歸咎在自己身上。

當他得知主君在遙遠的江戶城切腹時，躲在暗處痛哭也說不定。選擇切腹明志的主君大人宛如散落的櫻花……都是我不好！我要討伐吉良！為主君報仇！

「忍受不能忍受的事，才是真正的忍。」結衣一邊緩和自己的心情，這麼說。

「大石先生說過，為了討伐吉良，為主君報仇，必須等待時機。」

「大石先生？」晃太郎睜著溼潤雙眼，看著結衣。

「大石內藏助，《忠臣藏》裡頭的角色。赤穗藩的浪士們無法忍受，一心只想趕快為主君報仇，但是大石先生告訴他們，忍受不能忍受的事，才是真正的忍。」

結衣突然提到《忠臣藏》，讓晃太郎頓時止住淚水。只見他怔了一會兒，拭淚說道：「我之前就在想，妳怎麼那麼迷這種歐吉桑才會看的東西啊！」

「我爸叫我想想為什麼三百多年前的《忠臣藏》到現在還是深受日本人喜愛。我現在終於明白了。」

父親那世代要想轉換工作跑道，可沒那麼簡單，所以就算自己慘遭惡整，也只能隱忍。但他心裡一定和晃太郎一樣，氣得想殺了對方吧。

「忍耐才能嘗到前方的勝利果實嗎？」晃太郎沉思著。

父親對這道理應該深信不疑，但現在的他卻連家人也無法好好溝通。

「光是忍耐，不一定能贏。」

「那要怎麼做才能贏？」

「我也不知道。」

只見晃太郎來回踱步，直嚷著：「我不想再忍了。」

結衣想改變這男人，也覺得眼前只有忍耐一途才有勝算。

「其實我最近常常睡不好，也沒什麼食慾，腦子總是反應不過來。」結衣說。

「吃不下？」晃太郎很驚訝。

「所以啦！身體狀況不好就容易判斷錯誤。」

「我想起來了。記得我們在上海那時，妳並沒有打開手上的啤酒罐……該不會罹患憂鬱症吧？為什麼到現在才說？」

「還不是被押田先生說，女人不可能會做男人做的事，為了反駁他這說法，我一直苦撐著，就是不想示弱，但顯然已經到了極限。」

結衣說出口的同時，也覺得整個人虛脫。

「我開始覺得我派駐他們公司，討押田先生歡心，似乎是最好的方法。」

默不作聲的晃太郎看向窗外。

望見夜晚的街景，這一帶海風很強，因為去市中心很方便，房租又不貴，所以矗立著好幾棟有許多ＩＴ企業進駐的大樓，附近還有幾棟通勤上班族居住的大樓。

「竟然因為那傢伙說的話就怕成這樣！」晃太郎看向結衣，眼底棲宿著怒氣，「也不想想我是為了什麼要當妳的擋箭牌！社長和石黑之所以這麼提拔妳，就是因為妳能做到其他傢伙做不到的事，不是嗎？」

晃太郎的聲音盡顯焦慮。

「我真的不懂妳在想什麼。結衣打算認輸嗎？是這樣嗎？既然如此，那我來做就行了。我要打趴那傢伙。」

「不能用暴力解決事情。」

「我不會用暴力解決，但一定會打趴他，拿到這案子！」

「你要怎麼做？怎麼可能啊！」

「對於現在的妳來說，也許不可能吧。但我不一樣，非達到目的不可。」

明明口口聲聲說不能違抗客戶，現在卻變了個人似的，晃太郎的個性還真剛烈。

「感覺FORCE的態度也有轉變了。自從第一次比稿過關後，對我們就沒再那麼頤指氣使。」

「晃太郎不是說過，無法改變別家公司的態度和作風嗎？」

不可能做得到，反正也違抗不了。結衣的內心深處逐漸產生束縛自己的某種力量。

「絕對可以改變，」再次看向窗外的晃太郎側臉浮現堅毅神情，「我太了解那些傢伙了，這次的事讓我更了解他們。」

那些傢伙……是指押田和大學時代棒球教練那種用暴力迫使對方屈服的人嗎？

「不過，目前能打倒他們的機會就只有那場友誼賽吧。」

「……只剩三天就要比賽了。有想到什麼具體策略嗎？」

「沒有，」晃太郎乾脆回道，「總之，我先去附近的健身房練跑。」

「咦？」結衣怔住，「現在？這麼晚了？」

「健身房二十四小時營業，這樣梅雨季也能練跑。我會邊跑跑步機，邊用平板看《忠臣藏》。對了，上『亞馬遜』也能看，是吧？」

晃太郎是十足的行動派。只見他從抽屜拿出運動衣塞進運動包，快步走向門口。

「妳要乖乖回老家哦！」晃太郎叮囑。

一切交給他處理，真的沒問題嗎？結衣很害怕如此相信別人，但要是無法克服這種恐懼，就難以勝任主管吧。

結衣實在不想回家，只好前往吾妻去過的那家大眾澡堂，那裡至少營業到早上五點。

結衣洗好澡，舒服地躺在躺椅上，繼續看《忠臣藏》。

主君含恨而死後，過了一年又九個月，大石終於決定討伐仇敵。為了攻入守衛森嚴的吉良邸，身處亂世的武士們決定運用一貫手法——夜襲。

元祿十五年十二月十四日，命運之日到來。江戶籠罩在靄靄白雪中。

大石與赤穗浪士們，亦即後人所稱的四十七位忠臣義士穿戴消防裝束，大喊「失火了」，衝進吉良邸，與邸內的武士們經過一番激戰後，終於復仇成功。

但是結衣看了盛大的武打場面後，卻始終悶悶不樂。

大石有四十六位夥伴，晃太郎卻是單槍匹馬。遲遲無法入睡的結衣只能躺在躺椅上翻來覆去。

隔天早上收到來自竹中的通知，FORCE派出的選手包括押田在內，一共十五人。

押田領軍的隊伍全是FORCE員工，聽說其中有三位打過棒球。本身是押田那一隊的竹中有點不太好意思地說：「這麼安排是為了讓押田贏。」

晃太郎這一隊則是六位擅長其他競技的人，以榊原、吉川為首，加上晃太郎一共有七個人，還差兩名選手。沒想到聽聞此事的加藤竟然一臉無奈地舉手說：「其實我也不是沒打過。」

「你？」晃太郎驚訝萬分，「那還差一個人，就甘露寺吧。甘露寺，你來當捕手，多少得對團隊有所貢獻才行。」

「呃，可是這樣球路不是會受限嗎？」加藤說。

「反正也只能投直球吧。」

加藤看著走向甘露寺的晃太郎，懊惱地說：「是沒打算贏嗎？」加藤其實骨子裡很不服輸，這是後來才慢慢了解到的。

「種田長官，乾脆選我當老婆吧！」從辦公室另一頭傳來甘露寺充滿活力的聲音，「讓他們見識一下我們 NET HEROES 的厲害吧！雖然我連棒球規則都搞不清楚。」

看來這位自詡超強新人的傢伙，似乎忘了之前在餐宴上被羞辱的事。

「好想去看比賽喔！」野澤羨慕地說。因為沒參賽的新人不能到場觀看比賽，必須待在公司工作，何況晃太郎一點也不想帶女人同行。不過，櫻宮果然主動提議。

「我可以幫大家準備些飯糰帶去，而且我在場比較好。」

她一副堅持要去的模樣。結衣可不想隨她的意。

「反正早上就比完了。況且他們挺中意我的，所以我在就行了。」

「他們中意……東山小姐？」櫻宮的表情有點扭曲。

「怎麼說呢？FORCE 希望我能派駐他們公司，所以妳就不必擔心了。」

櫻宮露出狐疑的眼神，隨即看向手上的手機。

她真的沒私下和風間聯絡嗎？結衣將懷疑藏到內心深處，「總之，妳先做好手邊的工作吧。」拿著列印出來的資料，對櫻宮這麼說。

就在被其他案子追趕時，比賽之日迫近。

週三傍晚，準備下班的結衣看向晃太郎的位子。晃太郎正在忙網站架構的案子。

「看了嗎？」結衣問。晃太郎抬起頭，點頭回應「看了」。

「真的很感動啊！不過我邊練跑邊看，看了超過兩小時，很累就是了。」

「不會吧?!你邊跑邊把它全部看完?幹麼這麼操啊！」

「雖然看完很有感觸，卻還沒想到對策。」晃太郎若無其事地說，「對了，妳回老家了吧？」

「還沒……結果我週一去大眾澡堂，從週二開始住商務旅館，再這樣花錢就別想搬出來住了。看來得乖乖回去了。」

「是喔。」晃太郎只回了這句，又開始專注工作。

如果晃太郎沒想出對策，我就得派駐FORCE，必須有所覺悟才行，而且得有人來接手我這個工作多又煩的位子。

正逢梅雨時節，沒想到比賽當天居然放晴。九點開始比賽時，氣溫超過二十三度。

「身體還沒適應暑氣的六月很容易中暑，要小心哦！」

明明沒有上場比賽，來栖卻帶來冷水壺和補充鹽分的口含錠。

「這是？」結衣指著從總務部借來的可樂箱。

「有運動飲料、還有啤酒。呃……還有無酒精飲料。想說比賽完後，大家一起乾杯，多少可以緩和一下氣氛吧。」

FORCE 員工一律穿上他們公司的招牌運動服。

晃太郎也是。只有加藤穿著自己的藍色運動服，看起來實在很遜。不過當身穿高中運動服的甘露寺一現身，加藤那模樣就不算什麼了。

「擺好姿勢，就不要亂動，要是被球打到可是會受傷哦！」

晃太郎提醒甘露寺，隨即開始練投。晃太郎才做了個投球的動作，瞬間「啪」一聲，小白球就被吸進甘露寺的手套。好快！結衣喃喃自語。

「時速頂多一百公里吧，」來栖說，「業餘棒球的水準囉。」

「欸？意思是……當年他的球速更快？」

「我聽小柊說，他大學時代曾投出一百五十公里。我可是專業球迷呢！就算是軟式或是業餘棒球，只要球速超過一百三十公里，門外漢接球就有一定危險。不過，叫甘露寺當捕手的話……」

意思是……球速不會那麼快，是吧？

押田那一隊也在練投，樣子看起來就是俐落有力，果然都是一些有經驗的人。

「他們的球速很快呢！看這種一定會輸的比賽，有夠無趣！」

就在結衣心想來栖可真像那種沒什麼幹勁的解說員時，心跳突然加速。

押田陽義現身。

結衣光是想到他坐在遠處的長椅上往這邊瞅，就緊張到渾身僵硬。有個穿襯衫的男人走向押田，就是那個「研究員」，記得他姓草加。他不曉得對押田說了什麼，只見押田揮手怒喝。

結衣問裝完水回來的加藤：「那邊發生什麼事了？」

「好像是研發部的人問他上司要不要穿穿看另一家公司研發，具有排熱功能的運動衣，結果被臭罵一頓。看來還真的有公司只准員工用自家商品。」

看來那個人也想以自己的方式奮戰啊！結衣想。無奈押田拒絕改變，堅決讓新世代的年輕部屬們穿上舊鎧甲。

「加藤先生的守備不錯哦！」來栖插嘴道。這是他的原則嗎？對於比自己年紀小的人，也是稱呼「先生」。

「還好啦。我玩了好幾年軟式棒球，好歹也是正式球員，高中時還一路打進東京都大會的冠軍賽。想說要是讓種田先生知道了，怕他會找我麻煩，就一直裝成文青男囉。」

「原來如此。你還願意挺身而出，謝啦！加藤。」

「好歹我也算是體育男嘛！棒球是男人與男人之間的磨合，這是漫畫《巨人之星》的臺詞。總之，不能讓上司獨自奮戰。好！今天一定要贏！」

加藤鬥志滿滿。看來他還沒收到來自晃太郎的任何指示，該不會真的還沒想到什麼對策吧。

男人與男人之間的磨合嗎？結衣悄聲嘆氣。雖然這場比賽是自己的提議，但最重要的成敗卻交給晃太郎。此時此刻的她覺得自己好沒用。

擔任評審的FORCE員工要求所有選手集合，下令比賽開始。回鍋肉大叔的兒子也是選手之一，稚氣未脫的他看起來像學生似的。

結衣還是第一次看現場球賽，沒想到氣氛出乎意料地安靜。幾乎沒人在場邊加油，比賽順利進行著，就在第一局結束時，結衣說：「我知道比賽規則了。三個人被三振，這一回合就結束了。對吧？」

「欸？」來栖瞠目，「虧妳對棒球完全沒興趣，還能跟種田先生交往啊！」

傳來「鏗」的一聲。站在投手丘的晃太郎仰望天空，看著朝外野方向飛去的白球。外野手漏接，打者攻占一壘。

「大家可別被承包商投的球三振啊！很遜哦！」高聲大笑，攻占結衣他們坐著的長椅前面的一壘，就是全場唯一身穿白色運動衣的押田。

大森指著他，說道：「他那件可是十年前販售的第一代武士魂呢！」

「我說種田啊！你是不是喝了水，鍛鍊不足啊？」

晃太郎看向站上一壘，這麼叫囂的押田，肯定對方表現似地點頭致意。

「我們可是不管天氣再怎麼熱，也不會喝水哦！讓你見識一下我們的能耐！」

不喝水嗎？結衣不由得和來栖互看。氣象預報說今天最高溫二十八度，溼度也不算高，雖然還不到最好別在戶外運動太久的酷暑程度，但還是要記得補充水分。

晃太郎倒是用開朗的聲音回道：「還請不吝賜教！」

FORCE那邊沒人敢忤逆押田，應該說也無法違抗。他們應該和晃太郎一樣，只能拚命隱忍吧。問題是，補充水分可是攸關性命的事，還是提醒他們一下比較好。就在結衣要站起來時，「看就好，別多說什麼。」斜後方傳來聲音。

結衣回頭一瞧，原來是「恐龍」。他穿著和這場合一點也不搭的襯衫。

「失禮了，我並沒有歧視女性的意思。只是，這是他們的戰鬥。」「恐龍」說。

「他們？」是指晃太郎和押田嗎？

「熱愛運動的男人有屬於他們的戰鬥方式。」

不知為何，「恐龍」的口氣異常平靜。因為他擔心會被押田發現，所以向結衣點了一下頭之後，便站在比較隱蔽的地方觀賽。

無奈之後的賽況讓結衣很憂慮。

有四位隊員會打棒球的押田隊連續擊出安打，直到五局上半結束，比數還是五比零。雖然守一壘的加藤擊出一支安打，卻沒攻下分數。雙方攻守對調，加藤回長椅邊休息時，狂飲來栖遞給他的飲料。

「贏不了啦！對方投手的球速可是一百二十公里呢！沒經驗的人根本打不到。而且熱死了！不喝水的話，真的會瘋掉，地球暖化很嚴重啊！」
可是，押田還特地穿上十年前研發的運動衣。
——必須研發夏天運動時，散熱功能更強的商品。
會這麼說的「研究員」草加，一動也不動地坐在敵隊的長椅最邊處。
回到長椅這邊休息的晃太郎，並沒有接下來栖遞給他的飲料。
「不喝的話，身體會出狀況哦！」
吉川倒是一拿起水就猛灌。
「沒必要連喝不喝水這種事都聽他的！其實押田自己也有喝水。」
這麼說的吉川看向敵隊的休息處，押田正拿著顏色清爽的水壺牛飲。
「欸？他自己也有喝啊！」這麼說的來栖雙眼圓瞠，晃太郎斜睨著他。
「上位者當然可以喝，我就是被這麼一路訓誡到大。」
「押田有高血壓，不喝水的話，恐怕會腦出血。」吉川倒是替押田找藉口。
可是這樣的話，因為一直忙於FORCE這案子，幾乎沒怎麼休息的晃太郎身體不是很容易出狀況嗎？結衣看向放在長椅上的毛巾，上頭放著比賽前晃太郎摘下來的Apple Watch。慘了，他身上沒有能通知健康亮紅燈的東西。
「種田先生也喝吧，事後再向押田道歉就行了。他頂多只是嘲諷幾句，不會對你怎麼樣啦！」

不用了。晃太郎頑固拒絕，一直站在後面默默聽著的榊原走過來。

「你別逞強啦！什麼耐得了疼才是男子漢的鬼話，別再當真啦！就是因為有你這樣的傢伙，我們才回不了家，也看不到我女兒。」

榊原又開始發牢騷。他看晃太郎沉默不語，沒好氣地說：「我被我女兒說，爸爸總是臭著一張臉，還會吼媽媽，乾脆別回來算了。」

結衣的心悸動了一下。明明希望父親回來，但父親回來，又覺得好可怕。這番話喚醒結衣小時候的各種記憶。榊原繼續宣洩情緒。

「我還被我老婆說，總有一天我會對她們家暴。」

「既然做得這麼痛苦，乾脆辭職算了。」坐在椅子上的來栖抬頭看榊原。

「來栖，住嘴！你不懂。」

晃太郎怒斥來栖，隨即目光犀利地看向榊原。

「我也沒辦法反抗，不管是面對我爸、教練還是上司，只能乖乖順從，無論什麼苦都要忍耐，只能將命運交給別人決定，放棄最重要的東西，我就是過著這樣的人生。」

眼神變得比較柔和的晃太郎說道：「我和你一樣，也只能這樣活著。」

「就算是六月也會中暑，」吉川喃喃道，「拜託，別逞強啦！」

「要是這時無法忍耐，等於否定我一路走來的人生。唯獨這一點，我無法妥協。」

聽到晃太郎口氣如此強硬，榊原和吉川也無話可說。要是現在放棄的話，等於放棄自己的人生，或許他們也是被這樣教育長大的吧。

結衣忍不住站起來，說道：「那、那就來我們公司，如何？我們公司可以準時下班，也有業務員原本在別家公司待的是網站設計部門，對吧？」

大森猶疑地點頭回應：「嗯，是啊。」

「我才不要和這些人工作。」

結衣制止這麼說的來栖。「我可以和我們社長說一聲。總之，就算辭掉工作，還有其他地方可去。」

從吉川的眼神看得出他有些動搖，榊原也看著結衣。

「妳在說什麼蠢話啊！」晃太郎卻否定結衣的提議，「鞠躬盡瘁是FORCE的社訓，他們怎麼可能辭職。」

「可是如此犧牲自己，公司又能給你什麼呢？」

結衣想起成天窩在家裡的父親。

「只要為珍惜自己的人，鞠躬盡瘁就行了。若是這麼想，還會後悔嗎？」結衣說。

「珍惜自己的人……」榊原反芻結衣這句話。

就在這時，「種田！你在搞什麼啊？難不成躲起來偷喝水？」

從敵隊休息處傳來押田的怒吼。

「怎麼可能！」晃太郎露出一抹笑容，回頭看向隊友，「上場吧！」

FORCE員工一一走過結衣身旁。要是敢違抗就會被整得很慘，已經澈底適應這種環境的黑武士們個個表情陰鬱。

「居然被承包商三振，我看你這傢伙沒救啦！」又傳來怒吼。結衣看著坐在長椅上的押田，和被臭罵的竹中。

「這傢伙還跑去看身心科，真是笑死人了。」押田對其他部屬這麼說。

「但我不想再對承包商那麼頤指氣使了。」竹中居然鼓起勇氣回嘴，「內人說我可能是因為壓力太大，所以我才去醫院……」

「什麼壓力！我們公司的人怎麼可能會有壓力！我們做的可是自己喜歡的工作。你到底有什麼不滿？我可不覺得有任何壓力！」

結衣覺得今天的押田不太對勁，感覺更加粗暴。

「你老婆有什麼不滿就來跟我說啊！那種難搞的女人，我三兩下就能讓她乖乖閉嘴。要是欲求不滿，我來好好疼愛她啦！」

結衣知道一旁的來栖倒抽了一口氣。「未免太……」

其他選手也不敢出面緩頰，竹中則是怔怔地站著，這反應和晃太郎聽到押田對結衣做的事時一模一樣。

「快點繼續比賽！」押田大吼。

五局下，晃太郎這隊的進攻一下子便以三振畫下句點，迫使他根本沒時間喘息。

六局上，又輪到押田隊進攻，有經驗的選手站上打擊位置。用力揮棒，白球又被吸入蔚藍晴空，是支全壘打。炎熱加上水分攝取不足，晃太郎的投球開始不穩，疲態盡顯。

「那傢伙該不會打從一開始就故意整種田先生吧？」來栖喃喃道，「要是種田先生還保留著以前的實力，對方可就沒那麼好過了。所以故意刺激他，不讓他喝水，是這樣嗎？」

對方又拿下三分。晃太郎回到休息處，汗水不斷從他的額頭淌落。吉川默默遞水給他，晃太郎卻頑固地搖頭。

榊原見狀，走向結衣他們，悄聲問道：「種田為什麼要做到這種地步，為了拿到我們家的案子嗎？」

反正也瞞不了。結衣回道：「其實我們公司可能也會回歸責任制，所以我們團隊得做出實績，才能幫助社長抵抗來自董事會的壓力。」

「所以那傢伙是為了守住準時下班的原則，才那麼拚命工作嗎？」

「為了守住準時下班的原則……」結衣看向用毛巾擦汗的晃太郎。

社長面試晃太郎時，曾問他是為了什麼而工作？晃太郎回答不知道。但現在如同榊原所言，他有了值得自己全力以赴的明確目標。

「我們又是為了什麼而工作呢？」吉川喃喃自語。

比賽繼續進行，十五比零，八局下結束。來栖無奈地說：「要是一般球賽的話，早就結束啦！算了。押田先生看起來心情不錯，我們應該可以拿到這案子吧。」

不，不對。做到這程度，頂多和使用美人計的 BASIC 勢均力敵。看來比賽結束後，我必須告訴押田，我會派駐他們公司。

「恐龍」似乎算好時機，趁攻守對調，選手上場時，又現身休息處。

「這場『比賽』我們大概會輸吧。」結衣說。

「比賽就是這麼回事吧。」「恐龍」回道。

「你們是說哪一場比賽啊？」來栖一臉狐疑。

九局上，第一位打者是押田。

「好！我也來轟一支全壘打吧！那種軟趴趴的球儘量投過來吧！」

站在投手丘上的晃太郎行動變得遲鈍，連眼神都失焦。結衣的心瞬間揪了一下。

「幹麼！」押田又開始挑釁，「給我振作點！種田！」

比賽已經進行了兩個鐘頭。休息處這裡的氣溫超過二十八度，球場上肯定更熱。勝負已定，不想再看到晃太郎咬牙忍耐的樣子。

「我忍不下去了。」突然有隻大手按住想要站起來的結衣的肩頭，原來是「恐龍」。

「種田也說過同樣的話，他說不想再忍耐了。所以抱著必死的決心，總算想到一招能率領四十六名武士進攻的計畫。」

「咦……？」

「昨天很晚時，他打手機給我，希望我助他一臂之力。」

「種田打給你？可是你不是辭職了嗎？」

「我被其他董事慰留了。說來難為情，我並沒有離開FORCE。」這麼說的「恐龍」看向站在投手丘的晃太郎，「他說希望兩家公司能成為夥伴關係，彼此互補，發展更多商機，一起解決一些問題。」

「解決什麼問題？」來栖好奇地湊過來。

「他說如果FORCE員工想要跳槽到你們公司，可以優先錄取；但條件是，必須反抗那位董事，奪回自己的主導權。」

「種田和你談這樣的條件？」

「你們社長也同意他這麼做。我也發了郵件給我們公司的人，轉達種田的意思，雖然不到四十六人，但今天來參加比賽的人都會收到。」

原來如此啊！結衣看向球場。難怪他們今天莫名地不聽話，原來是有退路啊！押田應該察覺到不太對勁，竟然揮棒落空。

「向敵方的武將放話，要挖角他的人，動搖敵方的忠誠心，這是亂世中常用的一招。不過FORCE的人格改造效果可真強，大家雖然很猶豫，還是來參加比賽。」

難怪剛才提起跳槽一事時，吉川的眼神有點猶疑。就在結衣這麼思忖時，有人粗聲大吼：「種田！別輸啊！」

原來是守左外野的榊原。接著又從中外野傳來吉川的聲音。

「三振他！讓他見識見識熱愛運動的男人氣概！」

宛如野獸咆哮，他們像要打破束縛自己的緊箍咒似地大吼。

「好好教訓那種人！種田！」

「其實我認為責任制也不見得不好。」「恐龍」說。

結衣從記憶中搜尋說這句話的「恐龍」的名字。想起來了。他叫藤堂，藤堂文康。

「只要確保員工有自主權，責任制也能成為提升競爭力的一種工作方式。只是要想這麼做，必須將充滿陳規陋習的封建主義驅逐出這間公司。」

結衣看向站在打者位置的押田。

「你們是怎麼回事？」押田的臉色很難看，縱使如此，還是為了保住顏面似地露出笑容，「難不成熱昏頭啦？」

但是越來越多人幫晃太郎加油，連草加也走出休息處，大喊加油。

十四年前的比賽也是這種感覺嗎？

結衣明白晃太郎在圖謀什麼。

這國家的人對於一心貫徹「忍受不能忍受的事，才是真正的忍」的男人最沒抵抗力了，不由得感動、想為他加油。晃太郎就是要利用這種心理作用吧。晃太郎曾說「我非常清楚那些傢伙的心情」，那些傢伙指的就是FORCE員工囉？晃太郎企圖拉攏他們的心，讓他們澈底明白押田有多蠻橫、不講理。

——遊戲規則一定會改變。

結衣好像聽到灰原社長的聲音。沒錯，黑衣武士們開始回擊，反抗上司。

「可是晃太郎現在這狀況，光是站在那裡就已經很吃力了。」結衣喃喃自語。

押田似乎也在想同一件事，只見橫眉豎眼的他舉起球棒。

「那種只是沒喝水就精疲力盡的傢伙絕對不可能三振我！」

FORCE的事無所謂了。求你別再投了。就在結衣這麼祈求時，晃太郎抬起頭，用那雙藏在帽簷下的雙眼瞪著押田。

接著，用力投出一球。

瞬間，白球被手套吸了過去，響起清脆聲響，甘露寺往後仰。

「好球！」大森喃喃自語，「欸？怎麼會？」

晃太郎再次投球，押田來不及揮棒。裁判高喊：「好球！」

站在投手丘上的晃太郎悠然踩踏腳下的土堆。

「時速大概一百二十公里，」來栖一臉錯愕，「甘露寺還真耐得住啊！」

「我看起碼有一百三十公里，」藤堂說，「你們應該只有加強投球練習吧？」

「甘露寺明明練習時心不甘情不願的。」大森說。

「他是謙虛吧。日本人的惡習之一就是謙稱自己的實力不夠好。我看啊！」藤堂深深嘆氣，「他現在也喜歡上棒球囉。」

現在失了神采的是身穿白色運動衣的押田。看來被球場上一群黑武士包圍的他感受到強烈壓力。

藤堂凝望著押田，說道：「種田先生的目標就是剝除部屬懼怕押田的心態。」

現在的押田沒了目中無人的氣勢。即便如此，為了顧全顏面，還是勉強擠出輕蔑的笑。相較之下，從投手丘上斜睨押田那模樣的晃太郎看起來自信十足。

「男人果然很厲害啊！」結衣低語，「我還真是模仿不來。」

「妳在說什麼啊？」藤堂笑著說，「沒有妳的話，他們可是下不了班呢！因為他們沒多餘心思客觀看待自己身處的情況，這點就連種田先生也無法做到，只有妳能做到。」

「恐龍」露出溫柔的眼神，看著結衣。

「他們回公司後，就會直接向社長投訴。如果公司無法改變的話，我們就換個主君。」

這種事真的能成功嗎？結衣正要開口時，「你們以為背叛我，自己還能全身而退嗎?!」押田粗聲大吼。

「我們不是一直一起追求『要讓大家愛上運動』這理念嗎?!」

面對押田的大吼，武士們完全沒反應。押田轉而對晃太郎說道：「種田，我給你一次機會，要想拿到這案子……你知道怎麼做吧？」

下一球讓我打到！押田這番話就是在施壓。

「來吧！這次我們堂堂正正地決一勝負吧！」

晃太郎悲傷凝望笑著這麼說的押田，然後朝半蹲的甘露寺比了個叫他「不要動」的手勢，隨即準備投球。

甘露寺又往後仰，第三球也是好球。

剎時，響起FORCE員工們的歡呼聲。

蹲在打者位置上的押田一動也不動。

最先奔過去的是草加。他讓押田躺下來，確認呼吸是否順暢。

「趕快拿水過來啊！還有可以冰敷的東西，他可能中暑了。」

「咦？他不是有喝飲料嗎？」大森一臉不以為然地發牢騷。

結衣終於明白晃太郎剛才為何露出悲傷的表情。

也許他從押田身上看到自己，還有父親的影子。從年輕時就一直忍受各種不合理的事，早就習慣這樣的環境也說不定，也很難改變了。

一定很痛苦吧。跟不上時代的痛苦。

這麼想的結衣看向躺在打者位置上的押田。無論哪個時代，暴力就是暴力。對晃太郎來說，也只能用這方法才能扳倒對方。

「給我喝的。」

結衣猛然回神，晃太郎站在面前。大森從可樂箱拿了最後一瓶運動飲料，遞給晃太郎。

只見他一口氣喝光，擦了擦嘴角，說道：「真的以為自己快撐不下去了。」

「本來想說應該能更快結束這場比賽。沒想到加藤挺善戰嘛！」
「多虧你精湛的演技，才能消除他們的疑慮。」藤堂說。
「我只是聽從押田先生的指示而已。」晃太郎微笑，「想說勉強自己死撐著，東山和來栖勢必看不下去，他們的氣話就能動搖榊原先生他們的心志吧。」
來栖氣呼呼地對結衣說：「原來我們被利用了！」
「可是，你是怎麼維持體力呢？」藤堂問。
晃太郎掀起黑色運動衣，露出腹部，肚皮上貼了好幾片退燒用的冷敷貼。
「聽說這是盛夏時參加求職活動的小撇步。我問我們家新人甘露寺夏天都是怎麼消暑散熱，他告訴我這方法，雖然無法預防中暑，不過散熱效果還不錯。」
「原來如此，不是偷藏水，而是偷偷貼這東西啊！」藤堂竊笑。
「就算沒這東西，我也有自信挺得住，因為有個一直對我囉唆的上司。」
「原來如此，」藤堂看向結衣，「聽說妳現在是他的上司，是吧？」
晃太郎看向坐在長椅上的結衣，露出天真笑容。
「獻上吉良的首級，東山代理部長。」
晃太郎這麼說後，便提著可樂箱，走向打者位置。結果結衣帶來的啤酒被拿去給押田冰敷身體。過了一會兒，計程車來了，草加扶著押田上車，藤堂也跟上去。
「種田先生！」球場響起快活的呼聲，有個打過棒球的選手對晃太郎說：「還有兩位打者，接著輪我上場，請你拿出真本事投球。」
晃太郎爽快允諾，再次站上投手丘。
為了贏而不擇手段。看著晃太郎變成這樣的人，結衣總覺得心情很複雜。他可是一路打到甲子園準決賽的男人。試圖解放許多壓抑已久的大人的心，足見他有多強韌。真的太酷了。但另一方面，看到那張笑著投出好球的臉是那麼陌生，又覺得好不安。結衣的心情矛盾不已。
「果然不是他的對手啊！」
一旁的來栖自言自語，隨即下定決心似地看著結衣。
「要是拿到 FORCE 的案子，請讓我派駐他們公司。」
「咦?!可是……」結衣很驚訝，「藤堂先生他們不見得能改變 FORCE 哦！」
守舊的人應該不只押田，所以沒那麼容易改變吧。
「我想變強，要是我待不下去，大不了辭職，絕對不會讓他們改造我的人格，也不會乖乖當個應聲蟲。」
結衣不想讓來栖去，想多留他在身邊一會兒，好好栽培。可是這個年輕人看到晃太郎改變了，多少意識到自己也必須有所改變才行。
就在結衣猶豫著該不該答應來栖的請求時，忽然瞄到球場某處，不禁嚇了一跳。有個年輕女子站在球場一隅的鐵絲網外。

是櫻宮。她邊看手機，邊準備離去的樣子。

她為什麼來？為了洩漏情報給風間嗎？要是藤堂他們反制押田成功的話，就得靠比稿內容決一勝負，資料分析對我們公司來說是一大弱點。

要是 BASIC 攻擊這一點的話……結衣明明流著汗，卻覺得體溫瞬間下降不少。

結衣換掉被汗水濡溼的衣服，回到製作部辦公室後，直接走向櫻宮的位子。

「妳去看了比賽，對吧？」結衣問，隨即示意她去會議室，「工作情形還順利嗎？」

「對不起，」櫻宮又緊握著手機，「我果然無法勝任這工作，所以想說至少去幫大家加油——」

「為什麼要否定自己？櫻宮小姐，妳不是一直很努力嗎？」

總有一天，妳也能找到只有妳才能勝任的工作。就在結衣想這麼勸慰時，櫻宮說：「東山小姐……妳難道不後悔當上主管嗎？」

「要說一點也不後悔是騙人的……」

「明明能力不夠，卻硬撐著，不是嗎？」

這番話彷彿賞了結衣一記耳光。不過就是個半調子的上班族！押田的訕笑聲還殘留在耳朵深處。

迎戰押田的晃太郎，與只會坐在長椅上觀戰的自己。

「就算是這樣，」結衣慍怒地說，「我還是很努力。」

所以FORCE那些人才肯改變，不是嗎？還得到藤堂的鼓勵與肯定。要有自信！結衣這麼告訴自己。不想受制於男女有別這種迂腐觀念。

「反正女人再怎麼努力，也爬升不到高層。」櫻宮回嘴。

結衣終於耐不住問：「到底是誰這麼教妳？是風間先生對不對？」

櫻宮沉默不語。又來了，這些拚命壓抑的人，從不說出自己到底在痛苦什麼。但是今天，結衣決定拿出勇氣，推她一把。

「難道就不能告訴身為上司的我，完全信任我嗎？」

結衣看著櫻宮，祭出最後一擊。我不想輸給晃太郎，我想設法改變櫻宮。就在結衣這麼想時，櫻宮的表情扭曲，嘴脣微張。

「唯獨妳，讓我無法信任。」淚水順著她的臉頰淌落。

「櫻宮小姐？」結衣詫異地問。

櫻宮摸了一下臉頰，這才發現自己哭了。

「咦？」櫻宮拚命忍住，卻淚流不止。只見她那豐滿的胸部上下晃動，弓著身子，摀著嘴。

「怎麼了？」結衣問，「哪裡不舒服？」

「救我……」她那惹人憐愛的嘴脣動著，「誰來救救我……」

為什麼這麼說？就在結衣思忖時，額頭上的傷疤又痛了。額頭的傷——結衣想起在同一個地方受傷的老武士。

難不成逼得她喘不過氣來的人……是我？

面對一直說自己一定做得到、一定沒問題的上司，櫻宮痛苦地不停喘氣。

難不成我做了什麼無可挽回的事？瞬間，結衣全身的血液彷彿被抽光似的。

「怎麼了？」身後傳來聲音。晃太郎窺看會議室。

一旁還跟著拿著文件資料的來栖，他們好像在隔壁會議室開會的樣子。

「她是不是有過度換氣症候群？這是一有壓力就會迸出來的毛病。」

聽到來栖這麼說，結衣趕緊看向櫻宮的嘴巴，只見她不停快而淺地呼吸著。

「這時候是不是要拿個袋子罩住嘴巴？」晃太郎說，來栖搖頭。

來栖趕緊坐在櫻宮身旁，不停對她說：「來，試著緩緩吐氣。」一旁的結衣緊張得手足無措，腦子一片空白。

結衣一回神，發現人事部的女職員探頭窺看，可能是經過時察覺不太對勁。

「發生什麼事？」她看向櫻宮。

「也許是……因為我對她過度施壓，」結衣喃喃道，「硬是要求她，逼迫她，才會搞成這樣。」

「打電話給她家人，請他們帶她回家吧。」晃太郎說道。

櫻宮聽到這番話，緩緩抬起頭，只見她露出無助的眼神，氣若游絲地說「救我」。

「先送她去醫院，回頭再問清楚到底是怎麼回事。」

來栖望著在人事部女職員的攙扶下，步履蹣跚的櫻宮背影，「結衣姐才不會對別人權力霸凌。」這麼自言自語。

一旁的晃太郎皺眉，不發一語。遭受暴力對待的人，不知哪天會突然情緒失控，甚至傷人，這男的知道這種痛楚。

「聽說她的綽號是『碎石機』呢！該不會她想害結衣姐像種田先生那時一樣被降職？」來栖說。

「不是的，是我逼她的！」結衣心亂如麻，「對不起，都是我的錯……要是我惹了什麼麻煩，社長在董事會上就贏不了。」

妳根本沒能力勝任主管。也許自己是因為氣不過櫻宮這番批評。

「不是妳一個人的錯，再想別的方法就行了。」晃太郎這麼安慰後，便回去工作。真的好想哭著告訴他，自己再也撐不下去了，無奈他要處理的工作堆積如山。

傍晚時分，結衣被叫至會議室。人事部女職員面無表情地告知她櫻宮被診斷患有憂鬱症，先留職停薪一個月，觀察情況。

「不過，她在短時間內就鬧出兩次風波，我們認為有可能是她自己的問題。」

「不是的，」結衣反駁，「是我硬是要她說出為何無法專注工作的理由。」

有些事情，女人就是做不來。這句話依舊腐蝕著結衣的心。雖然晃太郎討伐成功，結衣心裡的傷口卻難以癒合。

我不想擔任這個主管職了。

「無法馬上決定如何懲處。總之，記得出席明天早上十一點的公司說明會，妳已經排入工作排程了吧？」

有這件事嗎？結衣還無法完全掌握排得密密麻麻的工作排程。

「記得在學生面前，強調我們公司可以準時下班。」

「不是因為我的關係，可能無法確保準時下班嗎？」

「就算是這樣，妳也要強調我們公司可以準時下班，要是無法網羅新人進來，公司就看不到未來。」

可是，這些年輕人也可能被我逼到沒了自信、提不起勁工作的地步。「唯獨妳，讓我無法信任。」櫻宮這麼說，我們之間毫無信賴關係可言。

我不想再當什麼代理部長了。回到商務旅館的結衣輾轉難眠，一直在想這件事。

結衣就這樣一夜沒闔眼，早餐也沒吃就步出旅館。昨天發生的事肯定傳遍公司了吧。新人們看到結衣，也是一副深怕踩到地雷的模樣。

結衣決定先回覆幾封郵件後，再去人事部主動請降。這麼想的她將包包擱在位子上時，突然有人喚她，原來是人事部女職員站在辦公室門口。

「東山小姐，有訪客。」

「好久不見！」傳來溫柔的聲音。只見諏訪巧揮手向結衣打招呼。

「對了。這個是銀座WEST的餅乾。結衣喜歡吃，對吧？種田先生也有分哦！」

阿巧將紙袋硬塞給站在一旁的晃太郎，笑著對結衣說：「我來找妳說一件很重要的事，可以找個地方私下談談嗎？」

「為什麼種田先生也跟進來啊？」

被帶進會議室的阿巧將西裝外套掛在椅背上，這麼說。原來是人事部的女職員請晃太郎陪同。

「昨天我們公司發生一些事，人事部不放心讓東山小姐單獨和你談話，所以打了通電話請我過來。」晃太郎說。

阿巧為什麼透過人事部來找我？結衣不解。

「我超討厭那個人，總是露出『我什麼都願意做』的眼神，那種有權有勢的老頭子最吃他那一套了。我不知道已經被他搶走多少次客戶了。」

阿巧這麼說的同時，晃太郎落坐結衣身旁。

「今天過來是為了什麼事？」晃太郎的口氣相當沉穩，卻露出「你這劈腿傢伙」的不屑表情。

「是這樣的，FORCE的業務之後由我負責，風間被踢掉了。」

「踢掉？」

「因為業務部的女同事們告發他。」

結衣不由得和晃太郎面面相覷。是在FORCE的洗手間遇到的那群新人嗎？

「聽說下班後，風間會個別約她們去餐飲店的個室碰面，教導她們如何招待客戶。我光是聽錄音檔就受不了。風間甚至還叫她們就算被伸鹹豬手也要忍耐。」

結衣想起被押田突然熊抱的感覺，頓時覺得快喘不過氣。

「難不成櫻宮小姐也是受害者？」

「她似乎是被風間控制最久的人。」阿巧的雙手在桌上交疊。

「今年二月，她曾找人事部長談過這件事，卻不了了之。因為要是洩漏出去的話，BASIC就完蛋了。所以部長對她下封口令，同席的人事部年輕職員可以作證。」

這麼說來……當人事部問她是不是晃太郎強迫她忍受FORCE歧視女性的行為時，她之所以陷害晃太郎，也許是因為前東家沒有好好處理她的控訴？

「記得有一次聚會時，我坐在她旁邊，很自然地和她聊起結衣的事。我說我女朋友也待在這業界，但是她堅持準時下班。那時櫻宮沒什麼特別反應，可是她辭職後發了一封郵件給我，說她的上司是東山小姐。」

「意思是……」結衣的聲音有點沙啞。

「她覺得跟著結衣，一定能安心工作，所以才跳槽到你們公司。」阿巧頷首說道。

「可是……」結衣難以置信，「櫻宮小姐在FORCE的餐宴上還主動獻殷勤。」

「櫻宮知道押田是什麼樣的傢伙，」晃太郎喃喃道，「她想以自己的方式成為結衣的擋箭牌吧。要是早一點察覺就好了。」

晃太郎這番話讓結衣怔住，不禁回想起她剛分配給自己教導的時候。

——東山小姐不能帶我了嗎？

——我很怕男上司，如果可以的話，還是希望跟著東山小姐。

救我！這是她說的最後一句話。被貼上「女人就是沒工作能力」的她該有多痛苦啊！明明如此，我卻沒有察覺她的痛苦。

結衣曾因為福永的事被搞得心力交瘁，又慘遭阿巧劈腿，和晃太郎也處得不好。失去身為公司一員、身為女人的自信，偏偏又遇上FORCE這案子。雖然灰原、石黑、晃太郎都提醒過她，她卻不知自己其實被傷得很深。

因為只有自己覺得還好，還挺得住。

「我昨天晚上去了她家一趟。事先發了封郵件給她，表明想和她談談。」

「可是她現在不是沒辦法講話嗎？」結衣說。

「是啊。聽她爸媽說，其實她很想找人聊聊，但一時之間無法消除面對男性的恐懼，所以她爸媽代替向白跑一趟的我致歉。」

「她爸媽……」結衣戰戰兢兢地問，「應該很生氣吧。」

「我被她爸罵得很慘，不過……」阿巧欲言又止，「她媽媽……怎麼說呢？給人很恐懼畏縮的感覺，只會躲在她先生後面，一句話也沒說，那樣子讓人很難不在意。」

大概知道阿巧說的意思，原來櫻宮出生在那樣的家庭。

「她請我轉交這封信。」阿巧從公事包拿出白色信封，放在桌上。信封上有櫻花圖案。

「這封信是給東山小姐的，她說一切交由妳處理。」

為什麼？她明明說無法信任我啊！

結衣伸手拿起信封，裡頭塞著USB，也許是什麼洩漏出去就會很麻煩的資料。結衣請晃太郎拿一臺筆電過來，確認USB的內容。

「是音檔，」從旁窺看電腦螢幕的阿巧喃喃道，「可以放出來聽嗎？」

結衣有點猶豫，思索片刻後回道：「既然櫻宮小姐說一切交由我處理，我還是自己先聽一下比較好。」

阿巧理解似地沒回應。只見他嘆了一口氣，點點頭說道：「知道了，那就交給妳處理吧。不過，如果聽了之後覺得不舒服的話……」

「我會接手處理，不勞費心。」

阿巧無言看著立即插嘴的晃太郎，說了句「好吧，那就先這樣了」，隨即站了起來。

結衣抬頭看著阿巧說：「謝謝，阿巧……諏訪先生，謝謝你特地來一趟。」

「哪裡，給你們添麻煩了。風間已經遞辭呈了，他想規避責任吧。不過我不會放過他，一定會調查到底。」

雖然阿巧很會說漂亮話，但畢竟還是個明辨是非之人。雖然在一起的時間不長，還是很謝謝他。

「聽說你和三橋訂婚了。恭喜。」結衣說。

「嗯，不過原本的合約還沒結束，如果想參加比稿的話，隨時可以和我聯絡。」

阿巧露出沉穩笑容，隨即步出會議室。

「說什麼比稿啊！」晃太郎垮著一張臉，追上諏訪巧，「競爭對手的業務員居然堂堂出現在我們公司。」

結衣回自己的座位拿耳機，順手鎖上會議室的門。她將耳機插入晃太郎的筆電，打開音檔。上頭的日期是去年十二月，櫻宮還在 BASIC 的時候。

好像是在某家餐飲店的錄音，在四周喧嘩聲中，聽到有個異常興奮的男人聲音。內容聽來倒也沒讓人那麼不舒服。

——女人哪有什麼工作能力啊！反正又不可能往上爬，不是嗎？

可能是黃湯下肚的關係吧。風間一直重複同樣的事，光用聽的就覺得心跳加快，有種五臟六腑被撩撥的感覺，感覺身體越來越熱。聽到一半，突然沒了聲音，不曉得當時櫻宮是什麼樣的表情。「幹麼？擺什麼臭臉啊！」傳來咒罵聲。

——笑啊！要是想得到我的疼愛就笑啊！沒錯！就是這樣！妳做得到啊！

口氣和押田好像。看來這男人也是那種對於不合理的職場環境早就麻痺的人。

——像妳這種沒什麼能耐的女人除了這裡，還能去哪啊？妳不是已經二十五歲了嗎？身價只會越跌越低，變成過期品罷了。

之後是一連串批評櫻宮容姿的難聽話。結衣聽完音檔，步出會議室時，忍不住衝向洗手間。明明沒吃什麼東西，還是吐了。

所以她才會不時露出微笑，希望別再遭受這種殘酷對待。

結衣總算明白櫻宮為何不敢向她坦白煩惱，因為她看到押田碰觸結衣的身體，要是她說出自己承受的言語暴力，結衣肯定會更受傷。

正因為顧慮上司的心情，所以無法坦誠一切吧。

結衣步出洗手間，瞧見晃太郎站在走廊上，應該是擔心她吧。「怎麼了？」晃太郎問。

「沒事，」結衣瞄了一眼手錶，「我得去一趟公司說明會。」

「說什麼蠢話啊！妳剛才不是吐了嗎？」

可是自己現在要是不挺住的話，今後像櫻宮這樣的年輕女孩就會被別人貼上「沒什麼工作能力」的標籤。結衣搖搖頭說：「我得去才行。」

晃太郎深深嘆氣，悄聲說：「我也去吧。」

推開門一看，公司說明會已經開始。會議室一片昏暗，人事部的男職員正用投影片說明公司福利。

結衣趕緊走到講臺旁邊，準備上場。

「師傅，怎麼那麼慢啊！」甘露寺湊過來耳語。

「我們這組的新人都被叫來了。」野澤也站在一旁，還有昆恩和加藤。

「上頭希望說明會結束後，我們能向在場學生說明我們每天都準時下班。」

參加說明會的學生可能都還沒收到內定錄取吧。會場內嗅不到什麼焦慮氣息，而且他們可能想說不是參加什麼大企業的說明會，穿著也不是很中規中矩。

坐在最前面的男學生穿著黑色長大衣，低頭猛滑手機，對於這場說明會似乎不是很感興趣。

「聽說櫻宮小姐是因為在前東家遇到一些事，是吧？」人事部的女職員怕被別人聽到似地悄聲說，「幸好不是因為妳的關係，希望妳能幫公司多招募一些新人進來。」

室內突然變得明亮，站在講臺上的人事部男職員朝結衣招手。「放心，妳一定可以的。」受到晃太郎這般鼓勵的結衣走上講臺。

「我是製作部的東山結衣，謝謝你們來參加這場說明會。」

結衣照著人事部交代的，說明自己進公司以來始終抱持準時下班的原則，還有自己的職涯歷練，以及當上主管一事。最後她問在場學生：「有什麼問題要問嗎？」

只見有位女學生舉手，說道：「貴公司是一個女性可以安心工作的地方嗎？」

「在我們公司，」女學生和櫻宮的身影重疊，促使結衣一時反應不過來，「工作不分男女。」

不過也有人來這裡之前被灌輸扭曲的價值觀。

——女人哪有什麼工作能力可言。

「不會遭受權力霸凌、性騷擾嗎？」女學生又發問。

「身為主管的我們有進修防止權力霸凌、性騷擾的課程，如果真的發生什麼事，也可以投訴人事部。」

話雖如此，自己卻沒察覺別人的求助。

「東山小姐今後也會準時下班嗎？」另一位男學生提問。

「這個嘛……」結衣卻突然說不下去，應該說沒自信說下去。她看著臺下的每張臉，然後凝望站在人事部男職員身旁的晃太郎。

你成為我的擋箭牌，為我報仇，可是……對不起。

「可能沒辦法準時下班，」結衣向怔怔張嘴的人事部男職員點頭致歉，「畢竟第一份工作會影響一個人的人生，所以我不能說謊。」

結衣環視臺下的學生們，對稚氣未脫的他們說道：「我進公司以來，幾乎每天都準時下班，卻很少有人支持我這麼做。現在上頭卻命令我要準時下班，叫已經過勞的同事分擔我的工作，連面對向我求助的新人，我都無法為她做什麼。都這樣了，還談什麼工作方式改革呢？」

我居然在最不能吐實的場合暴露自己的軟弱，但實在忍不住了。

「我越來越不明白自己到底是為了什麼而工作。」

學生們面面相覷，連一直低頭滑手機的男學生也抬起頭。

結衣逃跑似地衝下講臺，走向晃太郎，說道：「夠了，不想再勉強自己了。」

她覺得自己果然無法承擔重責，只想辭去代理部長一職。

這時，麥克風傳出聲音。刺耳的噪音讓晃太郎不由得蹙眉，看向講臺的他頓時怔住。

「哎呀，我們家東山真是讓大家見笑了。」結衣也聞聲回頭。

「我們是同一個團隊的，我叫甘露寺勝。」

自稱超級新人的他像小鳥般挺胸。

「我在這間公司是個什麼樣的咖呢?這就得從我遇見東山那時說起了。對了，來點背景音樂吧。」甘露寺開始滑手機。

「種田先生!快阻止他啊!」人事部男同事慌張不已。

晃太郎看向結衣，回道：「再等一下。」

從手機流洩出「鏗、砰」的聲音，接著是一段短短的音樂與掌聲。

「這是《超級簡報》的片頭音樂，」站在後面的昆恩說道，「是一個邀請各領域佼佼者教導大家如何做簡報的節目。」

「這傢伙開什麼玩笑啊！」結衣抓住準備上臺的男職員的手腕，說了句「請等一下」。

「不管他是什麼樣的新人，只要他有話想說，我都得聽。」結衣說。

「為什麼人要工作呢？」甘露寺的右手用力揮著，開始在講臺上踱步。

「我和東山是今年三月認識的，那時她喝醉了。儘管我不是很想聽，但她向我抱怨被無能的上司要求長時間工作，還一直對著空啤酒杯大喊『今後我也一定要準時下班』。」

「對著空啤酒杯大喊？」昆恩看向結衣，結衣自己也記不得了。

「我看著她那痛苦的模樣，明白了一件事，那就是她需要我伸出援手。」

甘露寺輕點了一下手機，自己製造掌聲效果。

「當灰原社長對毛遂自薦的我說，現在的她也許需要你，這才讓我想起初識東山時的事情。」

「社長為什麼那麼說？」野澤不解。結衣似乎明白灰原社長的意思。

十一年前，灰原失去人心，想掙脫困境的他大膽錄用想法與眾不同的結衣。或許灰原知道剛當上主管的結衣也會遭遇和自己一樣的困境吧。

甘露寺從容地在臺上走來踱去，邊比著手勢，邊滔滔不絕地說著。

「我一直從旁提醒東山各種事，她才能力抗作風強勢的客戶，逐漸成為能守護部屬的主管。」

「甘露寺還真是自我感覺良好啊！」加藤說。

「其他人也多少受到我的影響，像是站在那裡的種田本來是個作風強勢的主管，但他現在比較懂得體貼別人了。前幾天我們打了一場棒球友誼賽，身為捕手的我可是得接住時速高達一百三十公里的球，超恐怖啦！大拇指痛得要死，想說種田是不是故意整我這個新人啊！可是那球的重量感……怎麼說呢？總覺得感受得到什麼。」

「你讓沒有打過棒球的新人接時速一百三十公里的球？」被人事部男職員這麼問的晃太郎趕緊辯解：「我忘了讓他和加藤輪流上場。」

「所以說，」剛才一直低頭滑手機的男學生舉手，「你在這間公司到底算是什麼咖？」

「呵呵呵！我是今年剛進公司的超級新人。」

什麼？剛進公司的新人⁈驚呼聲此起彼落。看來在場學生以為一派從容的甘露寺應該有些資歷。

會場一片騷然，甘露寺依舊老神在在。

「我的上司們剛進公司時，正值就業冰河期。」甘露寺雙手背在身後，看向晃太郎與結衣。

「當時企業要求年輕人要有高度抗壓性，還要有犧牲自我的精神！所以他們一面遵循這規範，一面反抗這規範，就這樣煎熬了十幾年。為什麼？為什麼人們對於自己的工作方式如此執著呢？因為工作方式就是生存之道。」

甘露寺一邊在講臺上來回踱步，一邊搖著食指。

「現在很多企業就像我們公司一樣，口口聲聲說要打造友善職場環境，但這種話能相信嗎？難保哪一天公司態度驟變，又想剝削我們年輕人，不是嗎？」

甘露寺環視在場學生，煽動眾人情緒似地喊道：「所以我決定幫助堅持準時下班的東山結衣，穩穩做好主管的位子，當然也是為了堅守我的生存之道。」

甘露寺的演說似乎告一段落，只見他露出篤定又滿足的表情。

「講得挺好嘛！」加藤說，「但換個人講這些話，效果會更好。」

在場學生似乎也是這麼想。儘管人事部的男職員告知：「等一下還會安排和今年剛進我們公司的新人懇談哦！」學生們卻紛紛要離開的樣子。

結衣心情複雜地望著甘露寺。我一直告訴自己要努力栽培新人，但是就像他說的，最需要栽培的人——其實是我。

要是沒有他們這些新人的話，我不可能主張與FORCE之間的關係要對等，也不可能對押田揮刀，搞不好就待在上海，不回來了。

結衣發現口袋裡那封櫻宮託人轉交給她的信，裡頭塞著一張摺起來的便箋。正要取出來看時，人事部的男職員走過來。

「要是錄取人數沒達標，你們要怎麼負責？」

學生們陸續離開。結衣發現有個年輕人停下腳步，看著她。

是那個坐在最前排，一直低頭滑手機的男學生。結衣和他四目交會，只見他嘴角上揚，走向結衣他們。仔細一瞧，他身上穿的黑色夾克好像是哪一國的軍服。他睜著藏在長長瀏海下的淺色瞳孔看著結衣。

「我實在聽不懂剛才那個人到底在講什麼，」他說話速度很快，「可是連那種奇怪傢伙都能活得不錯的公司，應該很適合我吧。我因為受不了大企業把我和其他新人混為一談，所以辭職不幹了。我明天就可以來上班，幫我準備位子吧。」

他在說什麼啊？結衣疑惑地偏著頭。只見他一臉不耐地指著自己，說道：「你們不曉得嗎？我就是八神蘇芳。」

誰啊？就在結衣這麼想時，「你就是八神！」冷不防被人事部的男職員推到一旁。

「真是不好意思。因為都是用郵件交涉，所以沒見過本人。」

「對了，除了年薪一千萬，我還有其他條件。」

年薪一千萬。好像在哪兒聽過……對了，聽三谷說，人事部想破格錄取一位學生工程師，聽說他早就被某知名企業網羅。

「一天工作不能超過三小時。」八神說。

「欸？三小時。」結衣喃喃道。

「還有，我的上司就是她了，」八神大剌剌指著結衣，「否則我不來。」

為什麼他敢如此囂張地談條件呢？結衣想起什麼似地大喊。

「你會解析資料！」

「賓果！我大二時設計出一套行銷自動化系統，賣給知名企業，所以我不缺錢啦！年薪一千萬就勉強接受囉。我只是不喜歡一個人悶頭做，希望有合得來的夥伴。」

「種田先生，」結衣抬頭看著站在身旁的晃太郎，「麻煩聯絡一下FORCE。」

晃太郎不敢置信地看著八神，「我們肯定能贏BASIC。」喃喃道。

「甘露寺！」晃太郎隨即回神似地叫喚立下大功的人。

緩緩回頭的甘露寺張開雙手，喊道：「種田長官！來吧！投進我的懷抱吧！」

「拜託！別妄想我會和你擁抱。」這麼說的晃太郎開心地用力搖著甘露寺的肩膀，說了句「幹得好！」，隨即一邊打電話給FORCE，步出會場。

甘露寺回頭，握住八神的手，說道：「師傅，妳也一起吧。」

聽到他這麼說，結衣伸出手，說了句：「請多指教，八神。」

八神疑惑地偏著頭，「你們公司的稱呼方式會因為性別而有所不同嗎？」這麼說。

「師傅，我從以前就在想這樣好嗎？」甘露寺也附和。

「不好意思，」結衣一時會意不過來，「意思是一律稱呼先生、小姐比較好嗎？」

「我是希望這樣啦！」

結衣握住面帶笑容的八神的手，驚訝他的手好柔軟。

莫非他……結衣忽然想到什麼似地睜大眼，隨即回以微笑。工作不分男女，現在的年輕人就是活在這樣的時代，他們不容許職場霸凌、過勞，也希望遇到尊重他們所求的上司。

「八神先生，歡迎你加入。這間公司可以讓你盡情發揮哦！」甘露寺說。

結衣的注意力總算回到那封信。她抽出摺好的便箋，剎時散發一股花香。

趁著人事部和新人們熱絡交談時，結衣看著櫻宮託人轉交的信，才看到一半，就覺得坐立難安。

「東山小姐，請等一下！」結衣不顧有人喚她，奔出會場，衝進電梯，按下「R」這個按鈕。

一來到屋頂，一股靜謐感包覆著結衣。她再次打開信紙。

「東山小姐，對不起。」開頭這麼寫，結衣開始讀信。

「我一時情緒失控，又不能說明理由，真的很抱歉。但是如果妳聽了這個錄音檔，便能明白我在BASIC時，發生了什麼事。

我之所以自願出席餐宴，是因為我想贏，以身為能夠準時下班的上班族，從風間先生手上奪走案子，這就是我之所以那麼積極的理由。

可是友誼賽當天早上，風間先生打電話給我，說他在BASIC待不下去了，想跳槽到我們公司，所以希望能和管理部的石黑先生聯繫。他打了好幾次電話給我，害我腦袋一片空白，根本無法專心工作。想說自己好不容易找到一處能安心工作的地方⋯⋯

我也想像東山小姐一樣奮戰，可是不知道為什麼，總是沒一件工作做得好。結果一回神，發現我總是攻擊東山小姐，像風間先生那樣對妳冷嘲熱諷。就算看了種田先生在球場上奮戰的樣子，我還是改變不了，真的好痛苦。

我是個懦弱的人，卻怎麼樣也不想輸給那男人。」

結衣還沒看完這封信。她抬眼，眺望高聳大樓群。大樓群裡塞著許許多多公司。結衣慶幸自己待在一處能夠安心發揮所長的職場，所以始終覺得職場暴力令人匪夷所思，也敢大聲反對職場暴力。

然而，很多人選擇忍氣吞聲。

「加油啊！櫻宮小姐，」結衣低喃著，「謝謝妳願意相信我。」

這是櫻宮小姐交付給我的管理研習課程，身為上司的我有義務接受這任務。就算是無法為自己做到的事，只要是為了她的話，一定沒問題。

結衣搭乘電梯，前往管理部找石黑。管理之鬼竊笑地說：「我聽說囉！」

「妳獵到八神這傢伙呢！不曉得這個黑洞有多深啊！真是叫人興奮啊！這就是挖角人才讓人興奮到無法停手的原因。對了，比稿贏了嗎？」

「還不知道，明天才會通知。對了，有件事想請小黑幫忙。」

結衣一說出想請託的事，石黑的眉間馬上刻著深深的皺紋。

「小事一樁啦！不過妳別一個人去，帶著擋箭牌一起去吧。」

「這是我的戰鬥，我自己去就行了。要是不這麼做的話，永遠無法克服那道傷口。」

「算了，反正阻止妳，妳也不會聽吧。」石黑嘆氣。

「那就麻煩你囉。」就在結衣準備離開時，「小結！」石黑喚住她。結衣一回頭，瞧見石黑難得板起臉，說道：「自己保重啦！」

結衣看著曾經被職場暴力擊潰的石黑，回道：「等著瞧吧。我會打造出任何人都能安心上班的公司。」

結衣步下通往地下室的昏暗樓梯，推開倒貼著福字的門扉。

「還沒開始營業哦！」從廚房走出來的王丹還沒穿上圍裙。

「幫我煮點粥之類的吧。我等一下要去高田馬場決鬥。」

「妳在說什麼啊？」王丹瞅著結衣有好一會兒後，聳聳肩，走進廚房。

王丹進廚房烹煮時，結衣瞧了一眼手機，發現有來自石黑的郵件，寫著：「狠狠咬住餌吧！」

粥對胃一點負擔也沒有。結衣一邊吃粥，一邊將事情始末告訴王丹。

「妳想怎麼做，就怎麼做吧。」王丹聽完後，這麼說，「不過妳這副窮酸樣，怕是會被對方瞧不起吧。」

結衣低頭看著自己的穿著，就是一般上班穿的衣服。只見王丹嘖嘖幾聲，走進廚房，拿了一件衣服走出來，說道：「結衣小姐很瘦，一定穿得下。」
結衣換上合身的黑色洋裝，高雅的豎領，優美的胸部線條，楚楚纖腰，展現玲瓏有致的身材，整個人看起來很高挑。
王丹還幫結衣梳化。結衣攬鏡一照，發現眼尾的眼線還上揚。現在的她就像那個在劉王子的公司遇到，搶走上司位子的黑髮美女。
「王丹，妳在上海時到底賺多少啊？」
「從我的辦公室窗戶望出去，雲層可是在下方呢！」
王丹一邊幫結衣戴上名牌首飾，邊問：「晃太郎也會去吧？」
「我一個人去。」這麼回答的結衣露出滿足的微笑。
「就算晃太郎不在場也沒關係，我教妳怎麼去比雲還要高的地方。」王丹說。
或許王丹也曾是撐起中國經濟的二十到三十世代年輕人之一吧。劉王子曾說，中國有不少女性高層主管。
「妳很漂亮，也很強。」王丹看著完全變身成女強人的結衣，這麼說，「無論是什麼樣的男人，都不能沒得到妳的允許就碰妳，我絕不允許這種事發生。」
「謝謝，多虧妳，我的鬥志滿滿。」
王丹幫結衣穿上十公分高的高跟鞋，伸手捧著結衣的雙頰。
「去吧。我的好朋友。」

結衣一步出店裡，便掏出手機打電話。可能是拜這一身打扮之賜吧。結衣強勢地交涉完後，深吸一口氣，邁開步伐。

好！決鬥吧。

結衣走進由她指定，位於高田馬場的一間餐酒館，環視店內，並排著半開放的個室。可能是在大學附近的關係吧。也有看起來像是教授和學生的客人。

風間壽也，BASIC股份有限公司業務部副部長。

他和押田很像，有著像是男明星的光彩外表。

「妳是？石黑先生的朋友嗎？」他打量著結衣。

「我代替他來赴約，我是製作部的東山結衣。」

「妳就是東山小姐？呃……」得知石黑不會來，風間露出受挫的表情，「原來妳就是用這容貌籠絡押田先生。」開門見山地嘲諷。

灰原曾說過，人在攻擊對方時，會攻擊自己不想被攻擊的地方。結衣試著分析眼前這男人。莫非這傢伙不是靠實力拚業績，所以才會說出這番酸言酸語？既然如此，不回應就是最好的回應。

「聽說你透過櫻宮牽線，向石黑表明想跳槽到我們公司？」結衣口氣淡然地說。

「是啊。她還好吧？那傢伙根本沒什麼工作能力，是吧？」

風間這次將矛頭瞄準不在場的櫻宮。

「是啊，」結衣接招，為了守護櫻宮的名聲，「但是她很有韌性，只要好好栽培，我覺得她將來一定能勝任主管。」

「如果用枕頭的話囉。」風間笑著說。真正想揮刀斬人的是結衣。只見她不予回應，拿出列印出來的風間履歷表，放在桌上。

「你今年就要滿四十歲吧。算是職場老鳥了。」

「是啊！」風間自嘲似地回道，「已經是中年大叔囉。」

結衣心想，果然。聽錄音檔時就覺得風間很在意年齡，也許他因為自己步入中年，開始失去男性魅力而焦慮不已。所以他用年齡貶低年輕女孩，勉強保住自己的自尊與顏面吧。

就在結衣這麼思忖時，風間突然握住結衣擱在履歷表上的手。

「不過妳啊，還真是個不錯的女人呢！記得妳和諏訪交往過。對喔，可惜被三橋搶走了。果然年輕就是本錢啊！不過二十幾歲的女人太嬌貴了。我還是覺得三十幾歲的女人比較好。」

結衣用悲憫的心情瞅著風間。果然和押田好像，女人都喜歡別人吹捧，看來他也陷入這種錯覺。

「我不想和妳談工作上的事，幫我聯繫石黑先生。」

不想被女人品頭論足嗎？結衣沉默片刻後說道：「你曉得石黑剛進我們公司時，待的是網站安全管理部門嗎？他的工作就是保護公司，不被駭客侵入。當然對他來說，查查是誰發什麼惡意中傷的郵件可是易如反掌的事。」

風間臉色驟變，瞬間縮手。

「在網站上散布櫻宮是公司害群之馬的惡意誹謗，就是你搞出來的吧？」

結衣拿起放在桌上的溼毛巾，仔細擦著手指甲。

這不是為櫻宮報仇，而是助她一臂之力，結衣在心裡這麼想。櫻宮並沒有輸，她還在奮戰。

《忠臣藏》的外傳有一篇叫做〈高田馬場的決鬥〉。描述四十七位烈士中，有位名叫堀部安兵衛的武士，指導同門的菅野六郎左衛門如何以劍術決鬥。

我就是堀部安兵衛。

心意篤定的結衣說道：「你在這間店對櫻宮做的事，全都錄音存證了。」

遞出那個ＵＳＢ。

「我們約在這間店碰面，你不覺得奇怪嗎？」

「那傢伙偷偷錄音？」風間一臉受傷地看著ＵＳＢ，「那又怎麼樣？」隨即又武裝自己似地說。

「我離開BASIC了。所以你們再怎麼告發，也與那間公司無關。」

「當然有很多方法可以封殺你。」

「難道你們想公諸於世？」風間不甘示弱地反問，「這麼一來，櫻宮也會一起曝光，這樣好嗎？她可是會沒臉在這國家待下去哦！」

「我想她有此覺悟，才會全權交給我處理。不過，如果我們把這個音檔轉送到業界其他公司，就是替她好好報仇了。」

「等等！」風間臉色驟變，「妳應該知道FORCE有多欺壓承包商吧。連我也是一直拚命忍耐。」

「是啊！他們的作風的確叫人受不了，」結衣順著風間的話，「但我們公司不會用你，也不會讓你跳槽到業界其他公司，更不希望你再出現在櫻宮面前。」

「是想逼死我嗎？」風間的嘴唇顫抖，「我這年紀已經很難轉換工作跑道。」

結衣等著他的神情越來越焦慮後，「那麼，你看這樣如何？雖然是同個業界，卻是國外的公司。」

結衣掏出一張名片，劉王子的名片。

「我可以幫忙介紹，他們可是採你最希望的責任制哦！」

結衣來這裡之前，先打了通電話給劉王子，說要介紹一位很適合促進中日合作關係的業務員，然後用介紹費抵掉高級飯店的住宿費。當然，結衣坦白告知風間的過去，果然劉王子的聲音聽來有點勉強。

——你知道你姐姐剛來日本時，我是如何幫她嗎？

結衣向他討人情，這才迫使劉王子允諾，這招可是王丹的主意。中國人對曾經有恩於自己的人，最是招架不住，加上王子是個姐姐控。

可能是沒想到結衣居然主動介紹工作吧，只見風間一臉困惑。

「不過他們那邊的責任制和日本的責任制很不一樣，而且你的部屬都是些野心勃勃的人，搞什麼權力霸凌的——」結衣伸手比了個割喉的動作，「一下子就會被斬首吧。」

結衣又遞出「BLACK SHIPS」的公司資料。

「不如離開狹小的日本，去這裡體驗一下地球村是怎麼回事，再回來吧。」

「不可能，」風間搖頭，「我沒實力待在競爭那麼激烈的地方。」

「為了櫻宮，就算做不到也要做。」

結衣感覺無法準時下班，還被風間軟禁在這間個室的櫻宮此刻就坐在這裡似的。我不想輸。櫻宮的信上這麼寫著。

「你曾經拿老婆和女兒的照片給她看，跟她說你是為了家人而努力工作，對吧？所以櫻宮才不敢公開，因為這個年輕女孩知道這是你的弱點，也是身為武士的難處。」

心情變得出奇平靜的結衣又說：「櫻宮在給我的信上寫著『還請轉達風間先生，為了不讓你的女兒將來工作時也遭受同樣的事，請設法改變自己吧』。」

無論是晃太郎還是FORCE員工，都選擇了改變自己這條路。結衣對眼前這個神情複雜地看著名片的愚蠢之人，說了句「風間先生還年輕」。

「你也一定可以成為新時代的日本上班族。」

決鬥結束，獨自步出個室的結衣突然停下腳步。

瞥見晃太郎倚牆站著。

「不是要小黑別說出去嗎？想說他應該明白我的想法。」

「妳不也去看了我的比賽嗎？彼此彼此。」晃太郎先一步走向入口處。

結衣連風間的分也一起買單。一步出店門的她忍不住說了句「總算結束了」。

「彼此立場對等地了結這件事，所以沒什麼好怕的了。」

「是喔。」一直盯著結衣的晃太郎只回應了這麼一句。

「啊，這件衣服是王丹借我的，很漂亮吧？」

「平常也可以穿成這樣啊！總之，和妳平常那種隨興打扮不一樣。」

隨興打扮。他這麼覺得嗎？晃太郎嘟噥著「好熱」。

「大概是從和妳聊了以前的事之後吧，不曉得是天氣太熱，還是疲累，總覺得整個人提不起勁，好久沒有這樣的感覺了。我一看睡眠時間紀錄，發現自己一天平均只睡三小時。」晃太郎看著手上的 Apple Watch，「我一直依賴腎上腺素，不過現在已經戒了，也明白自己想怎麼活下去，所以那傢伙總有一天也會改變吧。」

看來站在外面的他都聽見了。

「我今天要直接回去休息，最近實在太操了。昨天的球賽也讓我累得半死。」

結衣詫異地看了一眼手錶，現在還不到下午五點。

「對了，我昨晚回老家了。看到押田倒下去的樣子，突然想和我爸說說話，可是我們講不到幾句又翻臉……我心想為什麼自己那麼想得到那種人的讚美啊！反正以後我會多少盡一點孝心啦！」

「是喔。」總之，小柊可以鬆一口氣了吧。「你今天也要回老家嗎？」

「不，我要去一處屬於自己的地方。」

心情好複雜。這男人開始朝著我不知道的未來前行，感覺自己被他丟在已經揮別的過往回憶中。

「結衣今晚也回老家，好好吃頓飯吧。要是順利拿到案子，可是會很忙哦！」

晃太郎往前走。結衣沒問他要去哪裡，畢竟下班後是私人時間。

結衣突然想起來，還有個必須要關懷的年輕人。結衣打了通電話給劉王子，說明一下情形後，隨即返回公司。

站在營運部辦公室門口窺看的結衣把來栖叫出來，一起走到擺置自動販賣機的地方。

結衣買了一杯咖啡給來栖。看來營運部也聽說八神的事了。來栖笑著說結衣又多了一位男部屬要照顧。

「我和三谷小姐談過了。要是拿到FORCE的案子，會派別人過去他們那裡。」

「咦？可是我想助結衣姐一臂之力，所以——」

「其實啊，BLACK SHIPS問我要不要合作。」

「就是想挖角結衣姐的那間上海公司嗎？」

劉王子剛剛在電話中，同意讓風間去他們公司工作，不過他還提了一件事，那就是詢問結衣願不願意和他合作。

「我們可以提供那邊的行銷自動化系統給客戶，成為他們在日本的窗口。總之，我會就各種條件進行評估，下週提企劃案給製作部總經理過目。」

劉王子對於和一向不太喜歡中國企業的日本企業交手一事，深感棘手。

——我Eason Lau是個漢子，賭上身為上海商人的驕傲，絕不會讓貴公司吃虧。

劉王子這麼說。既然要幫忙居中協調，結衣也提出條件。

「我告訴他，希望能派我們的人員過去，所以我想推薦你去上海。」

「我？」來栖瞠目結舌，「去上海工作？」

「為了讓這間公司變得更強，我們要偷學嶄新的中國如何不損及自身利益，又能締造雙贏的絕招。不，應該說汲取經驗才對。無論身處任何地方都不會隨波逐流，又懂得隨機應變，我覺得這份工作非你莫屬。」

放手讓自己一手栽培的年輕人高飛。結衣有此體悟，才會這麼說。

「我希望來栖不要帶著這國家的舊包袱，培養面對任何人都能不卑不亢的交涉力，去那邊學習我也沒有的強項吧。當然，這麼做也是為了你自己。」

我會當你的後盾，當你需要援助時，我會過去幫你。

來栖神情認真地沉默不語，思忖片刻後回道：「既然東山小姐都這麼說了。我願意去。」備受期待的半熟新人這麼說。

「不過不是為了我自己，而是為了東山小姐，妳可別忘了哦！」

雖然來栖還是不改討人情的口氣，但他改口稱呼結衣「東山小姐」，也許有自己的一套區別方式吧。看來上司魔法也快消失了吧。

當他離巢自立的那天到來，我一定會覺得很寂寞吧。就在結衣這麼思忖時，來栖突然說：「這可不是什麼上司魔法哦！」

隨即他又對剎時怔住，一時來不及反應的結衣說：「請妳等到我變強回來的那一天。」下戰帖似地這麼說，旋即離去的年輕人身上已經沒了以往那個動不動就嚷著要辭職的模樣。

使勁將行李箱拉到石階最上方的結衣做了個深呼吸，走進老家的玄關。

我回來了。結衣一喊，母親走出來，嘆氣說了句「太好了」。

「妳爸說反正妳熬不了太久，過幾天就會回來，叫我不必主動聯絡妳，所以我連簡訊也沒傳囉。」

結衣將伴手禮遞給母親後，步上樓梯。父親的房門緊閉著。

「一切都搞定了，」結衣對著門喊道，「不管是報仇還是決鬥。」

父親沒回應。可能感冒吧，傳來清喉嚨的聲音，看來他有聽到的樣子。

結衣連在FORCE餐宴上一時衝動脫衣服，還有晃太郎要她逃去上海的事，以及被押田突然抱住的事，全都告訴父親。

「結果變身成大石內藏助的是晃太郎。」

雖然門的另一頭依舊沒有任何回應，結衣還是滔滔不絕說著。

「爸爸還是上班族的時候一定很辛苦吧。為了家人，再怎麼不願意還是得硬著頭皮去做，為了守護家人，努力工作，所以那時的爸爸也是全力以赴吧。」

結衣對著房門，行了個禮，懇切地說：「謝謝爸爸長久以來對家人的付出。」

就在結衣準備離去時，傳來嗚嗚的呻吟聲。結衣擔心地仔細聽了一下，才明白那是嗚咽聲。初次聽到爸爸哭泣的結衣默默回到自己的房間。

必須好好向她說明才行。結衣掏出手機。

結衣發了一封郵件給櫻宮，告知自己與風間決鬥的過程。

「妳就別再擔心了。慢慢療傷吧，我會等妳回來的。」

最後還加上這幾句話，由衷期盼她能早日重返工作崗位。

結衣將王丹借她的衣服掛起來，卸妝、換上睡衣，體力已然耗盡。結衣鑽進被窩，才一躺下便睡著了。

站在一片被純白包覆的世界。

不會吧。結衣想。我又來到這裡了嗎？這條鋪滿因為過勞而猝死的上班族骨骸的白骨街道。不，不一樣，因為腳下不是骨骸。

而是白布，上頭放著三方[7]，還有小刀。

另一頭並排著許多全新的棺木。這是……結衣想。莫非是《忠臣藏》的最後一幕？為主君報仇的大石內藏助，究竟是反叛者？還是忠義之士？

經過兩派一番激烈爭辯後，當時的將軍德川綱吉為了保住幕府的顏面與權勢，遂命令大石等四十七位武士切腹謝罪。早有赴死覺悟的他們應該很開心能以如此壯烈方式死去，可是——

站在許多棺木前的結衣啞然。有必要奪去那麼多人的寶貴生命嗎？

據說發生松之廊下事件那天，江戶城籠罩在詭譎緊張的氣氛中。

7 擺放獻給神佛或貴族用的供品的木方盤，下方開有三個孔洞。

將軍綱吉想一反慣例地將出身庶民的生母，桂昌院扶正。因此，比往年都要熱絡地接待朝廷派來的特使。可能是因為壓力過大吧，負責張羅特使餐食的淺野緊張到老毛病復發。

到現在還沒找到任何關於吉良權力霸凌的證據。

但要是有誰察覺淺野不太對勁，抑或是好好調查他為何要向吉良揮刀的理由，也許眾家臣就不會為主君報仇，也不會賠上性命。

「妳說……找不到權力霸凌的證據？」

傳來嬌滴滴的聲音，一身白衣的櫻宮站在結衣面前。

「那種東西肯定被銷毀了，不是嗎？」

結衣不停顫抖。「櫻宮小姐，妳為什麼會在這裡？」

她沒回答，只是踩著白布，走向結衣。

「大家都忙著工作，哪有閒情管別人的事。幹壞事的人不記得自己幹過壞事，紀錄也遭竄改，要是拿出勇氣告發的話，就別想在職場待下去了。元祿十四年發生的事不也是這樣嗎？」櫻宮的瞳孔深處燃燒著怒火。

「可是我沒有放棄，因為東山小姐助我一臂之力，讓我能和上司決戰。」

她目不轉睛地看著結衣。

「我以自己為傲。」

「我也以妳為傲，」結衣說，「期待妳重返職場。」

就在這時，不知從哪裡竄出許多人，他們抓住櫻宮的手，硬是帶走她。他們一身灰色裝扮，是武士裝束嗎？還是西裝？模模糊糊的看不清楚。

「你們要做什麼?!」結衣大叫，「要對她做什麼?!」

面無表情的他們讓櫻宮坐在三方前方，逼她握住短刀。難不成要叫她切腹?!

「不要！我不想死！」

櫻宮猛力搖頭，看向結衣，睜著滿是淚水的雙眼，拚命大喊。

「我還想和東山小姐一起工作！」

「櫻宮小姐！」結衣大喊，自己也被硬是拉走。

櫻花花瓣如暴風雨般飛舞，看不見櫻宮的身影。

「我一定會救妳！」結衣對著四散飛舞的櫻花花瓣大喊，「妳一定要撐住啊！」

結衣就這樣被硬是拖走，重要的夥伴卻被帶往另一邊。

就算將風間趕到國外，櫻宮的心也無法復原，也許會像小柊那樣經歷一段漫長的痛苦時期。

為什麼有勇氣奮戰的一方，必須承受那麼大的傷害呢？

要是自己早一點察覺就好了。自己還能繼續承受每次一有新人進來，就必須挑起新責的重擔嗎？

「不必給自己這麼大的壓力啦！」

有人對我這麼說。曾經跟過的上司站在自己身旁。福永清次。直到去年還是部長的他睜著黯淡雙眼，注視著結衣。

「我們只是平凡的上班族，能力有限，所以有時必須用比較激進的手段，不然根本管不動那些被動到不行的傢伙。」以往曾差點害晃太郎過勞死的福永，這麼說。

「不必把部屬當人看啦！這樣自己比較好過些。」

一遇到壓力就逃避，不勉強自己，也不想努力。結衣凝視這個和自己有著幾個共通點的前上司，對他說了句「謝謝」。

「你總是讓我想起勇氣這詞。」

結衣起身，一邊拂去落在肩上的花瓣，說道：「今後我還是要準時下班。」

「妳要去哪裡？」福永戳中結衣的痛點，「根本沒有可以回去的地方。」

「就算沒有，也要回去。」

平凡上班族能做的事只有一件，那就是不要過度工作，記得好好休息，保持活力。

「我要找回人心，我要帶櫻宮小姐回去。」

結衣背對福永，踩著望不見盡頭的白布，往前邁進。

「妳別走！」福永抱住結衣，「別丟下我！」

我被囚縛了。就在結衣這麼想時，突然聽到一個熟悉的聲音喊著「結衣」，有隻溫柔大手攫住她的肩頭，用力將她從福永懷裡拉開。

「結衣！給我起來！」

結衣被這聲音嚇得睜眼，肩膀還被用力搖晃著。

「總算起來了，」晃太郎看著結衣，「想說妳該不會死了。」

這裡是哪裡？公司嗎？還是醫院？結衣第一眼看到的是電線。

「咦？怎麼回事？晃太郎為什麼會在我房間？」

「昨天妳爸打電話給我。」因為是週末嗎？晃太郎穿著 T 恤。

「我爸打電話給你？為什麼？」結衣坐在床上。

「不知道。他說他叫了妳好幾遍都叫不醒，剛剛宗介哥叫我來叫醒妳。」

「我哥也來了？」結衣一頭霧水。

「他在樓下，結衣也趕快下樓吧。不過先換件衣服比較好。」

被晃太郎這麼一說，結衣才發現自己穿著睡衣，而且沒化妝，頓時羞到不行。結衣把晃太郎趕出房間，趕緊換衣服時，這次換宗介上樓催促。

「不用化妝啦！反正妳也沒差。」

「少囉唆！我等一下就下去啦！對了，你為什麼在這裡？」

「這個嘛……」宗介有點難以啟齒，「我是來道歉的，昨天收到老爸的簡訊。」

「咦？老爸向你道歉？」這種事還真是頭一遭。

「想想我也有不對的地方……說了很難聽的話。」宗介看起來平靜許多。

結衣整理儀容後，來到一樓客廳時，瞧見晃太郎有點不知所措地站在窗邊眺望狹小的庭院。結衣問他：「我爸為什麼叫你來？」

「我哪知道啊！」晃太郎悄聲回道。

從廚房走出來的父親叫晃太郎坐下來，還端了杯咖啡給他，這種事也是頭一遭。

「有件事想問你。」父親坐在晃太郎的對面，這麼說。

「我們家結衣今後能出人頭地嗎？」

這突然其來的問題讓晃太郎有點傻眼，但他頷首回道：「不無可能。」

「至少灰原社長有此打算，他覺得結衣小姐是一顆很重要的棋子。」

是喔。父親沉默片刻，又說：「你可以陪在我女兒身邊嗎？」

「欸？」結衣焦急地看向晃太郎，「不好意思。爸，你在胡說什麼啊？」

「我明白這孩子出人頭地時，會遭遇些什麼事。這社會有很了不起的人，卻也有更多不怎麼樣的傢伙，結衣很容易成為這些傢伙的箭靶，對吧？」

說這些話的父親露出不曾見過的嚴肅神情。

「這孩子很怪，累了就休息，有點白目，不願意加班，無法忍受不合理的事。她沒有任何日本人慣有的美德，是吧？」

「是的，」晃太郎頷首，「這些我都很清楚……」

「但是晃太郎可以彌補她的缺點。我知道這麼要求很無理，請你和我女兒——」

別說了！結衣在心裡大喊。沒想到晃太郎打斷結衣父親的話。

「我們今後也會待在同一個團隊，我一定會好好支持她，請您放心。」

「我要說的不是這個。」

「爸，別說了。真的，別說了。」

我和晃太郎結束了。自從那次兩人在上海飯店暢飲後，自己便斷了要與他復合的念頭，要是搞得彼此都很尷尬的話，怕是很難一起共事了。

「妳真的覺得無所謂？」父親說。

當然很懊惱，但是晃太郎有自己的人生要過。

「這孩子還是很喜歡你，之所以和諏訪先生分手也是因為你，是吧？結衣。」

「別說了，」結衣怒吼，「就算真的是這樣，也不應該由你來說，我的心情，我自己會說。」

「就是啊！這種事不該由你來說，」站在沙發後方泡紅茶的母親附和，「而且我反對他們結婚。」

「可是她不和晃太郎結婚，要和誰結婚？」站在廚房餐檯默默看著這一切的宗介說道。

結衣從沒覺得這麼丟臉過。再也忍受不了的她站起來，一把抓住被東山家的人圍攻的晃太郎，硬是拉著他來到客廳外頭的走道。

「真的很不好意思，週末一大早就把你叫來。」

「沒事，你們家果然還是很有趣啊！」坐在玄關穿鞋子的晃太郎說。

為了化解尷尬氣氛，結衣趕緊換個話題。「還沒通知比稿結果嗎？」

晃太郎有點緊張地看著結衣說了句「還沒」，隨即又說：「待會兒方便聊一下嗎？有個新提議。」

「關於工作的事嗎？」結衣問。「應該是吧。」晃太郎含糊回應。

只見晃太郎快步往前走，兩人就這樣一起走向車站。晃太郎幫沒帶錢包的結衣買了車票，兩人搭電車來到離公司最近的車站。

「要去公司嗎？」結衣問。晃太郎搖搖頭，朝著和公司反方向的路前進。

前方是新興住宅區，一路上和好幾個帶著小孩出遊的家庭擦身而過。

「就是這裡。」晃太郎指著一棟大樓的玄關。兩人搭電梯到十樓，晃太郎站在某間房門前，拿出鑰匙開門。

「這是誰家？」結衣走進玄關，裡頭空蕩蕩的，沒有家具。

「我買的。」晃太郎說。

晃太郎無視一頭霧水，怔怔站著的結衣，逕自走進屋內。

「雖然是中古屋，但屋齡不算久，三十五年貸款。我在黃金週時找到這房子，花了一個月通過銀行貸款、辦交屋手續，昨天才拿到鑰匙，下週搬進來。」

胸口緊揪了一下的結衣問道：「晃太郎要和誰結婚？」

「妳在說什麼啊？」晃太郎走向結衣，「妳是熱昏頭？還是沒吃早餐啊！」

「因為這房子的格局適合小家庭啊！」

「是啊，」晃太郎睜大眼，「難不成妳不記得了？」

記得什麼啊？結衣反問。只見晃太郎頭暈似的，用手摀著額頭。

「我們去上海飯店吃飯的那天晚上，妳不是說了嗎？妳才不去我那個小到不行的家，要是想挽回妳的話，就要買大樓的房子，要我證明給妳看我真的改變了。」

「我有說過這種話？」結衣想了一下後反問，「那時小黑也在嗎？」

「嗯。直到妳和石黑先生坐上計程車之前，妳一直重複說同樣的話。」

那傢伙！居然故意不告訴我。結衣忿忿咬牙。

所以說，晃太郎為了挽回我，從四月開始一直密謀買房子囉？居然沒跟我商量一下就買了。

結衣走向還沒裝上窗簾的落地窗，整個人放鬆似地盤腿坐下。晃太郎也走過來，坐在她身旁，一邊眺望窗外景色，問道：「我們各付一半貸款，如何？」

「這就是新提議？」

結衣眺望高聳大樓群，兩人工作的地方 NET HEROES 就在那裡。

「結衣今後會更有發展，搞不好職務會異動，至少住在一起，我就可以二十四小時支援妳，雖然很難做到每天準時下班，但這裡離公司很近，回來很方便。」

「可是剛剛在我爸面前，你不是說今後也是工作夥伴之類的話嗎？所以我才會……」

「那種場合，我還能說什麼？這種事當然要私底下只有我們兩個人的時候講啊！」

晃太郎起身，從廚房拿來一罐啤酒。

「再也沒有比妳更珍重我的主君，所以我要以這罐啤酒發誓。」

晃太郎將罐裝啤酒遞向結衣，說道：「我將賭上今後人生的一切，只為結衣一人盡忠職守。」

結衣凝視著晃太郎。這男人說他不會丟下我一個人，真的好感動，可是……不行。結衣沉默不語。

「呃，難道妳還在猶豫？」晃太郎慌了，「妳果然還是對諏訪先生……」

「不是的，不是這樣。櫻宮小姐還在另一邊，我沒辦法只求自己幸福。」

就在這時，結衣的手機震動。總覺得有一股預感的她趕緊掏出塞在裙子口袋的手機。有一封來自櫻宮的郵件。

應該是回覆昨天結衣傳給她的郵件吧。結衣的手指抖個不停。

「總算鬆了一口氣。幸好委託東山小姐處理，真是太好了。」

她這麼寫道。

「對了，有件事情忘了跟妳說。之前酸言酸語地說了很多妳和種田先生的事，對不起……因為我那時看到妳就很焦慮，所以忍不住說了難聽話。請妳一定要先讓自己幸福。

東山小姐也要趕快重拾活力哦！」

結衣盯著手機螢幕好一會兒，才伸手拿起罐裝啤酒。

「啊，等等，」晃太郎說，「妳還沒回覆我。」

結衣不理會晃太郎，一口氣喝光。金黃色液體沁滿整個空空的胃，感覺體內不斷冒出泡泡。好美味喔！這就是答案吧。

結衣看向晃太郎，說道：「我拒絕。」

「我不想要什麼盡忠職守的家臣。」

「欸？可是我已經買了房子。」

晃太郎一臉錯愕。結衣打斷他的話，說道：「我要的是能和我並肩作戰的夥伴。」

結衣的腦中浮現那些要是知道他們復合，肯定很生氣的人的臉，然後在心裡低喃一句「對不起」後，直視這個工作狂男人。

「種田晃太郎先生，請和我結婚。」

一定要先讓自己幸福，然後打造一處讓任何人都能安心工作的職場環境，這樣櫻宮隨時都可以回來。

「還、還有，我的這一半頭期款可以先欠著嗎？我會花個幾年慢慢還給你。」

晃太郎沒有回應，只是鬆了口氣似地點點頭。

不曉得是結衣先攫住晃太郎的衣領，還是晃太郎先將結衣的頭拉近。整張臉埋在晃太郎胸膛的結衣聞到一股熟悉味道。

「總算挽回妳了。」當結衣聽到晃太郎這麼說時，晃太郎的手機突然響起。

「應該是FORCE打來的。」

晃太郎遲疑了一下，結衣催促他趕快接聽。晃太郎從口袋掏出手機，接起電話。

「是……是……」只見他頻頻點頭後，眼神銳利地看著結衣。

然後，沒有出聲地動著嘴巴說：「我們贏了。」

結衣覺得身體變得好熱，不由得微笑。

不過馬上又覺得好緊張，因為這一切還沒結束。

接下來換灰原上場迎戰。這位社長要如何在大多數贊成回歸責任制的董事會上反敗為勝呢？看來應該沒那麼簡單。

不過在這之前——晃太郎和結衣看著彼此。

「我們造反成功了！」從手機不斷傳來榊原興奮的聲音。

「不只廣宣部，還有研發部、業務部，大家一起寫了份陳情書給董事會，希望改革公司體制。所以不只押田，我們也不會向其他董事屈服——」

晃太郎有點不耐地對一直講個不停的榊原說：「不好意思。」

「我現在有點忙，禮拜一再和您通電話。」

「呃，可是種田先生不是說週末聯絡你也沒關係嗎——」晃太郎不等榊原說完便掛斷電話，一把摟住結衣。

這次只聽得到晃太郎強烈的心跳聲。結衣覺得好溫暖。

就這樣結婚真的好嗎？結衣的腦中突然浮現這疑問。

剛才這男的說什麼？好像是說雖然不太可能每天準時下班，但這裡離公司很近，還有二十四小時可以支援自己之類的。總覺得他好像找了個理由，打算以後還是過著每天加班的日子，不是嗎？

不過，這個人真的改變了。這次就試著相信他吧。

總之，現在只想忘掉工作，好好休息。結衣任自己沉醉在久違的微醺感中，輕閉雙眼。

——全書完

文字森林
READING FOREST
文字森林系列 013

我要準時下班 2：朝著理想狂奔不止的人們

わたし、定時で帰ります。ハイパー

作　　者　朱野歸子
譯　　者　楊明綺
總 編 輯　何玉美
責任編輯　陳如翎
封面設計　FE 工作室
內頁排版　theBAND・變設計—Ada

出版發行　采實文化事業股份有限公司
行銷企劃　陳佩宜・馮羿勳・黃于庭・蔡雨庭
業務發行　張世明・林踏欣・林坤蓉・王貞玉・張惠屏
國際版權　王俐雯・林冠妤
印務採購　曾玉霞
會計行政　王雅蕙・李韶婉・簡佩鈺
法律顧問　第一國際法律事務所　余淑杏律師
電子信箱　acme@acmebook.com.tw
采實官網　http://www.acmebook.com.tw
采實臉書　http://www.facebook.com/acmebook01

I S B N　978-986-507-133-2
定　　價　350 元
初版一刷　2020 年 6 月
劃撥帳號　50148859
劃撥戶名　采實文化事業股份有限公司
104 台北市中山區南京東路二段 95 號 9 樓
電話：(02)2511-9798　傳真：(02)2571-3298

國家圖書館出版品預行編目資料

我要準時下班 2：朝著理想狂奔不止的人們 / 朱野歸子著；楊明綺譯 .
-- 初版 . -- 台北市：采實文化，2020.06
面；　公分 . -- (文字森林系列；13)
譯自：わたし、定時で帰ります。ハイパー
ISBN 978-986-507-133-2(平裝)
861.57　　109005721

文字森林
READING FOREST

文字森林
READING FOREST